黄蝶舞う

浅倉卓弥

PHP
文芸文庫

○本表紙デザイン＋ロゴ＝川上成夫

黄蝶舞う　目次

――神といひ仏といふも世中《よのなか》の
人の心のほかのものかは

空《うつ》蟬《せみ》

開け放した戸障子の間から穏やかな風が入り込んでくる。正午をとうに過ぎたとはいえ晩夏の陽射しはあちこちに照り返しなお目に眩《まぶ》しいほどである。

内庭に面した一室の中央には畳が敷かれ、その上にはまだ日があるというのにも う床《とこ》が延べられている。床には娘が一人横たわっている。年の割りにはどこかあどけなさを残している顔立ちは、けれど屋外の陽気とは裏腹に透き通るほど青白い。頬《ほお》にも疲れが顕《あらわ》である。

傍《かたわ》らには女がもう一人、不安げな表情を浮かべて座っている。年こそずいぶん違うけれど、顔形のそこかしこが臥《ふ》した娘とよく似ている。だがよくよく見ればこちらの髪にはもう白いものがちらほら混ざり始めてもいるようでもある。

側廊の向こう側では手入れの行き届いた木立ちが今を盛りとつややかだった。たわんだ空気が景色の輪郭《りんかく》をそこはかとなく歪《ゆが》めている。

顔だけをそちらに向けていた病床の娘がふとその眺《なが》めを慈《いつく》しむように目を細めた。けれどそんな柔らかな眼差《まなざ》しが同じ場所に留《とど》まっていたのもつかの間だった。何がきっかけとなったのか娘はたちまち咳《せ》き込《こ》んで、上体を捩《よじ》るようにして身を起こすと二度三度と肩を揺らしながら激しくむせた。

姫、大丈夫ですか。いいながら傍らの女が震える肩を抱き締める。けれど娘の方は首を横に振って応《こた》えるだけで精一杯といった様子である。

ようやく発作が収まると、娘は再び床に背を預けさらに二つばかり息を継いだ。上掛けの真白い布の下で薄い胸が弱々しく上下した。

不意に一匹の蟬《せみ》が鳴き始めた。庭木のどれかに舞い降りたらしく声は驚くほど近かった。

つられた訳でもなかろうにそこかしこからさらに幾匹かが間髪《かんはつ》を容《い》れず最初の一匹を追いかけて、ほどなく宙はじわじわと鳴き立てる虫たちの声でいっぱいになった。あたかも他の一切の音がそこに吸い込まれてしまったかのようで、空気はむしろ冷たいほどにしんとした。

母上様、と娘の唇《くちびる》が動いたように見えた。だが咽喉《のど》からこぼれたはずのその音は、言葉になりきるより前にたちまち蟬たちの歌にかき消されてしまう。

女の眉《まゆ》がかすかに歪み、右の腕《かいな》が静かに伸びて手が娘のそれに添えられた。娘も手のひらを上に返して応えこそするけれど握り返すことはしなかった。最早《もはや》そんなわずかな力さえ上手くは出てこないのかもしれなかった。

虫たちはなお鳴き止まないままでいる。

娘の枕元には茶色く乾いた蟬の抜け殻が一つぽつりと転がっていた。温《ぬる》んだ風がまた二人の間をひそむようにして行き過ぎた。

鎌倉幕府の祖である源頼朝《よりとも》と妻政子《まさこ》との間に生まれた最初の娘大姫《おおひめ》が、その短いと呼ぶには余りに儚《はかな》い二十年ばかりの生涯を閉じたのは建久《けんきゅう》八年（一一九七）七月のことである。後になってみれば、いずれ頼朝自身や彼の子供たちを次々と襲うことになる一連の出来事の、その先触れとなったのが彼女の死であったともいえるのかもしれない。

ところでこの大姫という呼称は、どうやら彼女の本当の名という訳ではなかったらしい。

大の字はこの場合、一番最初ということを意味している。したがって、有り体《あてい》にいえば大姫とはつまり長女ということになるのだそうである。武家政治の礎《いしずえ》を築いた頼朝とその妻が初めて授かった二人のかすがいに果たしてどんな名をつけたかは、残念ながらどこにも伝わってはいない。

然《しか》しながらこの少女はものごころついた頃にはすでに坂東《ばんどう》においては並ぶ者のない鎌倉殿の血を受けた娘であったから、周囲の誰もが彼女のことを姫様あるいは大姫様と呼んでいたこともまたほぼ間違いがないようである。

であれば大姫という音の響きは、彼女にとってみればおそらくほとんどもう一つの自身の名であるようなものだったろうに違いない。生涯唯一人愛した相手が我が身をそう呼んでいたのであればなおさらである。

その少年、つまり木曾義仲《きそよしなか》の嫡男である清水冠者《しみずかじゃ》こと義高《よしたか》が鎌倉に暮らすようになったのは、寿永《じゅえい》二年（一一八三）の三月、大姫がまだ六つか七つの頃である。

当時坂東に覇権を築きつつあった頼朝と、片や信州を中心に勢力を拡充していた義仲とは、必然的にちょうどこの頃互いに牽制《けんせい》し合うような形で日毎対立を深くしていた。兵力において一日《いちじつ》の長のあった頼朝に屈する形で、木曾方が苦渋《くじゅう》の決断の末唯一人の世継ぎである義高を鎌倉へ差し出したというのがこの時のおおよその次第である。表向きには大姫の婿にということではあったけれど、実質は体《てい》のいい人質であった。

もし仮に義仲が頼朝の臣下に加わり御家人の一人として名を連ねていたとしたら、あるいは義高もまたそのまま鎌倉に婿として迎えられ、いずれ長じては信濃の守護辺りにでも任じられていたかもしれない。時にふとそんな未来を描いてみたくもなるけれど、あの義経《よしつね》の一件を引き合いに出すまでもなく、とりわけ己《おの》れと同じ源氏の血を引く者たちに手厳しかった頼朝のことであれば、どうやらそういった可能性はほとんどなさそうである。

周囲はもちろんまだ十二になるやならずといった少年でしかなかった義高自身も我が身の置かれた危うい立場は十分理解していたに違いない。木曾の趨勢《すうせい》がそのまま己れの生死にかかる問題となることもおそらく最初から察していただろう。

ところが鎌倉の姫の目にだけは事態は決してそのようには映らなかった。

それどころか少女は自身の許婚《いいなずけ》であると教えられたこの相手を全身全霊を賭《と》して恋慕った。義高もまた、おそらくは単身敵地にある覚束《おぼつか》なさを懐《ふところ》深くに抱えながら、まるでそれが今いるこの場所でただ一つきり自分に許された温《ぬく》もりででもあるかのようにこの少女をこのうえもなく慈しんだ。

けれど二人の蜜月《みつげつ》は十ヶ月余りしか続かなかった。

年が改まったばかりの一月、義仲は京都にほど近い粟津《あわづ》の原で、範頼《のりより》と義経とに率いられた鎌倉の軍勢と対決し敢《あ》えなく最期を遂げてしまった。木曾は滅び、かくして義高にとって頼朝の存在は将来の舅《しゅうと》から一転、憎むべき親の仇《かたき》ということになってしまったのである。

もちろんあの頼朝がこれをそのままにしておくはずもなかった。

不穏な気配を感じた義高はついに鎌倉を出奔《しゅっぽん》する。一説にはこの少年を救うべく御台所《みだいどころ》政子が周囲に命じ彼を逃がしたとの見方もあるようだけれど、むしろ頼朝の方が義高を断罪する口実を欲しがっていたようにも思える。少年の不在が露呈するや否や待ちかねていたように追っ手がかかり、幾日も経《た》たぬうちに義高は捕らえられその場で首を刎《は》ねられてしまうことになる。

この報を受けた大姫の嘆きはことのほか深かったと伝えられている。

まだ十にも満たぬ少女のうちに芽生えていた恋慕の情が果たしてどれほどのものであったのかは推し測るより仕方がないが、いずれにせよそれはまさに我が身を斬《き》られるような想いであったことばかりはまず間違いがなさそうである。

伝わるところに拠《よ》れば一時はものはもちろん水さえ咽喉を通らないといった有り様で、事実この少女は一度ならず生死の境を彷徨《さまよ》いさえしたようでもある。

木曾を滅ぼした翌年には宿敵平家を、さらに四年後には奥州藤原氏をと着実に敵対勢力を討ち果たし、のみならず朝廷の制度さえをも内側から食らうようにして淀《よど》みなく基盤を固めていく幕府なる新たな制度の成熟の裏側で、以後この姫はあたかも陽炎《かげろう》のような生涯を送っていたらしい。

しばらくしてどうにか咳《せき》も落ち着いたのか、大姫は再び床の上で静かに体を持ち上げた。

義高との別離よりこちらほとんど健《すこ》やかであったことのないといっても過言ではない彼女ではあったのだが、先年父頼朝に伴われての初めての上洛から戻って以来はとみに体調が優《すぐ》れずにいた。彼女の本復を願うべく高名な薬師《くすし》やら僧侶《そうりょ》などが随時鎌倉に招かれてもいたのだけれど結果はなべて芳《かんば》しくはなかった。

御所の奥まった一室に、大姫は今母政子と二人きりでいた。

他の者が同室することは彼女自身が嫌っていた。あるいは余人には窺《うかが》い知れぬその心中に何か期するところがあったのかもしれないけれど、一方でこの母娘が水入らずの時を過ごすことも実に久し振りのことだった。

ふと政子が手を伸ばし娘の枕元に見つけた茶色い虫のかたちを取り上げた。大姫もまたその指先を目で追いかけると、わずかながらも嬉しそうな笑みを浮かべた。

「今朝方千幡《せんまん》がこちらへ持ってきてくれましたのよ。朝まだきのうちに庭で見つけたのだそう」

かぼそい声がそう綴《つづ》った。千幡とは後の実朝《さねとも》のことである。頼朝が征夷大将軍を拝命した記念すべき年に生を享《う》けたこの少年は、ようやくこの年数えで六つを迎えたところであった。年こそやや離れてはいたけれど大姫にはかけがえのない弟である。千幡の乳母《めのと》を務めていたのが政子の実妹だったこともあり、むしろ万寿《まんじゅ》の名で呼ばれ幼少の頃から比企《ひき》の家に養育されていたすぐ下の頼家《よりいえ》よりもよほど近しい存在だった。

手を伸ばし母からその空蟬を受け取ると大姫はそれをそっと手の中でもてあそび、けれどすぐその動きを止めてまた静かなため息を吐き出した。

「ちょうど私があのような年頃のことでございましたわね。義高様がこの鎌倉に参られたのは」

こぼれた言葉に政子がはっと息を呑《の》む。その気配に気づいたのか娘が急いで首を横に振る。だが動作はやはりぎこちなかった。

「今更母上に恨《うら》みごとを申すつもりなどございませぬ」

けれどその言葉とは裏腹に大姫は今度は顔を上げることをしなかった。恨むまいと幾ら思えど気がつけばいつのまにどこからかひしひしと忍び込んでくる。胸に湧《わ》くそう呼ぶしかない思いを自ら持て余してでもいるかのようだった。

姫、と母親が呼びかけた。娘が再びかぶりを振った。

「いえ、空蟬とはよくぞ申したものかなと、そんなことを思うておりました」

目は手の上の蟬の抜け殻から動かない。

「思えば私の現《うつ》し身こそ、まさしくすでに飛び立ってしまった中身と同じ姿ばかりをどうにか留めたこの薄い殻一枚のかたちのようなものではございました。あの日以来この身の内には何も残されてはおりませぬ。そこにはただ果てなき虚《うつ》ろがあるばかり。母上も重々お気づきではございましたでしょうけれど」

問われた母にはけれど答えるべき言葉が見つからない。そんな思いを察した訳でもなかろうにようやく娘が顔を上げる。だが視線が交わされていたのもやはりほんのつかの間で、結局大姫は首だけでまた庭先へと向きなおった。その瞳はだがどこをも見てはいないようでもあった。

「不思議と近頃はとみにあの頃のことばかり思い出しまする。とりわけあの出奔の朝の場面ばかりは繰り返し甦《よみがえ》って止《や》みませぬ」

そこで一旦唇を結んだ大姫は、意を決したように改めて母親へと視線を戻した。

「母上様、少しだけ聞いていただいてもよろしいですか」

もちろん、と母親が肯《うなず》きながら返事する。その声はけれどわずかながらも端々ではっきり掠《かす》れて響く。二人が少年のことを話題にするのはついぞなかったことだった。大姫がまた静かな息を吐き出してから言葉を継いだ。

「あの日義高様がお発《た》ちになられたのは、まだようやく明けの明星《みょうじょう》ばかりがどうにか東の空に見つかるといった刻限でございましたわね。母上も覚えておいででございましょう。あの侍女、あれは名をなんといったかしら。とにかくその者が私どもを起こしに参ったのでございます。

義高様が行かれた後は、私が従者の小五郎と奥の部屋に引きこもり双六《すごろく》に興じている振りをして時を稼ぐ算段になっておりました。これもまた確か母上のお指図《さしず》でございましたわね。でも結局半日ももたなかった――」

大姫はそこで言葉を切ると静かに唇を噛《か》み締めた。眉《まゆ》が歪《ゆが》みまるで痛みをこらえてでもいるような表情を作り上げている。同じ日の悔しさが今この時のものであるかのように迫《せ》り上がるのを自分ではどうすることもできないのだろう。

　思えば大姫のこの十数年は結局その繰り返しであった。けれど娘はどうにかそんな思いを押し留め、小さな咳を一つ挟んでから先を続けた。

「まさしく出立《しゅったつ》の間際のことでございました。私たちは二人きり最後の別れを惜しんでおりました。すでに義高様は道中の人の目をたばかるため、女物の小袖《こそで》を頭からすっぽりとかぶっておられました。平素ならおかしくてまたいとおしくてたまらぬ景色であるはずなのに、けれどあの時の私の顔からは笑みの代わりにただただ涙がこぼれるばかりでございました。

　　涙川いとどおもひのますかがみ
　　あうせもしらぬ袖のうへかな

　ふと気づけばにそんな歌が口から勝手にこぼれておりました。歌など上手く詠《よ》めた例《ためし》もなかったというのにいかにも不思議なことでございます。

　でもおそらく、そんな言葉でも紡《つむ》がなければ私はきっとたちまち泣き出して、我を忘れて駄々《だだ》を捏《こ》ね、悪戯《いたずら》に義高様の御出発を遅らせてしまっていたことでしょう。そうに違いありませぬ。

　もしかしてあるいはまだその方がましだったかもしれないと、後になってそんなことを思いついたりしたこともございます。けれどいずれはやはり詮《せん》なきことにございますね。

義高様はこの拙《つたな》い歌をいたくお気に召して下さり、望まれるまま私は手近に見つけた短冊に同じ言葉をどうにか綴って義高様にお渡し致しました。すると義高様は、ではお返しを、と小さく笑い、それからこらえるように小さく唇を曲げられた後、同じ大きさの料紙にゆっくりと一首を認《したた》められたのでございます。

わかれじのいまはゆくえをしらぬかな

君にこころのまよう身なれば

私がどれほど感じ入ったことか。母上には決しておわかりにはなりますまい。思えばいつも私ばかりが、あたかも親に従う雛鳥《ひなどり》のように義高様をお慕い申し、彼《か》のお方だけを必死に見つめ、その後ばかりを追いかけていたようにも思い出しますのに、それでも義高様はこの私に心が迷うと、そんなお言葉まで下さったのでございます」

言葉を切った大姫に、けれど政子はただ、ええ、と答えたきりになった。どう返事をすればいいのかがわからなかった。

緊張に似た短い沈黙が過ぎてしまうと大姫はまた内庭へと視線を逃した。

「あるいは母上と父上は、あらかじめすべてを——」

いいかけてけれど大姫はその先を自ら振り切るように慌《あわ》てて大きくかぶりを振った。それからかすかに明るい調子を繕《つくろ》いながらこぼれかけた言葉を取り替えた。

「母上、今ならば私もようやくわかります。この現し世でそれほどの想いを交わせる相手に巡り会えたことがどれほど幸せであることか。その縁《えにし》を下さった父上母上には、やはりお礼を申すべきなのかもしれませぬ」

　そこで不意に目を上げた大姫はまっすぐに母の顔を覗《のぞ》き込んだ。刹那《せつな》その瞳《ひとみ》に憐《れん》憫《びん》にも似たどこか勝ち誇るような表情が過《よぎ》って消える。政子にはどうにも意味するところのつかみ切れない眼差しだった。

「それでもやはり、私には少しだけ早過ぎたのかもしれませぬ」

　視線を手の中の空蟬に戻し、大姫はそういって再び小さく唇を噛んだ。その途端であった。

　何が込み上げたのか大姫はまた肩を激しく震わせると空《から》の方の手を軽く握って急いで口元へと運んだ。再び激しい発作が起き、苦しげな咳が最前よりもよほど長い時間続いた。

「姫、お辛いのですか」

　慌てた政子が身を乗り出してもう一度娘の肩へと手を伸ばした。だが大姫の左腕はその手を払いのけるように動きかけ、一瞬の緊張を挟んで止まった。

　ごめんなさい、とどうにかそれだけ咳をこらえて絞り出すと、大姫はそのまま床に身を横たえなおし母に背を向けて庭を向いた。やがて静かにまぶたが下りた。

その時であった。娘の白い手の中でくしゃりと小さな音がした。

不意に雲が差し、母娘の見つめる内庭に仄《ほの》かな影を落として過ぎた。蟬たちが戸《と》惑《まど》ったように声をひそめた。

やがて庭に向けて伸ばされていた娘の右の手の指が一本ずつぎこちなく解《ほど》けていった。そして彼女は上に向いて広がった手のひらを最後にゆっくりと起こすようにして傾けた。

粉々になった薄茶色の欠片《かけら》たちが板張りの床の上に音もなくこぼれた。

私とて父母のありがたみは重々承知しております。決してお恨みなどしたくはない。なのにこの想いは消えてくれない。あたかもそれだけがまるで私のすべてでもあるかのように、ほんの一瞬たりとて我が身を捕らえて離しはしない。

胸に渦巻くそんな言葉を娘はどうにか押し留め、改めて首だけを母に向けなおすと、代わりに少し前からどうにかして口にしなければと思いあぐねていた一言を囁《ささや》いた。

「母上様、どうぞ不孝な私めをお許し下さい」

見下ろした政子の目が一瞬はっと見開いた。かまわずに大姫は続けた。

「どうやら私にもとうとう義高様のおそばに参る時がきたようでございます」

娘の瞳は不思議なほどの力をもって相手を見上げていた。

一瞬だけ気圧《けお》されて、けれど政子はすぐに子供のように激しく首を左右に振った。横たわった娘の両目の方が、むしろまるで母親の眼差しのような柔らかな色を瞬時にたたえた。

「姫、一つだけ教えて下さい」

やがてまるで望みの儚いことを悟ったかのように政子が低く声に出した。それでもなお吐息一つ分躊躇《ためら》ってから母は娘に問いかけた。

「貴女《あなた》は私を、私と御所様とを恨んでおいでなのですか」

すると姫は弱々しく首を左右に振った。

「決してお恨みなど――」

致しませぬ。おそらくはそう続くはずだったであろう言葉は、けれどついに音になることはなかった。細い咽喉だけがなおしばらく未練ありげに弱々しく動いていたけれど、やがてそれも静かに止んだ。

姫、大丈夫ですか、姫、姫。そんな母親の声が聞こえているのかいないのか、病床の娘は一度だけ笑みのようにかすかに目を細めるとそのままそれきりまぶたを閉じた。

不意に蟬の声が大きくなった。母親はついに動かなくなった娘の手を取るとそっと己の頰に運んだ。

すっかり血の気の引いた手はそれでもまだ仄かに温もりを留めていた。だがすでに命の気配は消えていた。

どこからか風が降りてきて、内庭の片隅に植えられていた山吹の枝を揺らして過ぎた。やがて人の呼ぶ声が届くまで政子はじっとそのままでいた。

時として今際《いまわ》のきわの一言には吐息と一緒に魂の欠片《かけら》がこぼれだすことがあるのだともいう。

歴史に翻弄《ほんろう》されその陰に埋もれるようにして生涯を閉じた少女の思いは、では果たしていずこを目指して飛んでいったのであろう。だがもちろん余人にそれを知る術《すべ》はない。

文月《ふみづき》は十四日、蜩の鳴く夕刻の出来事であった。

されこうべ

まず挿話《そうわ》を二つばかり御紹介する。

頼朝《よりとも》の初陣《ういじん》は齢《よわい》十三の時であった。平治《へいじ》元年（一一五九）都に起きた、世にいう平治の乱の折りである。

まだ元服を済ませたばかりであった頼朝は、この時父義朝《よしとも》に従って初めての戦場に立っている。源家直系のみに着用を許された源太産衣《げんたがうぶぎ》なる鎧《よろい》をまとい、手にはやはり子々孫々に伝えられてきた一振りの太刀を握っていたという。

この刀、名を髭切《ひげき》りといい、彼《か》の源満仲《みつなか》がとある名匠に打たせたわざものであったと伝わっている。ちなみに頼光《よりみつ》の代になり、配下であった渡辺綱《わたなべのつな》があの一条戻《もど》り橋《ばし》で茨木童子《いばらきどうじ》の腕を斬《き》り落としたのがまさにこの太刀であったとは巷間《こうかん》の噂《うわさ》するところである。

つけ加えればこのやや変わった呼び名は、この太刀で咎人《とがにん》の首を落とせば勢い髭までがすぱりと斬れたという理由から名付けられたのだそうである。

さて、義朝軍は敵対する平清盛《きよもり》が一党を引き連れ都を離れた隙《すき》をつく形で挙兵すると、まず政敵であった信西《しんぜい》こと藤原通憲《みちのり》を一気呵成《かせい》に血祭りに上げた。蜂起軍は一時は破竹の勢いで、頼朝もまたその若齢《じゃくれい》にもかかわらず将たる器《うつわ》の片鱗《へんりん》を示し、大音声《だいおんじょう》で出陣する兵らを鼓舞《こぶ》したりあるいは名乗りとともに敵武者二騎を矢継ぎ早に射落としたりなどの活躍をしたらしい。

ところが熊野詣《くまのもうで》に出向いていたはずの清盛が大方の予測よりよほど素早く都へ戻ってきたことで事態は一変してしまう。帰京するなり清盛は計略を用いてすぐさま時の二条帝と後白河《ごしらかわ》上皇の身柄を取り戻すと、ただちに反撃へと転じた。

そもそもが義朝らの決起の理由は政《まつりごと》の実際を皇家の手に取り戻すことにあった。であればその掲げたはずの天皇上皇両者の身柄を双方とも奪われてしまえばこれはどうしようもなかった。官軍でなければ勝利など有り得ない時代であった。

錦の御旗を失った源氏軍は各所で負け戦《いくさ》を重ねたちまち敗走を余儀なくされた。頼朝もまた郎党の鎌田正清《まさきよ》らに助けられ都を落ちる父と行動を共にした。

折りしも季節は冬であった。

いくら勇猛であったとはいえ数えでまだ十五にも満たぬ少年には、降りしきる雪と鎧をも貫く寒さとはことのほか骨身に染みたに違いない。そのうえ敗戦の末の逃避行であれば気力を振り絞るのもひどく難しかったことだろう。

やがて頼朝はあろうことか馬にまたがったまま居眠りし、一度ならず父たちに遅れた。最初こそ息子を待った義朝だったが、二度目にはさすがに同じことはできなかった。うかうかしていれば己《おの》れの身も危なかったからである。

かくして頼朝はいつのまに単身吹雪《ふぶき》の中に取り残されていた。気がつけば側《そば》を守る従者も一人を残すのみだった。

一寸先も定かではない白い闇《やみ》の中、少年がかつてなく途方に暮れたことは間違いがない。なお押し寄せることを止《や》めぬ睡魔とそれでも懸命に戦いながら、我が身の命運も最早《もはや》これまでかと幾度も唇を噛《か》み締めたことだろう。

だが因果とはわからぬものである。この時はぐれてしまったことが、結果的には頼朝の命を救った形となったのである。

義朝はその夜の宿を求めた先で平家に通じていた館の主に寝首をかかれ、無残にも命を落としてしまう。頼朝の異母兄二人もやはり同様の運命を辿《たど》り、ただ一人迷っていた頼朝だけが首尾よく難を免《まぬが》れたのである。

父たちの死を知った頼朝はまず一旦《いったん》青波賀《あおはか》なる地に身を隠した。だが少年の身であればさすがに単独でさらなる逃走を続けることは叶《かな》わなかった。

進退極まったところへほどなくこの隠れ家にも敵兵が押し寄せただちに彼を捕縛した。だが幸運な頼朝はその場で斬り捨てられることもなく京都は六波羅《ろくはら》へと引き立てられた。

どうやらこの時にはもうすでに頼朝は徒手であったらしい。源太産衣こそ傍《かたわ》らに置いてはいたものの、髭切りの太刀の方は所在が知れなくなっていた。一説にはこの刀は青波賀にて少年を匿《かくま》った大炊《おおいの》長者なるものに委《ゆだ》ねられていたのだとの伝承もあるが、真偽のほどは定かではない。

さて、清盛は白州《しらす》に引きずり出されたこの少年の顔を見て即座にその死罪を決めた。あるいはまだ幼さを残したその双眸《そうぼう》に、それでも武家の棟梁《とうりよう》としての揺るぎない風格を見て取って、これを後顧《こうこ》の憂《うれ》いと判断したのかもしれない。

――処刑の日は年が改まった翌正月の十三日と定められた。

戦に敗れ俘虜《ふりよ》となり、しかも己れの死を避けられぬものとして告げられた少年の心持ちとは果たしてどのようなものであったのだろう。それでも幼少よりいずれは武家の棟梁となる者として育てられてきた身であれば、不運をただ嘆くよりはむしろ我が身の知略と武勇の至らなさをこそ嚙み締めて、よし再び機会があれば二度と同じ過ちは犯すまいと固く心に戒めていたのではないだろうか。

その心情はおそらく、後年あの徳川家康が武田との戦《いくさ》に敗れた折りに、この手ひどい辛酸《しんさん》を生涯決して忘れるまいと、その場で自身の肖像画を描かせた心持ちとどこか通じるものがあったに違いない。二人は二人とも、俯《うつむ》いて歯を食いしばるより術《すべ》を持たない己れの不甲斐《ふがい》なさをこそ何より恨《うら》めしく思っていたことであろう。

年が明け刻々と処刑の期日が近づいた。あと幾らも朝を数えぬうちに我が身の命運が尽きるのだと知らねばならない心情というのはどれほど想像してもなおあまりある。まだ高々齢十三の少年であれば尚更《なおさら》である。

ところが強運な頼朝はこの時もまた一命を取り留めることとなる。

このわずかな間に池禅尼《いけのぜんに》なる人物が、懸命にこの少年の助命を清盛に請うていたのである。彼女は清盛には義母に当たる存在であったうえ、その懇願はかなり執拗《しつよう》なものであったらしい。一説にはこの女性は頼朝の容貌《ようぼう》に早くに亡くした我が子の面影《おもかげ》を重ねていたのだともいわれているが、どうやら彼女の身辺にいた頼朝の生母の縁者たちが強く働きかけたというのが本当のところであったと思われる。

話はやや横道に逸《そ》れるが、平治の乱に先立って亡くなったこの頼朝の生母というのは、実は熱田《あつた》神宮の大宮司の家系の娘であった。熱田といえば伊勢に次ぐ順位の社《やしろ》である。あの三種の神器の一つである草薙剣《くさなぎのつるぎ》を御神体として熱田大神《あつたのおおかみ》を祀《まつ》り、同時に天照大神《あまてらすおおみかみ》を筆頭に、素盞嗚尊《すさのおのみこと》、日本武尊《やまとたけるのみこと》らを合祀《ごうし》している。

後年頼朝が平家追討の功労者である義経を、その功績にもかかわらず微塵《みじん》の容赦《ようしゃ》も見せずに追い詰めたのは、ひょっとしてこの異母弟が壇《だん》ノ浦《うら》の合戦で件《くだん》の剣を失《な》くしてしまったこととまるで無関係ではないのかもしれない。

もっとも頼朝がこの生母をどう思っていたか、あるいは己れに流れる巫女《みこ》に連なるであろう血筋をどのように捉《とら》えていたのかを詳《つまび》らかにする史料は残念ながら見当たらない。義経との確執の原因もやはり同様に想像するよりほかにない。だが我が身を救った度重なる幸運にばかりは、おそらくさすがの頼朝も神仏の加護を感じていたには違いない。

さて、話を元に戻すことにしよう。

義母のみならず寺社筋からも重ねて迫られてしまえばついにはさすがの清盛もこの少年の斬首《ざんしゅ》を諦《あきら》めざるを得なかった。

官軍の将ではあったとしてもこの時はまだ清盛も一介の武家に過ぎない。いかな傑物であったとはいえ彼が位階を昇り詰めこの世のすべてを意のままにする権力を握るまでにはまだ少しの間が必要だった。

だが清盛もまた武家の棟梁であればただで頼朝を赦《ゆる》すことはしなかった。宿敵源家を完膚《かんぷ》なきまでに討ち滅ぼした清盛は、この紛《まご》うことなき勝利の証《あかし》として、源家の家宝ともいうべきあの髭切りの太刀の所在を教えることを頼朝に要求したのである。拒むことも叶わずに頼朝は青波賀に近い山中のとある場所を答えた。

かくしてこの取引の後、頼朝は死罪を減じられ東国へと流される次第となった。以来彼は二十年の長きにわたり伊豆での蟄居《ちっきょ》を余儀なくされる。そしてまた、時代はしばし平家の栄華という緩やかな停滞の中にたゆたうことになる。

頼朝の流罪《るざい》が確定してほどなく、清盛は人を遣わせ青波賀の地を探させて首尾よく一振りの太刀を手に入れている。だがこの髭切りがその後どうなったのかは詳らかではない。『源平盛衰記《じょうすいき》』などにはそもそも清盛の手に渡った刀が偽物であったとの記載もあるが、これもやはり真偽のほどは定かではない。

いずれにせよ清盛はこの時頼朝を赦したことを生涯悔やみ続け、死の床においても、俺には墓など要らぬ、ただ頼朝の首級《しるし》を取り供えよ、と、妻二位尼《にいのあま》に囁《ささや》いたとも、あるいは宗盛知盛《むねもりとももり》の兄弟に命じたとも伝えられている。のみならずこの入道は京都での自らの供養《くよう》の一切を禁じたともされていて、事実太政大臣にまで昇り詰めた人物でありながら清盛については墓所の所在がはっきりとしない。なるほど確かにこの時清盛が頼朝の首を刎《は》ねてさえいれば、あるいはその後続いた歴史はまるで違ったものとなっていたのかもしれない。だがその答えこそまさに神のみぞ知るといったところであろう。

さて、二つ目の挿話は頼朝の流人《るにん》時代のものである。

いつとは定かでないけれど、この時期から頼朝の周囲には文覚《もんがく》なる得体の知れない僧侶《そうりょ》の姿が見え隠れし始めている。伝わるところによればこの文覚は元は武士の子弟であり、その出自からして生来気性の荒いところがあったのか、とある寺の勧進《かんじん》を巡りあろうことか御所で騒ぎを起こして流罪に処されたのだという。承安《しょうあん》三年（一一七三）頃のことである。文覚が配流された地はまさに頼朝と同じ伊豆であった。もっとも当時の伊豆はある種の流刑地《るけいち》のようなものであったから、これを天の巡り合わせなどと呼ぶのはいささか気が引けるところではある。

ただいずれにせよ、この事実がそもそも二人を結びつけた縁《えにし》であったことだけはおそらく疑問の余地がない。

　当時の両者の関係がどのようなものだったのかは推《お》し測るより仕方がないが、ひょっとすると父や兄たちの菩提《ぼだい》を弔《とむら》いつつ写経に時を費《つい》やす頼朝の毎日の支えとなっていたのが、あるいはこの破戒僧だったのかもしれない。また、これも想像の域を出るものではないけれど、この文覚が頼朝にとっての呪術《じゅじゅつ》の師となったことも十分に考えられるであろう。ちなみに文覚は一応は真言宗の僧侶であったから、いわゆる密教の秘法に少なからず通じていたとしても何ら不思議はなさそうである。『平家物語』やそれを原典とする『盛衰記』などに拠《よ》れば、そもそも頼朝に平家打倒の挙兵を促《うなが》したのが実はこの文覚なる男であったらしい。それもまだ頼朝が北条という後ろ盾《だて》を得るよりよほど以前の出来事だったようである。

　しかもこの時この破戒僧は手ずから携《たずさ》えてきた一個の髑髏《どくろ》を頼朝の眼前に置き、さらにはこれこそが平治の乱の折りに儚《はかな》くなった彼《か》の義朝公のされこうべであるとまで嘯《うそぶ》いて、源家の嫡男たる貴殿がこの無念を晴らさずにどうするのだと詰め寄ったのだともいわれている。

　冷静に考えれば畿内で討たれたはずの義朝の首が、伊豆の流人の、しかも一介の僧侶に過ぎなかった男の手中にあることからしてがまずまったくもって疑わしい。

また文覚の周囲や経歴には特に平家に怨《うら》みを抱くような理由にも思い当たる節がない。そのせいか、このされこうべの登場する逸話は『吾妻鏡《あづまかがみ》』や『玉葉《ぎょくよう》』などといった当時の他の史料にはどうやら見つからないようである。

その後彼らの間にどのような経緯《いきさつ》があったかは定かではない。やがてあの治承《じしょう》寿永《じゅえい》の騒乱の火蓋《ひぶた》が切られると、文覚の名はほぼ政治の表舞台に出てくることはなくなってしまう。頼朝の祐筆《ゆうひつ》のような地位にあった気配も見られないし幕府の組織に名を連ねていた事実もない。

それでも実際には頼朝と文覚の関係は生涯を通じ決して浅からぬものであったらしく、当時はまだ離れ小島であった江ノ島に頼朝の命を受け弁財天を勧請《かんじょう》したのがこの男であったようだし、また頼朝の宿願が成就しついに平家が滅びたのと同じ文治《ぶんじ》元年（一一八五）の八月には、当時京に在《あ》った文覚がどこからかまた義朝の遺骨なるものを探し出して鎌倉に届けさせてもいるらしい。もっともこの時はどうやら本人が持ち込んだ訳ではなく、遣いの者に委《ゆだ》ねてはるばる東海道を運ばせたようではある。

やはりどことなく胡散臭《うさんくさ》い話ではあるけれど、頼朝はこの遺骨を父の供養のために建立《こんりゅう》した勝長寿院《しょうちょうじゅいん》なる寺に改めて納骨してもいるから、こちらはまったくの眉唾《まゆつば》ものという訳でもなかったのだろう。

ちなみに先述の挙兵前の二人の逸話は、おそらくこのエピソードを原型に時代を下るうち徐々にできあがっていったものなのではないかと想像できる。さらにもう一つ余談をつけ加えるならば、この勝長寿院はほどなく源家のいわば菩提寺《ぼだいじ》となり、後年首のない三代将軍実朝《さねとも》の亡骸《なきがら》が葬られたのも同寺であったようである。

——それにしてもされこうべである。

おおよそ理知的で常に現実的で、時には狡猾《こうかつ》ですらあったと目される頼朝という人物にまつわる逸話を彩るには、やや唐突で奇怪なモチーフであるとの感を禁じ得ない。あるいは好事家《こうずか》の方であれば、ここで真言僧と髑髏という組み合わせに思わずはたと膝《ひざ》を打ち、中には眉をひそめる向きもあるかもしれない。

頼朝が伊豆に流されるより半世紀ばかり前、坂東《ばんどう》の地にとある真言宗の一派が起こったとされている。これが武蔵《むさし》の国は立川辺りを中心に徐々に信者を集め、中世の全般を通じ広く民間に伝播《でんぱ》した。だがその教義の特殊さからついに本山には認められることがなく、一貫していわば邪教の地位に甘んじていたと伝えられている。

この一派を時に真言立川流と称する。

特に荼枳尼天《ダキニテン》なる神を強く信奉するこの真言立川流の教義の中に髑髏本尊なるものが登場している。人の頭蓋骨に秘術を施し、これを奉《たてまつ》ることによって現世利益《げんせりやく》を得んとするというのが教えのおおまかな概略である。

いささか生々しくもいかがわしいこの本尊の詳しい製法については稿を譲ることとするが、最後には人のされこうべに漆《うるし》や金箔《きんぱく》などである種の加工を施して祭壇に祀るなどもしていたらしい。あるいはここで信長のあの髑髏の杯の逸話を思い浮かべる向きもあろうかと思われるけれど、念のため付記しておけば信長と立川流とを直接結びつけるような史料はおそらくない。

とはいえ曲がりなりにも本尊であれば、人の頭蓋骨ならばなんでもよかったという訳ではないらしい。伝わるところによれば、本尊に相応《ふさわ》しい、つまり霊験灼《れいげんあらた》かなるされこうべは、一に智者、二に行者、三が国王なのだそうである。以下将軍、大臣、長者と続き、七番目と八番目に父と母とが挙げられている。

この髑髏本尊なる信仰は鎌倉時代を通じて貴賤《きせん》を問わずひっそりと巷間《こうかん》に伝播したらしく、元寇《げんこう》の頃には天武帝の陵墓があらされ遺骨の頭部が盗まれるという事件さえ起きている。なるほど天武帝であれば国王であるのみならず知力武力ともに秀でた傑物である。これほど本尊に相応しい頭蓋骨は確かに二つとないであろう。

立川流がどの時期にどれほどの規模で広まったかについては、先述のような性格上頼るべき史料がほとんどない。ただ稲荷社の隆盛がある種の指標とはなり得るらしい。というのも、荼枳尼天の乗り物が霊狐、すなわち狐だったからである。稲荷神社が主に何を祀っているかは改めてここで記すまでもないだろう。

もちろん稲荷社のすべてが立川流の信仰の対象であったとするのはいささか牽強《けんきょう》付会《ふかい》に過ぎるであろう。だがそれにしても、数多《あまた》の辻《つじ》のそこかしこに今なお小さく祀られている稲荷社の数を思えば、この立川流は想像よりもはるかに深く民間に浸透していたのかもしれない。

髑髏本尊を措《お》いたとしてさらに二つ、他の宗派に比して立川流独特の特徴であると呼べそうな点がある。非常に大雑把《おおざつぱ》な言い方になるけれど、一つには先に触れたように極楽往生よりも現世利益を喧伝《けんでん》したこと、そしてもう一つは男女の交合《まぐわい》を聖なるものであると説いたことである。

多くの山門が女人禁制であったことはもちろん、当時は女性そのものが穢《けが》れとされ産所さえ別棟に設けられていたような時代であったことを思えば、真言宗の本山がこの一派を異端としたことも十分に頷《うなず》ける。しかも立川流の僧侶は平気で女色の禁を犯したのであろうから当然といえば当然である。

同時に一方ではこの内容が民衆の心を広く捉える原動力となっただろうこともまた容易に想像できる。たとえ極楽往生がどんなものであったとしても、現世に命のあるうちは男と女の営みばかりは極めて自然なものであったことには疑いを差し挟む余地がない。ちなみに荼枳尼天なる神が本来はインドの女神であったことも、ここにつけ加えられて然《しか》るべきなのかもしれない。

この立川流が隆盛のピークを迎えるのがおおよそ建武《けんむ》の頃であったらしい。南朝に君臨したあの後醍醐《ごだいご》帝自らがこの信奉者であったとさえまことしやかに囁かれてもいるようである。だとするとこの宗派は最初に起こった平安末期から鎌倉時代の全体を通じて徐々に広まっていたことになるのだろう。

であれば頼朝がその大願成就を託す髑髏本尊とするために、父義朝の遺骨を探し求めたという想像は、あるいは成立してしまうのかもしれない。むしろ『盛衰記』等が語る文覚とのエピソードこそ、この証左と考えるべきなのかもしれない。

ちなみに鎌倉は源氏山の麓《ふもと》に佐助《さすけ》稲荷なる社《やしろ》がある。兵衛佐頼朝を助けたから佐助の名がつけられたのだという。だがではいったいいつどこでどのような経緯で頼朝が狐の力を借りたのかという段になると、それらしい逸話はほぼどこにも見当たらないようである。

さらにもう一つ余談を記せば、実はむしろ清盛の生涯の方に狐が登場している。まだ殿上人《てんじょうびと》にすらなる前の清盛が狩りの場で出くわした狐が弁財天に化身したという話がこれもやはり『盛衰記』に残されている。弁財天もまた女性の姿をして現れることも、念のためここに付記しておこうと思う。

繰り返すが、髑髏本尊すなわち荼枳尼の法は一代限りの現世利益をもたらすのである。死後の往生も、子々孫々にわたる栄華をも約束するものでは決してない。

そのことを思い合わせると、清盛にせよ頼朝の場合にせよ、後の世からそれぞれの生涯を顧《かえり》みればどことなく頷けるところがある気がしてくるから不思議である。

最後に『吾妻鏡』について少し触れておく。

この『吾妻鏡』には欠落がある。鎌倉幕府唯一の正式な記録である同書は、だが元寇をきっかけとした幕府の滅亡の後しばし所在がわからなくなってしまうのである。これはたとえば『古事記』や『日本書紀』といったいわば公的な史書が少なくない写本を持ち、複数の場所に保管され過ちなく後世に伝えられたのとはかなり事情を異にしている。

もちろんこれにはやはり相応の理由がある。なんとなれば、とりわけ鎌倉に限っていえばその最初から最後まで、幕府なる存在が公のものとして認められることがなかったからである。朝廷という制度の側からしてみれば、『吾妻鏡』もまた九条《くじょう》兼実《かねざね》の『玉葉』や、あるいは紀貫之の『土佐日記』などと等しい、いわば私人の日記程度の価値しか認められなかったのだろう。

違いといえば代をまたいでなお綴《つづ》られていることくらいだろうが、源氏の嫡流途絶えた後の日記の主は史上唯一朝敵として皇室に弓引き勝利した北条の一族であれば、これが朝廷に保護されるはずは皆目ないだろう。

むしろ一字一句残さずに葬り去ってしまいたいくらいであったに違いない。

考えてみれば幕府という制度はまったく奇妙なものである。実体は政府であるにもかかわらず表面上は王権を侵《おか》すことをしていない。朝廷の基盤である律令の網の目を上から覆《おお》うようにして政権の基盤を成立させている。後年あの家康が武家政治の祖として頼朝に心酔した理由もおそらくそこにあるのだろう。

その家康が、まず最初にいつ頃どこでこの『吾妻鏡』の写本を手に入れたのかはさすがにはっきりとはわからない。おそらくは金沢（現在の神奈川県横浜市金沢区）の称名寺《しょうみょうじ》辺りに残されていたものを簒奪《さんだつ》したのであろうと思われるが、確たる証拠はもちろん残されてはいない。

しかしながらこの時にはもう『吾妻鏡』はところどころ欠けていた。これを惜しんだ家康は覇権を手にした後に改めて、小田原北条氏やあるいは島津家の蔵書を提出させるなどして全体の復元に着手している。現在に伝わる同書の構成はこの時家康が収集したものを基本にしているのである。

そもそもが『吾妻鏡』の編纂《へんさん》は第八代執権時宗《ときむね》の時代に始まったのだろうというのが通説である。源家将軍家の血筋はとうに絶え、この頃幕府において覇権を握っていたのは北条氏であった。古参の有力御家人《ごけにん》たちもあるものは滅び、あるものは細々と名のみを留《とど》めているような状況だった。

同書の全体は元寇の時期までにはおおよそ成立していたろうと思われるが、それから家康が改めての編纂を終えるまでに実に三百年を優に超える歳月が流れているのである。多少の散逸は止むを得ない事態なのかもしれない。

ところで問題は、その欠落の箇所である。

たとえば初代政所別当《しょだいまんどころべっとう》大江広元《ひろもと》と尼将軍北条政子《まさこ》とが相次いで没した嘉禄《かろく》元年（一二二五）がまるまると欠けている。さらには政子の実弟義時《よしとき》の息子泰時《やすとき》の没年の記載も現存する写本の中には見つけることができない。どちらも幕府の要人の死にかかわっている箇所であるのも気にかかるところではある。中には後に補完された部分もあるようだけれど、類似の欠落は実に十指に余る。

そしてその中でも最大のものが頼朝の死に先立つ三年間の空白なのである。これゆえに、幕府のみならず武家政治の礎《いしずえ》を築いた、いわば我が国の歴史の上での最重要人物の一人であるといえるにもかかわらず、頼朝の死因は現在に至るまで判然としない結果となっているのである。

不慮の死を遂げた実朝の治世が一年も欠けることなく残されていることを鑑《かんが》みれば首を捻《ひね》りたくもなってくる。そこに何者かの意図を感じずにはいられない。

さて、いささか前置きが長くなり過ぎたきらいはあるが、ではこんな物語はいかがだろうか。

一

頼朝の二度目の上洛は建久《けんきゅう》六年（一一九五）春のことであった。東大寺の落慶《らっけい》法要《ほうよう》への列席が主たる目的であったとされている。

すでに平家はもちろん奥州も平定し、最後の政敵であった後白河法皇も三年前に崩御《ほうぎょ》していた。ようやく念願だった征夷大将軍の地位を手に入れた頼朝にしてみれば、まさに我が世の春を楽しむといった心持ちであったのかもしれない。

かつて清盛の命《めい》によりその五男平重衡《しげひら》が南都焼き討ちを敢行し、東大寺の本堂を字義通り灰燼《かいじん》に帰したのは、この年を遡《さかのぼ》ること十五年前の出来事であった。折りしも安徳《あんとく》帝の即位により磐石《ばんじゃく》となったかと思われた平家の屋台骨がどこからか軋《きし》む音を立て始め、坂東《ばんどう》と木曾ばかりか西国《さいごく》から京都近郊に至るまでの全国各地で次々と清盛の治世をよしとせぬ者らが叛旗《はんき》を翻《ひるがえ》していた時期である。慌《あわただ》しい遷都騒ぎの末福原より戻った清盛はまず手始めに膝元《ひざもと》ともいうべき畿内の制圧に着手した。従わぬ者は滅ぼすのみ。たとえ神社仏閣といえども決して見逃す訳にはいかぬ。おそらくはそんな文言で清盛は尻込《しりご》みする五男を叱咤《しった》したのに違いない。

それでも清盛自身の胸にもやはり相応の覚悟があったはずである。神仏の加護なくしてはどんな災いが降りかかるかもしれぬと信じられていた時代であった。

そしてまた同様に、思いを残して死んだ者たちが怨霊《おんりよう》としてこの世に留《とど》まり続けることも、当時の人々にとっては揺るがしがたい事実であった。

ならばもし清盛の怨霊が、この東大寺の落慶供養を目の当《ま》たりにしたとしたら。己《おの》が代わりに大仏殿に火を放った重衡はもちろん、他の一族も孫子《まごこ》の代までほぼ余さず海の藻屑《もくず》と消え果てて、あまつさえ宿敵頼朝が下へも置かぬ扱いでこの場に参列しているのを見たとしたならば。

荒御霊《あらみたま》と化した清盛はおそらくすでにかたちをなくした顔を歪《ゆが》め、決して人には聞こえぬ種類の咆哮《ほうこう》を惜しみなく見えない咽喉《のど》から迸《ほとばし》らせたことであろう。雄叫《おたけ》びは即座に四方の雲を呼び集めやがては怨《うら》みの涙となって容赦《ようしや》なく人々の頭上へと降り注いだに違いない。

この日の法要の様子を『吾妻鏡』は次のように記している。

三月大　十二日　丁酉《ひのととり》　朝雨晴る。午《ひる》以後雨しきりに降る。また地震。今日東大寺供養なり。雨師風伯《うしふうはく》の降臨、天衆地類《てんじゆちるい》の影向《ようごう》、その瑞掲焉《ずいけちえん》たり。

ちなみに雨師風伯とは各々陰陽道《おんみようどう》における雨と風とを司《つかさど》る神のことである。つまり『吾妻鏡』は同日起きた時ならぬ嵐を僥倖《ぎようこう》だったと嘯《うそぶ》いている訳である。

おそらくそれは人々の目には人事を超えた怪異と映ったに違いない。だが落慶法要のめでたき日にそれをそのまま記すことは『吾妻鏡』の筆者にもさすがに躊躇《ためら》われたのであろう。

式次第の開始は昼過ぎであった。参列者の数は千とも二千ともいわれているが実際のところはわからない。いずれにせよ当時ではなかなか類を見つけることのできない盛大な催しであっただろう点だけは確かである。

だが読経《どきょう》が始まりいかほども経たぬうちだった。一転俄《にわか》に空がかき曇りたちまち滝のような雨が一同の上に降り落ち始めた。雨足のあまりの激しさに僧たちすらこぞって屋根を求め持ち場を離れたほどであったとも伝わっている。

にもかかわらず、頼朝に従えられた鎌倉の一行だけはその場から微動だにしなかった。この様に貴族たちは後に感嘆の声をもらしたとも聞こえている。

その中央では、頼朝が一人毅然《きぜん》と唇《くちびる》を結び空の一点を見据えていた。だがどこか心ここにあらずといった風情《ふぜい》でもあった。主が動かなければ従者らもまたそれに倣《なら》うよりほかはない。おそらく御家人とはそういう存在であったのだろう。

漆黒《しっこく》の雲に塞《ふさ》がれた空へと目を凝らし頼朝は思わず息を呑《の》んだ。

そこに浮かんだ憤怒《ふんぬ》の形相には確かに見覚えがあった。見間違うはずなど決してない。そう思った途端、目眩《めまい》のようなものが彼を襲った。

次に気がつくと己れはいつのまに地べたに座らされていた。腰に縄をかけられて傍らに立った雑兵《ぞうひょう》がその端をしっかりと握り締めている。

果たして何が起きたのか、このつかの間に頼朝の身は十三の少年に戻り白州の上にあった。しかも不可解なことに頼朝はその我が身の姿をどこともつかぬ場所から見下ろしていた。

「池禅尼《いけのぜんに》がうるさくてな。そなたの首を刎《は》ねるなという」

一段高くなった場所から声が届いた。壮年の相手の迫力に少年の身はただ気圧《けお》されるばかりである。腰から下に尿意にも似た震えが走り全身が騒がしくてたまらない。今その身を支配するのは、戦《いくさ》の場でも吹雪の中単身取り残されてしまった時にも決して覚えたことのない種類の感情だった。

「のう頼朝、俺が女どもの言葉に耳を貸すとでも思うか？」

濡《ぬ》れ縁《えん》にどっかりと胡座《あぐら》を掻《か》いた清盛が膝の上に片肘《かたひじ》をつく。少年の頼朝にはその姿が仁王のようにも見える。

「もしお前が俺ならどうする？　いずれこの身を父親の仇《かたき》と狙《ねら》うとわかっておる相手を生かしておくか？　貴様も武家の棟梁《とうりょう》であろう。その立場ならいかがいたす」

わかっている。改めて自問などするまでもない。頼朝は思う。

だから義高《よしたか》も殺させた。あの静《しずか》とやらが産んだ子も、男子だと知った時点で即座に人を遣《や》り稲村《いなむら》ヶ《が》崎《さき》の沖へと流した。それもこれもあの時清盛に助けられたこの身が最後には平家の一族を滅ぼしたという因果をまざまざと感じていたからだ。それこそが正しい答えなのだ。

――だがだとすれば、そもそもが私も生きてはおらぬはずだった。

そう考えたはずの頼朝の心は次にはまた再び十三の少年に戻っている。あるいはこの清盛ならば、従者に命じこの場で我が首を落とすことさえしかねない。自分は必死に歯噛みして今にもこぼれ出しそうな嗚咽《おえつ》をやっとの思いでこらえている。気がつけば嫌な汗があちこちから染み出して、そこに折り悪しく吹きつけた木枯らしが首筋から無遠慮に忍び込み、全身を這《は》い回ってはたちまち体温を奪っていく。少年の頼朝にはそれがまるで死出の旅路の第一歩にすら思えてしまう。

清盛が口元を歪めて笑った。嘲《あざけ》るような笑みだった。

「命が惜しいか」

ともすれば勝手に縦に動こうとする首を頼朝は辛《かろ》うじて制した。歯を食いしばりどうにか目だけを持ち上げると濡れ縁の清盛とまともに視線がぶつかった。それはまさしく鬼のような眼光であった。

だがここで引くわけにはいかぬ。不意に脳裏に浮かんだその思いがあたかも父の声にも聞こえ、頼朝は懸命に相手の眼差《まなざ》しを受け止めた。

かすかにではあったが清盛の方が先に目を逸《そ》らした。途端また背中にどっと汗が噴き出した。ふん、と鼻から小さく息を吐いた相手がぎこちなく首を回す仕草を狭んでから先を続けた。

「その目の光、俺がどれほど望んでも我が息子たちに、重盛《しげもり》にも知盛にも、宗盛にも未《いま》だ見つけられずにいるものだ」

いつのまに清盛の目は再び頼朝を見据えていた。だがそこに宿る光は最前までのものとはどこか少しだけ違って見えた。

「それをこともあろうにこんな場でお主に見せられるとはな」

清盛が苦笑した。やはり歪んでいたとはいえ頼朝が相手の顔に初めて目にした、明らかに嘲りとは違う種類の色をたたえた笑みだった。

「俺は義朝を羨《うらや》ましく思うぞ」

清盛はそこですっくと立ちあがりそのまま濡れ縁を降りてきた。裸足《はだし》の足の下で乾いた小石がさくりと小さな音を立て、ほどなく仁王のような体が頼朝の傍らにそびえ立った。思わず目を伏せた頼朝だったが、だがすぐに武骨な手が顎《あご》をつかんでその顔を無理矢理持ち上げた。

三度《みたび》視線がぶつかった。刹那《せつな》清盛がかすかにほくそ笑んだ。

「なるほど殺すには惜しいのかもしれぬ。といってお主、その面構《つらがま》えでは俺を父と思って仕えることもできはすまい」

「笑止《しょうし》」

答えた自分の声は震えていた。それでもどうにか言葉は音になった。その返事に清盛が声を上げて笑った。

けれどそれもつかの間だった。相手はたちまち最初と同じ仁王の眼差しに戻ると改めて頼朝の身を見下ろした。

「だがただでは生かさぬぞ」

一つ低くなった声音《こわね》に咽喉がまた勝手に動く。それでも頼朝は今度も視線を逸らすことをしなかった。

「お主ら源氏がこの俺に屈服したという紛うことなき証を立ててもらう」

仁王の瞳が我が身を射抜いた。

「髭切りをどこに隠した」

顎を持つ清盛の手に力がこもる。

「吐け。さもなければ助命など聞かぬ」

逡巡《しゅんじゅん》はだが一瞬だった。気がつけば口が勝手にその場所の名を答えていた。

太刀は青波賀に近いその山中に隠してもらうよう大炊長者《おおいのちょうじゃ》に託してきた。約定《やくじょう》が違《たが》われてさえいなければ今もその場所にあるはずだった。

清盛の手が荒々しく外れた。その勢いに頼朝は思わず顔から地に伏した。後ろ手に両手首を縛られていればすぐには身を起こすことも叶わずに、頼朝はそのまま乾いた砂利の冷たい臭いを吸いこんだ。今の拍子にどこかが切れたのか、口の中には塩辛い血の味があふれていた。


あの日の屈辱があればこそ、この私の今があるのだ。

我に返ると頼朝は天を睨《にら》みつけた。だがいつのまに先刻雲間に垣間見《かいまみ》えたはずの顔は消え失《う》せ、ただ滝のような雨が打ちつけるばかりとなっていた。雨はことのほか大粒で、少しの間も経たぬうちに衣服に染みて、この日のためにあつらえられた薄紫の狩衣《かりぎぬ》をまるで縛《いまし》めのように変えていた。

それでもなお頼朝は動こうとはしなかった。傍らに控えていた和田義盛《よしもり》と梶原景時《かじわらかげとき》とが不可解な顔で主を盗み見もしていたのだけれど、頼朝はこれにもついに気づかぬ振りを押し通した。

雨はなお、些《いささ》かも止む気配を見せようとはせぬままでいた。

この日、頼朝暗殺を企《くわだ》てていた平家の残党が門前にて捕らえられるという物騒な一幕こそありはしたけれどこれも結局は未遂《みすい》に終わり、ともあれ法要は無事に終了した。だが落慶供養が終わってもなお頼朝はしばしの間京に留まり続けた。事実、一行は以後さらに二ヶ月余りにわたる時間をこの地で費やしているのである。

だがどうやらこの滞在は頼朝にとって決して本意に沿うものとはならなかったようである。

そもそもがこの時の上洛に際し頼朝が抱いていた第一の目的は、何よりも娘大姫《おおひめ》の入内《じゅだい》の画策であったらしいとされている。当時の天皇はといえば、後に承久《じょうきゅう》の乱の首謀者となるあの後鳥羽《ごとば》である。その彼もこの時はまだ齢十六で、武家でいえばようやく元服を済ませたばかりといったところであった。

ところが一方の大姫はすでに二十を目前にしていた。しかも、いかな将軍の長女であるとはいえ、生まれてこの方坂東を離れたことすらない、いわば生粋《きっすい》の田舎娘であった。なるほど儚げではあったかもしれないけれど、おそらく雅《みやび》とは縁遠い娘だったろうことには間違いがない。さすがに中宮となるにはいささか不釣合いであるといわざるを得なかった。

そのうえこの大姫は、七つの時に許婚《いいなずけ》とされていた木曾義仲《きそよしなか》の嫡子《ちゃくし》清水冠者義高《しみずかじゃよしたか》を失ってからこちらというもの、両親に対してもすっかり頑《かたく》なになっていた。

加えて体調も決して健《すこ》やかということはなく、加持祈禱《かじきとう》の類に世話になったことも数え切れなかったようである。しかも彼女はこの歳になるまで周囲が持ち込んだ縁談の数々にことごとく首を横に振り続けてきていた。

つまりは、この目論見《もくろみ》が成就しそうな気配など初めからほぼなかったのである。

それでも頼朝はこの滞在の期間中娘の縁談の糸口とすべく、後白河院の寵愛《ちようあい》を受け院崩御の後も宮中に絶大な影響力を誇っていた丹後局《たんごのつぼね》なる人物にやや尋常でないほどの熱意をもって接近を試みている。女同士という目算もあったのか、一度ならず御台《みだい》政子や当の大姫にも彼女を引き合わせているようでもある。

だがこの相手は幾ら面会を重ねても、進物ばかりは嬉々《きき》として受け取るけれど終始暖簾《のれん》に腕押しといった体《てい》で、肝腎《かんじん》なことは何一つ約定しようとはしないというようなあしらい方であったらしい。しかもこの時の行動が時の関白であった九条兼実《くじようかねざね》との亀裂《きれつ》の遠因となってしまうのだから、頼朝にしてみればまさに踏んだり蹴《け》ったりといったところではある。

仕方なく、では気晴らしにと東大寺再建に功のあったという陳和卿《ちんなけい》なる宋人に面会を申し入れてみれば、こちらは先方から、無益な殺生《せつしよう》を重ねた身とは会うつもりなどさらさらないとにべもなく断られてしまう。位官も何も持たぬ相手に袖にされた訳であるから、武家の棟梁の面目も丸潰《まるつぶ》れである。

後白河院という目の上の瘤《こぶ》がようやく取れ晴れて将軍職を拝命した身にしてみれば、都で受けたこの扱いには切歯扼腕《せっしやくわん》する思いがあったに違いない。むしろだからこそ、頑なな までに大姫入内に固執《こしつ》したのだと想像することも可能ではあろう。

いうまでもないが、娘を皇室に嫁がせて外戚《がいせき》の立場で朝廷での地位を確保するというのは、かつて藤原氏や平家が覇権を築くために採ってきた手法である。それでも旗挙げ以来一貫して坂東の地場を固めることに腐心してきた頼朝の行動原理からすれば、やはりやや首を傾《かし》げたくもなる振る舞いではある。

ところで、頼朝本人が京に留まり続けていれば、当然ではあるが、同道していた政子や御家人らもこれに従わざるを得なかった。

果たして彼らが住み慣れぬ都でどのような日々を過ごしていたかは想像するより致し方がないのだけれど、おそらく元服を済ませたばかりの嫡男頼家《よりいえ》は遊び相手もないままに若さと暇とを持て余し、一方で政子あたりは東国に残してきた実朝以下の子供たちの身を日々案じていたことでもあろう。あるいは平素より体調の芳《かんば》しくない長女が水が変わったことに神経を尖《とが》らせる、その苛立《いらだ》ちを宥《なだ》めることで手一杯であったかもしれない。また政子の弟である北条義時以下、梶原や和田といった随従の御家人らにしても、幕府の主である頼朝がこれほど長く鎌倉を留守にすることを訝《いぶか》しく感じていたには違いない。

いったい頼朝の胸にはどれほどの勝算があったのだろう。それほどの時をかける価値を、この傑物はどこに見出《みいだ》していたというのであろう。

あるいは――。

ひょっとしてこの時の頼朝には、大姫の件の他に、さらに秘された宿願があったのかもしれない。都でなければ決して叶わぬ願いがあったのかもしれない。だがそれはおそらく表立って口にできる種類のものではなかったのだろう。

ところで頼朝はこの洛中滞在の期間中、あろうことかあの六波羅に宿舎を置いている。ちなみに大姫らが丹後局と対面したのもこの宿での出来事であったらしい。後白河法皇の御所《ごしょ》であった法住寺《ほうじゅうじ》にもほど近い六波羅は、いわずもがなのことではあるが、往時の清盛の屋敷のあった界隈《かいわい》である。

もっともこの時期の六波羅は、文治《ぶんじ》元年（一一八五）の北条時政《ときまさ》の入京以来ずっと鎌倉方の京での拠点であった訳だし、いずれ六波羅探題なる役所が置かれ朝廷の監視という重大事を担うことになる場所である。であれば幕府の長頼朝がここに入ることは一見当然のようにも思える。

だが頼朝にしてみれば、六波羅こそはあの十三の冬、清盛と屈辱的な対面をしたまさにその場所であったはずである。仁王の目に見据えられあわや失禁さえしかねなかった恥ずべき記憶の舞台である。

叶うなら二度と足を踏み入れたくないと考えたとしてもむしろ不思議はないくらいの心持ちだったのではないだろうか。あるいはそれを押してなお、この場所に留まらねばならない理由が、この時の将軍の胸のうちにはあったのかもしれない。

曇天《どんてん》の内庭を頼朝はじっと見つめている。濡れ縁に座り込み、運ばせた脇息《きょうそく》に片肘を載せ眉《まゆ》を険《けわ》しく寄せている。四囲にどうやら人の気配はうかがえない。初夏に向かう宵《よい》の風ばかりが穏やかに行き過ぎるのみである。

眼前に広がる景色に頼朝はふと頬《ほお》を歪ませる。築山《つきやま》や生垣の形にどこか見覚えがある気もするが定かではない。だが思い出したいとも思わない。むしろ叶うなら、たった今自身がこの景色を見たことがあると思った事実すら脳裏から消し去ってしまいたいほどである。

「やはり此処《ここ》にはありそうにないか。今日まで幾ら捜しても出てこぬ訳だ」

前を向いたままの将軍の唇が静かに開いた。

誰もいないと見えた頼朝の背後に男が一人控えていた。薄暗がりにすっかり影を沈み込ませ、ともすれば体もろとも闇《やみ》に溶けてしまいそうな風情である。男は山伏のような装束に身を包み、眉の上には大きな傷痕《きずあと》が見えている。問いかけた頼朝に一つ首を縦に動かして応《こた》えるけれど気配は不思議にそよともしない。

翻《ひるがえ》れば頼朝の方も顔も向けぬままで相手の返事を察したようである。

「入道め、果たしてどこに隠してくれたものやら」

苦虫を嚙み潰したような表情で再び頼朝が呟《つぶや》いた。目は庭先を睨みつけたままである。後ろに控えた男はやはり言葉を発しない。

「あの髭切りを取り戻さねば私の戦いは終わらぬのだ」

続いた声は独り言のようでもあった。いつのまに膝に動いていた将軍の右の拳《こぶし》はその場所で固く握り締められている。

「このままでは屍《しかばね》となりてまでこの身を助けてくれた父上の供養が済まぬのだ。どれほど寺社を建立しても足りぬ。申し訳が立たぬではないか」

首を振り立ち上がると将軍家が静かな挙措《きょそ》で振り向いた。薄暮《はくぼ》の兆《きざ》した無人の庭に背を向けて、そのまま僧形《そうぎょう》の相手をいかめしく見下ろす。ふと僧の唇の端が不敵に歪んだようにも映ったけれど、頼朝は気づくふうもなく言葉を継いだ。

「あの日も確かこのような季節であったか。貴殿があのされこうべをこの身の前に晒《さら》して見せたのは」

「さようで御座いましたかな」

抑揚《よくよう》のない声で相手が答えた。立ったままの将軍の狩衣の裾《すそ》がかすかに揺れた。

「あれから果たして幾歳月が過ぎたことやら」

呟いた頼朝の目は、けれど最早相手を見据えてすらいなかった。昔を慈《いつく》しむような言葉と裏腹に声音もどこかぎこちない。

「貴殿とも、もうずいぶんと長いつきあいになったものだな。のう、文覚殿よ」

名を呼ばれた男が再び唇の端だけで小さく笑った。二人の間に通うものは、余人には得体の測り知れないなんともいびつな空気であった。

頼朝は改めて座した相手の姿を上から下へと確かめる。相応に年老いた我が身に引き比べ、僧形の男の顔立ちは出会った頃とまるで変わらないようにも見えた。

この文覚が初めて蛭《ひる》ヶ《が》小島《こじま》の頼朝のもとを訪れたのは真夏のことであった。早《はや》十数年前の出来事となる。伊豆の夏は京にも増して暑かった。蟬《せみ》のかまびすしく鳴く正午の庵《いおり》で頼朝はこの相手と向き合った。

挨拶《あいさつ》もそこそこに僧は平家の専横をあげつらい、ついには皇室すら我がものにせんとする清盛の不遜《ふそん》を責め立てた。だが頼朝は目を閉じたきり、肯《うなず》くこともあるいは首を横に振ることもしなかった。相手の突然の来訪の真意を測りかねていた。

何故《なにゆえ》私にそんなことを口にする。今や頼るべき兵もなく、棟梁とは名ばかりで為《な》すことといえば来る日も来る日も写経三昧《ざんまい》の、あたかも一匹の負け犬にも等しいこの身にいったいこの男は何を期待しているというのだ。

訝りながら頼朝が生返事ばかりを返していると、やがて痺《しび》れを切らしたのか、文覚が携えていた風呂敷包みを前に押し出し紐解《ひもと》いた。その中から現れたものにはさすがの頼朝も目を見張らざるを得なかった。

されこうべが一つ、二人の間に鎮座していた。

虚《うつ》ろな眼窩《がんか》が少し上向きにどこでもない宙を見据え、口からは絶えず得体の知れない吐息を吐き出している。蟬の声が一際《ひときわ》大きくなったようにも感じられた。

佐殿《すけどの》、この方が誰かおわかりか。文覚が問うた。だが頼朝はといえばやはり、そこに置かれたものの異様さにただ唇を嚙むばかりであった。触れてみなされ。僧侶が重ねて促した。一介の流人《るにん》に身を窶《やつ》していた源家の嫡男がそっと腕を持ち上げてこわごわとその指先を黄ばんだ髑髏《どくろ》の頭頂部へと伸ばした。

――これぞ貴殿の父君、義朝殿にあらせられる。

対峙《たいじ》した僧侶のものであるはずなのにその言葉は在らぬ方から聞こえてきた。まるで直接頼朝の脳裏に飛び込んできたかのようだった。

と同時に、指先から正体の定かではない何かが頼朝の中へと迸《ほとばし》った。怨みのような世迷言《よまいごと》のような、それは言葉にならない言葉であった。しかもその気配は頼朝の知る父親の姿とは容易には結び付きそうもない手触りだった。

戯言《ざれごと》を申すな。詰《なじ》るように吐き捨てた頼朝の口調も思わずきつくなっていた。

するとと文覚はほくそ笑んだ。

確かにこれが義朝殿かと問われれば、拙僧には確たる証拠を示すことも叶わぬだろう。だがそもそも頭《こうべ》は名を持たぬ。ならば名付けてやればよいだけのこと。名とはつまりは呪《しゅ》である。誰のものとも知れぬ髑髏もたとえばある名で呼んでやれば、ついには宙に漂うその者の未練の依《よ》り代《しろ》と化す。むしろ生より解き放たれてしまった者らは束ねる体のないぶんだけたやすくその名に集まり申す。もちろん本当は本物であるに超したことはないのだけれど、一方で我らが信ずるならばやがて偽りがいつのまにか真《まこと》と化すのもまた事実。

このされこうべに秘法を施し本尊として崇《あが》めれば、必ずや貴殿の願いを叶える、ひいては義朝殿の怨念《おんねん》を晴らすその助けとなりましょう。

「平家は滅びねばならぬのだ。そのためにはどうしても貴殿の御力が要る」

続いた文覚の声はそれまでになく力強く有無を言わさぬ調子であった。ようやく頼朝もこの相手の言葉をまともに聞く気になっていた。

あの時から始まったのだ――。

以来文覚は頼朝のいわば参謀となった。政子を娶《めと》り北条を後ろ盾に得たことも、安房《あわ》に逃れそれから鎌倉に居を据えたことも、結果として明暗を分けた決断の多くがこの文覚の占いや示唆《しさ》によるものだった。

やがて義弟となった義時が台頭してくるまで頼朝がもっとも信を置いていたのは実はこの男だった。それでも二人が直接会うのは実に久し振りのことであった。

奥州討伐の頃から文覚はめっきり西方に留まるようになり、神護寺《じんごじ》をはじめとした真言宗の開祖である空海《くうかい》ゆかりの幾つかの寺の再興に腐心していた。頼朝の方もそこはかとなく、彼我《ひが》の関係が昔とは変わってきていることには気がついていた。

二

先の治承《じしょう》寿永《じゅえい》の騒乱の折のことである。この平家との決戦の間終始鎌倉から動くことをしなかった頼朝のもとに、清盛の息子らのうち戦場で死に切れず俘虜《ふりょ》となった二人の人物が遠路はるばる運ばれている。南都を焼いたあの五男重衡《しげひら》と、急逝《きゅうせい》した長子小松殿こと重盛に代わり平家の棟梁の衣鉢《いはつ》を継いだ三男宗盛《むねもり》である。

重衡が捕らえられたのは一ノ谷の合戦の際であったが、もう一方の宗盛の方が縄をかけられたのは壇ノ浦の直後であった。つけ加えるまでもないかもしれないけれど、もちろん二人が二人とも同じ元暦《げんりゃく》二年（あるいは寿永四年）のうちに首を刎《は》ねられてしまっている。

ところでこの宗盛という男、手に入るどの史料に当たっても概して評判があまりよろしくないようである。栄華を誇った平家が瞬《またた》く間に滅びていく時代に一族の長を務めていた訳だから無理からぬことなのかもしれないが、実はこの男だけは清盛の本当の種ではなかったという風説もあれば、屋島から始まったあの流浪《るろう》の生活のうち、建礼門院《けんれいもんいん》こと中宮徳子《とくこ》、つまりは妹にして当時の国母《こくぼ》である相手を手籠《てご》めにしようと企てたなどという不名誉な噂《うわさ》さえある。もし事実ならば、たとえ血の繋《つな》がりがないことを本人が知っていたとしても、眉をひそめざるを得ない所業である。

ちなみに、やはり壇ノ浦で入水《じゅすい》に失敗した建礼門院であるが、後に大原の地で訪ねてきた後白河院を前に己の生涯を振り返った際、彼女はあえて六道《ろくどう》という言葉を口の端《は》に上らせている。これはつまり、このうちの畜生道がすなわち宗盛との一件を指しているのだといういかにももっともらしい説もあるようである。

さて、壇ノ浦の合戦の後、その宗盛を鎌倉まで引き立てたのが義経であった。

もっともこの時期の義経は検非違使《けびいし》や判官《ほうがん》の拝命などで常々から頼朝の勘気《かんき》を買っていたうえ、ついには草薙剣《くさなぎのつるぎ》を取り戻すことが叶わなかったことも相俟《あいま》って、長《ちょう》駆《く》東海道を運んできたというのに鎌倉へ入ることを許されず、腰越《こしごえ》なる場所でそのまま足止めされてしまう。この地で義経が頼朝に向け認《したた》めたとされているのがあの有名な腰越状であるのだけれど、この詳細については稿を譲ることとする。

かくして歯噛みする判官以下の郎党《ろうとう》らを尻目《しりめ》に宗盛だけが北条時政の手によって粛々《しゅくしゅく》と鎌倉に連行された。そして宗盛は以後一月《ひとつき》ばかりを敵地で過ごすことになるのである。在所は御所の敷地のうちの西の対《たい》と呼ばれた棟であったらしい。

この年の『吾妻鏡』には以下のような記述が見える。

六月大　七日　戊午《つちのえうま》　前内府《さきのないふ》近日帰洛すべし。面謁《めんえつ》すべきかの由因幡前司《よしいなばのぜんじ》に仰せ合はせらるる。これ本三位《ほんざんみの》中将下向の時、対面したまふが故なり。

注釈という訳でもないが、この前内府というのがつまりは宗盛のことである。続く因幡前司とは開幕以来の重臣である大江（中原）広元を指している。

すなわちこの条は、宗盛を京に送り返す間際になってようやく、頼朝が広元に、果たしてこの相手と会うべきかどうかを相談したという記事なのである。

ちなみに本三位中将と記されているのが重衡で、彼の時には頼朝もきちんと同人と面会している。この一事をとってみても、ここ鎌倉でも宗盛の扱いがひどく軽んじられていたことは否《いや》が応にも察せられよう。

ただし宗盛の名誉のためにつけ加えておくならば、重衡が俘虜となった時には本人の位官はまだ剝奪《はくだつ》されぬままであった。

ところが宗盛が捕らえられたのは平家の滅亡の後であれば、朝廷の方もすっかり平家を見限っていたのである。

したがって鎌倉に運ばれた宗盛は最早殿上人《もはやてんじょうびと》ですらなく、それどころか死罪を認める法皇の勅許《ちょっきょ》すら出されていた状態だった。

これを踏まえてか、頼朝に問われた広元も、いかに前内府とはいえ相手は今やただの囚人《めしうど》であれば、二品《にほん》（頼朝のこと）が軽々しくお会いになるのは勧められないと答えている。頼朝は比企能員《ひきよしかず》をしてすみやかにこの旨を宗盛に伝えさせている。

なお、行く行くは二代将軍頼家の後ろ盾となるこの比企氏は当時からすでに頼朝の信も極めて厚かったから、これは頼朝なりの宗盛への敬意であったといってもどうやら差し支えはなさそうである。

ところがこの一報に当の宗盛はひどく慌《あわ》てた。能員の裾に取り縋《すが》り、命さえ助けてくれるのならば出家でもなんでも致すからとほとんど涙声になりながら懇願を重ねたとさえいわれている。咎人《とがにん》の生死に関してはなんの権限も持たなかった能員であればこれにはただただ当惑したに違いない。おそらく能員は結局のところ頼朝の判断を仰ぐよりほかなくなったことだろう。

頼朝が人目を忍んで宗盛に与えていた西の対に渡ったのはすでにとっぷりと日の暮れた後の刻限であった。一両日中にはこの男の身柄を京に戻そうという宵《よい》のことである。後ろにはただ一人比企能員ばかりが従っていた。

前内府宗盛は下座に平伏《ひれふ》してこの鎌倉殿を居室に迎えた。あたかも主上《しゅじょう》を前にしたかのような平身低頭振りである。

だが頼朝の方はちらりと彼を一瞥《いちべつ》しただけで、相手には声もかけずに厳《おごそ》かに上座に収まると、そのまま能員に今一度周囲を検《あらた》めさせた。どうやら人のいないことを得心すると、頼朝はさらに低い声で当の能員にも退出するよう短く命じた。

かくして広くもない一室に頼朝と宗盛とが二人きりで向かい合った。一応は一時は天下を二分した源平それぞれの棟梁の対面ということになる。だがその場の空気はそんな言葉とはおよそかけ離れているものだった。

宗盛は声も発せられずに両手を床についたままでいる。時折上目遣《うわめづか》いに正面を盗み見もするけれど対峙した相手は微動だにしない。つかの間その面差《おもざ》しに勝ち誇ったような気配がよぎった気もするが、薄暗がりではしかとは読み取れなかった。

どれほどの沈黙が過ぎた後だったか、ようやく頼朝が口を開いた。

「ほとほと私は太刀《たち》には縁がないらしくてな」

助命を願う言葉ばかりを用意していた宗盛はまずこの一言に戸惑った。宗盛がすぐには答えられずにいると頼朝が小さくほくそ笑んだ。

「遠い昔、ちょうどこのような形で貴殿の父上とお会いした。もっともその時の私は板の間に座らせてなどはもらえず、それどころか腰には縄をかけられていた」

それは、と零《こぼ》したきり宗盛は先を継げなくなった。追従《ついしょう》の許される台詞《せりふ》とは到底思えなかったからである。仕方なく顔を上げ媚《こ》びるような笑みを繕《つくろ》って見せたが途端に相手に睨《ね》めつけられた。宗盛の胸中には怯《おび》えばかりが勝っていた。それはどこか、若かりし頃あの父を前にした時の記憶を思い出させるものでもあった。頼朝の声が静かに続いた。

「さて宗盛殿よ。聞くところによれば、あの壇ノ浦で神剣を海中に投じたのはほかならぬ貴殿であったそうだが、相違ないか」

思わず宗盛は再び深々と額を床にこすりつけていた。果たしてここで認めてしまうべきなのか、それとも教経《のりつね》なり二位尼《にいのあま》なりに咎を背負ってもらうのがよいのかどうかといったあられもない考えが忙《せわ》しなく脳裏を行き来する。

だがどちらが己れの命と釣り合うのかが、結局のところ宗盛には判断できなかった。迷ううちに頼朝が先を継いだ。

「もちろん院も大層御立腹である。御存知かと思うが草薙剣は熱田《あつた》の御神体でな。この頼朝とも実は浅からぬ縁がある」

詰《なじ》るような言葉とは裏腹に頼朝の口調は淡々としたままである。むしろその響きが空々しくも恐ろしく、宗盛は相手の真意を測りかねて困惑した。すると頼朝がふとかすかに膝を崩してみせた。

「さて宗盛殿――」
改めて名を呼ばれ、宗盛は短くはっと声を上げ三度頭を床に擦《す》った。
「貴殿は出家をお望みとのことだが」
頼朝はまたそこで言葉を切った。相手をねぶるような眼差《まなざ》しである。
「院におかれては、先帝のみならず神器まで都より持ち出した咎は万死《ばんし》に値すると
の仰せであったとも聞こえている」
「然《しか》しながらそれは――」
背筋に噴き出した汗を懸命にこらえながら宗盛はどうにかそう口にしかけた。だ
が頼朝が再び冷たい笑みを浮かべて遮《さえぎ》った。
「御安心召されよ。海に沈んだ太刀の場所を指し示せとまではさすがにこの私もい
わぬ。所詮《しょせん》人に過ぎぬ身にはいずれ叶わぬ願いであろう。なにがしかの神仏の加護
でもなければ神剣を取り戻すことなど最早容易には叶うまい。まあそれはそれで朝
廷の命運を測る一つの目安にはなるのかも知れぬがな」
最後の方はやはり独り言のようであった。そして頼朝は一旦《いったん》唇を歪めた後、はた
と思い出したように小さく膝を乗り出した。
「さて、私には一つ貴殿に教えてもらいたいことがある」
宗盛が息を呑《の》む。気配が不意に変じたことを青白い肌で敏感に感じとっている。

「御存知かどうか知らぬが、実は他にも一振り行方の知れぬ太刀がある。私にはこちらの方がよほど思い入れが御座ってな。さる事情から清盛殿の手に渡ったはずなのだが、さて果たして入道殿は、死の床で何か言い遺《のこ》してはおられなかったかな」

いつのまに宗盛の額には汗が浮いている。見下ろして頼朝はまたかすかにほくそ笑むと声音《こわね》を一つ押し殺して続けた。

「どうやら心当たりがおありのようだ。さて、今この場に貴殿のお命がかかっておること、ゆめお忘れにならぬよう改めて御忠告申し上げようか」

相手を値踏みするような眼差しを挟んで頼朝が重ねる。

「その太刀、名を髭切りという」

「申し上げます」

だが頼朝がいい終わらぬうちに宗盛が掠《かす》れた声をあげた。

「御承知のように父清盛は、その晩年得体の知れぬ熱の病にとり憑《つ》かれ、庭に髑髏の幻を見たと騒いではがたがたと肩を震わせて周囲の者の手を煩《わずら》わせ、また別の折りには障子の穴に感極まって涙するなどしたうえに、ついに死の間際にはアッチアッチとのたうつばかりで碌《ろく》に言葉も出てこないような有り様となりはてました。ところがまさに今際のきわのほんのつかの間、父はふと正気を取り戻し、知盛と私の兄弟二人を枕元に召したので御座います」

言葉を切った宗盛に、頼朝が今度は黙ったまま首を縦に動かして先を促した。

「父はこう申しました。たとえ我が身が儚くなっても俺には大仰な墓など要らぬ。望むはただ頼朝の首級《しるし》のみ。息子どもよ、それこそ唯一にして最上の我が供養と知るがよい。ほかのどんな法要も無駄であるから、これは一切禁じるがよい。何よりも来世のための功徳《くどく》など、この身は昔からとうに諦めている」

聞きながら頼朝の脳裏には死の床にある清盛の顔がまざまざと浮かびあがっていた。幻の入道は十三の歳に向き合った折りの姿形そのままで横たわっていた。いつのまに不思議な満足が頼朝の心を満たしていく。その間も宗盛の声は続いた。

「思えばあの真冬の日、池禅尼《いけのぜんに》殿にほだされてあの若僧の命を奪わなかったことこそ我が生涯最大の悔いであった。あれをこのままにしておいては俺は死んでも死に切れぬ。浄土はおろか冥土《めいど》にも運ばれることは叶《かな》うまい。

だが翻ればお主らの不甲斐《ふがい》なさはいかがなものか。そのうえ富士川よりこちら、頼朝は鎌倉を動く気配さえないではないか。これでは首級《くび》を取ることはおろか太刀を交える機会さえ、おそらくお主らは手に入れることもできぬであろう。そう申した父はそこで私と知盛とを順に睨みつけました」

それで、と頼朝が言葉を挟む。かすかに急いた気配がある。

宗盛の咽喉《のど》がまた一つ動いた。

「私めが髭切りなる太刀のことを聞いたのは、誓ってこの時が最初でしかも最後で御座いました。父の申すには、二品殿は必ずやこの刀を取り戻さんとせずにはいられまい。なんとなればあの太刀こそ、たとえ一度とはいえ源家が我らに屈した証《あかし》。いえ、これは父の言葉どおりで御座います。決して私が申した訳ではありませぬ。父はさらに重ねました。それゆえ頼朝は、よしんば我が一族のすべてをうち滅ぼしたとしても、髭切りをば取り返さぬうちは心穏やかとはなれぬはずじゃと。

そして父は我らに命じたのでございます。ならば一つ罠《わな》を仕掛けよう。この命の絶えた後は、その髭切りで我が首を刎ね、頭《こうべ》を太刀と共に隠せと。

余りのことに息を呑んだ我ら兄弟の顔を再び睨《ね》めつけ、父は乾いた笑みを漏《も》らすと、お主らにだけ任せておいては俺が心安からぬのじゃ、と吐き出しました」

宗盛がそこで口を閉ざすと二人はしばし押し黙った。燈台《とうだい》の炎の燃える音がかすかに勢いを増したかと思うとすぐに再び元に戻った。

「それで貴殿はどうされた」

切り出したのは頼朝だった。首を横に振りながら宗盛が応じた。

「いくら遺骸とはいえ父親の首を刎ねるなど、さすがに私には応じ兼ねました。そんなお約束はできませぬと私が重ねて拒みまするとと父は、もうよい、と吐き捨てて弟に向きなおりました。

知盛、お主ならやってくれるか。一つ声音を落とした父に、弟はところが微塵《みじん》の躊躇《ためらい》もなく肯《うなず》いたのでございます。知盛の返事に父は笑みのように顔を歪め、これでよい、よしお主らが上首尾をあげられなかったその時には、俺がこの手であの男の首を刎ね、己れ自身の供養としてくれん、とどうにか切れ切れに呟くと、それから何やら小さく弟に耳打ちし、そしてそれきりついに絶命したので御座います」

宗盛がようやくそこで言葉を切った。

知盛という男には会ったことがない。だが勇猛なる武将であったことはこの鎌倉にも聞こえている。眉を寄せそう考えながら頼朝は、目の前の相手と先に対面した重衡とを交互に浮かべてその知盛の人となりを推し測ろうと試みた。だがこれはやはりそう上手くはいかなかった。仕方なく頼朝は、それから、と短く相手を促すに留めた。宗盛がまた大きく首を左右に振ってから続けた。

「それより先のことは残念ながら私めはいささかも存じ上げませぬ。何分あの頃には北陸での騒ぎがすっかり大きくなっておりました故、兵を送る算段に腐心せざるを得ませんでした」

「果たして知盛殿はその遺言を果たされたのか」

「何とも申し上げかねまする。弟ながらあれは人並み外れて一本気なところがありましたから、あるいは父の言葉なら一も二もなく従ったかと」

「死んだ父親の首を刎ね、そのまさに斬り落とした太刀と共にどこかに隠したと」

「おそらくは」

宗盛が短く応じると頼朝はそれきり黙り込んだ。今度の沈黙は長かった。いつのまにこの鎌倉の長《おさ》は目を閉ざしさえしていた。

「して私めの御処遇は――」

じれた宗盛が囁《ささや》くように声に出すと頼朝が右のまぶただけを持ち上げた。

「京にお戻しいたすことは能員を通じ申し上げさせた通りである。今宵《こよい》のこと他言無用の旨、お約定いただければそれでよい」

それだけいうと頼朝はそのまま膝を持ち上げた。そして最早宗盛には一瞥《いちべつ》もくれることをせず、背を向けて引き戸をそっと滑らせると小声で二度ばかり比企の名を呼ばわった。ほどなく廊下を滑る足音が近づいた。

助かった、と感極まった宗盛は、その間もずっと一際深く床に伏したまま、やがて肩を震わせて嗚咽《おえつ》を漏らすことまで始めていた。鎌倉の主従二人が姿を消してしまってもなお、この平家の棟梁はしばしの間そのままでいた。

ところが結局のところこの宗盛は京都へ戻る直前に義経の命によって首を刎ねられてしまう。果たしてそれが頼朝の意を受けてのことだったのか、それとも義経の独断による兄へのある種の意趣返し《いしゅがえし》だったのかは残念ながら定かではない。

だがだとすれば、望んだ情報を得ることはできぬと判断した頼朝が宗盛を見限り、ついには約束を反故《ほご》にしたのだと想像する余地も、そこには多少なりとも有り得るのかもしれない。

「この六波羅にないというのなら、果たして清盛は、いや、知盛はいったいあれをどこに隠したというのか」

山伏姿の僧を見下ろして頼朝が短く呟いた。四囲にはすでに宵闇《よいやみ》が降りている。だが二人は燈《あ》かりを灯《とも》すことさえしようとはせずにいた。

憮然《ぶぜん》とした顔つきで頼朝は一人目を伏せる。

「あの宗盛を目《ま》の当たりにした時、私は愕然《がくぜん》としたのだよ。挫《くじ》けることを知らずに育てば人とはこれほど脆《もろ》くなるのだなとまで感じいったものだ。あの日一度限り垣《かい》間見《まみ》た入道の目に宿った光の意味をまざまざと知った。

翻れば若輩ながらすでに頼家のまとう気配はどこか宗盛と通じるものがある。のう文覚殿、私はどうやら本意を遂げた。それは最初の日そちの告げた本願でもあったはずだ。

平家を滅ぼし奥州までをも手中に収め、父の望みであったと信じればこそ征夷大将軍の地位も欲した。これ以上求めるものは何もない。そう思っていた。

だがすべてを手に入れた今となってみれば、この身には我が一族の行く末ばかりが案じられてたまらぬのだよ。私がこの生涯を懸けて築いたものとは果たしていかほどのものだったか。我が子や孫らに現世の幸を約束するものなのか。それがどうにもわからなくなった」

「荼枳尼《ダキニ》の法は一代限りのものでございます故」

語るうちにやがてどこか切なる気配を帯び始めた頼朝の声とは裏腹に、文覚の返事は素《そ》っ気《け》無かった。将軍が不服げに相手を睨《ね》めつける。だが僧侶の方は素知らぬ振りを決め込み、なお同じ調子で言葉を継いだ。

「あるいはあの清盛殿も、その御最期には似たような心持ちになられたのかもしれませぬな。いずれにせよ時は己れの望むままに流れます。所詮人に過ぎぬ身にはこればかりはいかようにもできはしませぬ」

そこで文覚は唇を歪めて笑うとわずかながらくつろいだふうを装った。

「しかしながら拙僧にはやはりどこか腑《ふ》に落ちませぬな。今や東西に並ぶ者のない御身《おんみ》が何故《なにゆえ》今更、太刀の一本にそこまで御執心《ごしゅうしん》になられる」

「それは――」

間髪《かんはつ》を容《い》れずに声を発した頼朝だったがすぐには次が続かなかった。辺りを憚《はばか》るように周囲を見回した頼朝は、今度こそ相手に近づいてその傍らに膝を折った。

その所作にはどこか怯えを思わせるところさえ垣間見えた。さらに一層声を抑えて頼朝は続けた。

「この頼朝が家宝と引き換えに己が命を永らえたなどとは決して余人には知られたくないのだ。一も二もなくその故である。だからこそ、この一事はかつて政子にも時政義時の親子にも打ち明けてはおらぬ。仔細《しさい》を知るのは貴殿ただ一人である」

文覚はただが眉を寄せて重ねた。

「よもやとは思いますけれど、あるいは殿の目的は、ひょっとして清盛殿のされこうべの方ではありますまいな」

再び短い沈黙があった。あたかもたちまちのうちに薄氷《うすらひ》が音を立てて両者の間に張り詰めたような気配である。正面から見据えた文覚の眼差しを、やがて頼朝の方が顔を逸らせて避けた。

「断じて、否《いな》だ」

途切れがちな将軍の声に僧侶がさらにたたみかける。

「なるほど清盛殿のされこうべならばこれは武将にして貴人。義朝殿のそれと並び得る霊験灼《あらた》かな髑髏本尊となるやもしれませぬ。それを御子息のために手に入れたいと、よもや将軍家にはそんなことをお望みでは御座いませぬでしょうな」

「ある訳がない」

「もし義朝殿の頭《こうべ》に代わる本尊をお望みだとしても、荼枳尼の法は願う者自らが術を施さねばなりませぬ。だが御子息がそれを為すにはまだしばしの時が要る。加えて手ほどきする者も、僭越《せんえつ》ながら拙僧以外には殿のおそばに見当たりませぬ」

文覚のいうのは、髑髏本尊の製造には男女の交合が欠かせぬものだからである。頼朝が終生政子以外の数多《あまた》の女人のもとに通うのを止めなかったのも、ひょっとするとそんなところに理由があったのかもしれない。

「今一度お尋ね申し上げる。最前のお言葉、決して嘘《うそ》偽りのないものとお信じ致してよろしいか」

頼朝は大きく肯いた。

「貴殿の卜辞《ぼくじ》の間違いのなさはほかの誰よりもこの身がよく知っている。それほどの術者をたばかるつもりは毛頭ない」

その答えになおしばし訝《いぶか》るような瞳《ひとみ》で将軍家を覗《のぞ》き込んでいた文覚だったが、やがて目を閉じて一つ首を横に振ると険の立った気配をひそめて続けた。

「では一つ拙僧の思いつきを申し上げましょう。あの清盛殿ならば果たしてどこに髭切りを隠すか。そもそも今際のきわの老人が何をどう思案していたか。

宗盛殿の申したことがまことととして、あるいは天下の傑物清盛であれば、我が身亡き後息子らが苦杯を喫することも薄々は予感されていたのかもしれませぬ。

だからこそ己れの手で供養を為さんなどと物騒なことまで口にせずにはいられなかったのではなかったか。拙僧はそのように考えまする。

だとすれば髭切りを隠す目的は、決して永劫《えいごう》人の目につかぬようにすることではない。むしろただ一人の人間に見つけさせることこそが眼目《がんもく》。その一人とは、今更申し上げるまでもない」

「――この、私か」

引き取った頼朝に文覚が深く肯いた。

でなければ祟《たた》りを為すことなどはじめから叶わぬではありませぬか。そう続いた相手の声は、頼朝にはまるで最初に伊豆で対面した時と同じようにどこか違う場所から届いてきたようにも響いた。

「つまりそれは清盛殿と頼朝殿にしか思い至らぬ場所ということになる。おそらく入道殿は最期の最期にその土地の名を、知盛殿にだけ囁いたのでしょう」

一旦は眉を曲げた頼朝も、すぐにぽつりと呟いた。

「青波賀《あおはか》か」

それこそはまさに頼朝自らが清盛に告げた地名であった。文覚が静かに肯くのを横目で確かめながらしばし腕組をしていた頼朝だったが、やがて意を固めたように顔を上げた。

「これ以上都におっても最早私にはすることもなさそうである。早々に坂東へ向け出立《しゅったつ》致すこととしよう。文覚殿、今宵は突然の招きに応じていただきありがたかった。いや、まったくもって実りの多いお話であった」

たちまちどこかよそよそしく態度を変じた頼朝が小さく一礼する様を、文覚は黙ったまま見据えていた。それでも僧はなお立ち上がろうとする素振りも見せずにもう一度だけ言葉を継いだ。

「今宵限りかもしれぬ故、一つだけ御忠告申し上げておく」

不吉な響きに頼朝が眉をひそめたが文覚は口を閉ざさなかった。

「確かに武の者にして貴人である入道殿のされこうべは本尊とするにもまったくもって相応《ふさわ》しい。くわえて人並み外れて額が広かったといわれているのも実は術には好都合。だが一方で、あのような死に方をし、あまつさえ子々孫々まで根絶やしにされんとしたのならば、そのような因果に晒されたなら、そこに宿る呪詛《じゅそ》もまた強大となること疑いようもない。ゆめ見くびられることの御座いませぬよう」

それでも肯く素振りすら見せなかった頼朝に文覚がつけ足した。

「貴殿はもう十分に役目をお果たしになられたのだよ」

その一言と共に、暗がりに沈んだ相手の顔の中でふと眉の創《きず》だけが自らの意志で身を捩《よじ》るかのごとく蠢《うごめ》いたかのようだった。

この数日後京を辞した頼朝は、だがすぐには東国へ戻ることをしなかった。それどころか何故か途中にある美濃《みの》は青波賀の地に陣を敷き配下ともども一旦ここに留まっているのである。

将軍に相応しい宿舎の確保できるような場所でもなかったから周囲はおそらくかなり慌てたことだろう。ただ御家人たちはもちろん政子も子供らも、主がそういう以上はこれに従わざるを得なかったのは、やはり都の時と同じであった。

その目的がなんであったのかを伝える史料は残念ながら見当たらない。ただ旅の途上の一夜の宿という訳でもなかったらしく、期間こそ定かではないとはいえ連泊を予定していたことはどうやら間違いがなさそうである。

だが滞在も三日目が終わろうとした時であった。鎌倉からこの美濃に一頭の早馬が到着した。御家人の一人である稲毛《いなげ》重成《しげなり》の奥方の危篤を伝える使者であった。

この奥方というのは北条時政の娘であり、すなわち頼朝に同行していた政子義時姉弟の妹の一人であった。報《しら》せを受けまず政子がただちに美濃を出発した。

ほかならぬ北条の一族にかかわる変事であればさすがに頼朝も急いでこれを追いかけない訳には行かなかった。仮に巻き狩りか何かにかこつけて何らかの捜索を準備していたとしてもどうにも断念せざるを得なかったのである。

かくして頼朝の一行がようやく鎌倉に戻ったのは、七月の声を聞きすでに十日が過ぎようとしていた頃だった。だが残念ながら稲毛氏の妻女はすでに数日前静かに息を引き取っていた。

そしてこの年の記述を最後に『吾妻鏡』の年譜は一旦途切れている。欠落は以後三年の長きに及び、現存する記録が復活するのは頼朝の死を過ぎてからになる。

なお、後一つだけここにつけくわえておくならば、頼朝の望みも虚《むな》しく長女大姫はこの京滞在の後ほどなく再び病の床につき、迎えた二度目の夏にひっそりと儚くなった。二十一歳の若さであったと伝えられている。七月十四日の出来事だったとされているけれど、もちろん『吾妻鏡』にこの記述を見つけることは叶わない。

三

相模川《さがみ》は坂東の西に位置する。鎌倉の西の境界ともいうべき河川である。先に身罷《みまか》った北条の娘の嫁ぎ先であった稲毛氏の当主重成《しげなり》が亡き妻への追善となればと発心《ほっしん》し、この相模川に新たな橋を架けたのは建久《けんきゅう》九年（一一九八）、先の頼朝の上洛から数えて三年目のことであった。

年も押し詰まった師走の二十七日、重成に招かれて頼朝もまたこの橋供養、つまりは開通式に出席する次第となった。

にしても、架けたばかりの橋に供養とは、現代の我々の目から見ればいささか奇異な感じもしよう。だが当時の人々にしてみれば、橋は通常の道とはやや異なる意味を持っていた。

橋とはつまり、右岸と左岸とを繋《つな》ぐばかりでなく、いわば現世と異界とが密《ひそ》かに交わる場所でもあったのである。

たとえば彼《か》の安倍晴明《あべのせいめい》が式神を隠していたのが橋のたもとであったのは有名な話だし、先に少しだけ触れた茨木童子《いばらきどうじ》の逸話の舞台も同じ一条戻り橋《もどりばし》である。

ある種の橋にしばしば鬼が現れるのは、おそらく死者たちの行き場所が彼岸という語で呼ばれていたこととも無関係ではないのだろうし、加えて時に何らかの地理的な要因が作用したりもするのであろう。ひょっとすると人柱《ひとばしら》なる風習も、実はその辺りの考え方に由来しているのかもしれない。

さて、鬼はともかくとして荒御霊《あらみたま》なるものどもは元はといえば人である。たとえ肉体は失われても、身一つでは幅のある川など到底無事越えることが叶《かな》わなかった苦い記憶はきっとどこかに染みついているのに違いない。水底に永遠《とわ》に沈むよりほかなかった魂であればなおさらである。

だとすれば、この一本の新たな橋が、近隣にわだかまっていた怨霊《おんりょう》どもを鎌倉に招じ入れる新たな道となったということも、決してないとはいいきれまい。幕府あるいは源家に仇為《あだな》さんと勇みつつも相模の流れに阻《はば》まれて、歯嚙《はが》みしながら界隈に淀《よど》んでいた有象無象《うぞうむぞう》のものどもが嬉々《きき》として先を争い新たな通い路《かよいじ》目がけてなだれ込む。決して人の目には見えないような場所で、あるいはこの日そんな光景が密かに繰り広げられていたのかもしれない。

いずれにせよ、この橋が頼朝の死に纏《まつ》わる重要な出来事の舞台となったことだけは疑う余地のない事実である。

十二月大　二十七日　丙午《ひのえうま》　終日曇る。武衛橋供養のため相模に赴く。御《み》台所《だいどころ》、北条時政義時等之に従う。御側役に梶原平三景時《かじわらへいざかげとき》、以下和田左衛門《さえもんの》尉《じょう》義盛、比企能員《ひきよしかず》、三浦義澄《よしずみ》等――。

頼朝は前日より鎌倉を離れ稲毛の手配した宿舎へと入っていた。式次第は北条の娘の供養を兼ねていれば、時政はもちろん御台政子や義時時房の兄弟らもこれに同道していただろうこともまた間違いのないところであろう。

この時頼朝はすでに五十二歳になっていた。当時であればほぼ老境といって差し支えはない年齢である。だがこの将軍は年経れど老いの気配とは程遠く、むしろすこぶる覇気《はき》にあふれてさえいたらしい。

長女に先立たれたとはいえ朝廷への工作にもなお積極的で、近々三度目の上洛を遂げ、今度は是が非でも次女三幡《さんまん》の入内《じゅだい》を果たすのだと、揚々と在京の貴族に書き送ったりもしているようである。

だとすればなるほど、相模にかかった東国と西国とを結ぶ要路となる新たな橋は是が非でも己れの目で確かめておきたい場所であったに違いない。

当日は雨こそ降り出さぬものの重い雲が空を埋め尽くす肌寒い日和《ひより》であった。源家に縁の深い箱根神社の祭司《さいし》らが招かれ一群の武家らの見守る前で祝詞《のりと》を挙げた。一同の前には赤茶色をした相模の流れがたゆたっていた。

頼朝が突然慄《おのの》いたのはこの祝詞の最中である。

武衛川面《かわも》に赤旗の数多《あまた》流れゆくを見る。然《しか》しながら之余人の目には映らず。

時政義時、平三ら皆首を傾けること頻《しき》りと云々《うんぬん》――。

短い声を漏《も》らした頼朝はいきなり眉《まゆ》をひそめると、額に汗を浮かばせながら扇を持っていた右の腕《かいな》を持ち上げた。顔にはこの傑物がついぞ見せたことのない怯《おび》えにも似た表情がはっきりと浮いていた。

「平三、あれはいったい何事じゃ」

震える声で名を呼ばれ、傍《かたわ》らに控えていた梶原平三景時がただちに示された方へと目を凝らした。

だがその場所にはやはり濁った水が静かに流れるだけである。仕方なく景時は、川があるきりで御座いますが、と見たままを返事した。頼朝は一瞬あからさまに憮《ぶ》然《ぜん》としたがその肩は小刻みに揺れていた。

「お主にはあれが見えぬと申すか？　あの渦を巻く流れの中に呑《の》み込まれていく数え切れぬ赤旗どもが――」

続いた声は半ば掠《かす》れかけていた。

赤旗はいうまでもなく平家の御旗《みはた》である。軍監として壇ノ浦の戦《いくさ》にも加わっていた景時であれば、即座にかつて己が眼前で繰り広げられた滅び行く一族の光景に思い至ったに違いない。だが治承《じしょう》寿永《じゅえい》の騒乱の間も終始鎌倉に腰を据えて動かなかった頼朝であれば、あの地獄絵図を目の当《ま》たりにしてはいないはずだった。

「御所様、佐殿《すけどの》？」

怪訝《けげん》な心持ちを隠せぬまま景時が問い返した。すると頼朝は空いている方の手を額に運び、いや、なんでもない、とかぶりを振った。だがその顔はすでに死人のごとく青ざめていた。

頼朝の耳にはいつからか祝詞がまるで呪詛《じゅそ》のように響いていた。神官らの低い声が幾重にも重なり溶け合って、やがてはついに我が名を呪《のろ》う言葉と化した。

おのれ頼朝――。

我らが怨《うら》み、今こそ思い知るがよい――。

気がつけば目の前に広がる川には果てがなかった。変わらぬのは淀んだ鈍い赤茶色ばかりで一望はあたかも海原のようである。

見る間にその赤が色濃く変じた。流れがそこかしこで渦《うず》を巻く。たとえるなら沈んでいく船が周囲のすべてを諸共《もろとも》に呑み込まんとして巻き起こしているような、そんな種類の渦である。何事かと訝《いぶか》るうち、ほどなくそのそれぞれの中央からわらわらと奇怪な姿が立ち上がった。

体のあちこちに矢を突き立てた武者の数々。公家装束の出《い》で立《た》ちのまま座り込み、袖《そで》を顔の前に運んで咽《むせ》び泣き続ける女たち。

いったいこれは何事ぞ。そう慄くうち頼朝のすぐ前に幼児を抱いた尼僧の姿が気づけばすっくと屹立《きつりつ》していた。

「初めて会うな。貴様があの頼朝か。聞けばそちはかつて清盛殿に永らえることを赦《ゆる》された身であるとか。その御恩への報いが我が一族へのこの仕打ちか。わらわは決して赦さぬぞ、子々孫々まで、貴様の血脈の尽きるまで祟《たた》ってやる」

眦《まなじり》からまるで涙のごとく血糊《ちのり》を引きずったその顔に思わず頼朝は息を呑んだ。間髪《かんはつ》を容《い》れず次には尼僧の腕の中の幼児がくわりと両目を見開いた。

「これ兵衛佐《ひょうえのすけ》、朕《ちん》はこれより尼殿と海の底の都に参る。ついてはそなたも伴なって進ぜようと思うが、いかがであるか」

稚児髪《ちごがみ》の下で目と口ばかりが大きく見えた。どの穴も中はまるで緋毛氈《ひもうせん》でも敷いたかのようなまったきの真紅である。引き攣《つ》った笑みを浮かべた幼帝はさらに禍々《まがまが》しく言葉を継いだ。

「鏡も勾玉《まがたま》も貴様たちに奪われた。あれらは朕の物だというのに。だが兵衛佐よ、剣ばかりは今なお朕とともにあるぞ。さて宗盛《むねもり》の申すところに拠《よ》れば、貴殿はとりわけ太刀に御執心であるとのこと。ならば頼朝、海の底の都で我が太刀持ちとして控えるがよい。これほど名誉なことはそうそうないぞ」

違う、私の求めていたのは神器ではない。それに髭切《ひげきり》なら昨夜より、すでに我が手中にある。

声にならない声で頼朝は幼帝に反駁《はんばく》した。だが相手は怯《ひる》むふうもなく、それどころかいつのまに足元にまとわりついて直垂《ひたたれ》の裾《すそ》に手をかけている。見上げた顔の中央で耳まで裂けた口の中がやはり血でも啜《すす》ったかのように真っ赤であった。

「これ頼朝、朕が海の底へと誘《いざな》ってくれよう」

甲高《かんだか》く笑った幼児の声に四方から亡者たちが唱和する。

いざ参らん、我らとともに永劫《えいごう》の闇《やみ》の奥底へ——。

これは平家の亡霊どもか。未《いま》だ成仏の叶《かな》わぬ亡者どもが我に仇為《あだ》さんとして集《つど》っているのか。

そう頼朝がようやく理解したその時また、今度は右から声がかかった。二品《にほん》殿、鎌倉殿よ、と呼ばわる声音《こわね》にはどこか聞き覚えがあった。

恐る恐る目を向けるとそこにはあの宗盛がいた。

「いやさ頼朝殿。それがしは出家させていただけるのではなかったかのう。確かそういう約定であったと覚えているが、違ったか」

薄ら笑いを浮かべた宗盛の亡霊は、だがそこでおっととよろめいた。

すると首から上がぐらりと揺れてそのまま胴を離れて落ちた。体だけとなった宗盛は己が手で一旦《いったん》それを受け止めると、次にはまるで蹴鞠《けまり》でもするかのように左の膝《ひざ》で思いきりよく蹴り上げた。

宗盛の首は宙を舞いながらも頼朝にしっかと目を向ける。そこに浮いた笑みはいつぞや出会った時とは違い、卑屈さとはかけ離れむしろ自信にさえ満ちている。

「御覧あれ鎌倉殿よ。このわしの不様な姿を。しかし頭がこれほど重いものとは、胴より離れてみるまでついぞ知らなかったわい」

首のない宗盛はなお手足を器用に操っては頼朝の耳元目掛けて己れの頭を繰り返し蹴り上げて寄越《よこ》す。

「さて二品殿、それがしはでは貴殿の耳など噛み切って進ぜようかのう。知盛ならば船でも沈めてくれようが、悔しながらそれがしはさほどの武勇も持ち合わせては御座らぬからな。何よりここには生憎《あいにく》なことに船がない。しかもあの弟めは、摂津《せっつ》の沖で判官《ほうがん》殿に仇為《あだ》してどうやら満足したらしい」

「黙れっ、亡者ども」

ついに頼朝はやっとの思いで勇を振るい眼前の景色を睨《にら》みつけながら声を上げた。だがその音声《おんじょう》が己れの耳に届いた刹那《せつな》、ようやく彼も我に返った。

血の色をした海はたちまちにしてかき消えていた。目の前にはただ淀んだ相模の流れがあるばかりである。気がつけば神官らの声も止《や》んでいた。

「婿《むこ》殿、いかがなされた。先ほどよりいささか御様子が優《すぐ》れぬようにもお見受けするが、大事ないか」

不安げに覗《のぞ》き込んでいた舅《しゅうと》の北条時政に力なく首を振って応え、それから改めて頼朝が四囲を見回すとそこかしこから不審げな目が向けられていた。一つ咳払《せきばら》いをして繕《つくろ》うと、頼朝は今一度すぐ前の流れに目を凝らした。

景色は最前と変わらなかった。血の色も亡者らの姿も見当たらない。

「いや、なんでも御座らぬ。あい済まなかったな」

手を振った頼朝はけれどその手をそのまま額に当てた。

昨夜の酔いが残っているのかとも訝ったけれど、実は頼朝にはほかにもう一つ、こちらの方がよほどもっともらしい心当たりがあったのである。

その前夜のことである。歓待の宴《うたげ》もとうに終《しま》いとなった深夜、人目を忍んで頼朝の寝所に訪《おとの》うてきた者があった。

顔を見るなり頼朝も辺りを憚《はばか》りつつ急いでこの相手を中へと招じ入れた。漆黒《しっこく》の闇《やみ》につかの間浮かんだ男の眉には赤黒い創《きず》が跡を引き、背には奇妙な形の包みが背負われている。一見太刀のようでもあるが片方の端が歪《いびつ》なまでに膨《ふく》らんでいる。

燈《あ》かりもつけぬまま二人は再び対峙《たいじ》した。三年前の都での対面の際とほぼ同じである。僧侶《そうりょ》が背から外した荷物を傍らに置くと、労《ねぎら》いの言葉もそこそこに頼朝は体ごと膝を乗り出した。

「上人《しょうにん》殿御自らお出ましとはさすがに思わなんだが、ということは首尾は上手くいったのか。その荷物こそがまさしくそうなのか」

文覚《もんがく》はだがやはりすぐには応えない。これも三年前と同じである。焦《じ》れた頼朝が意気込んだ。

「貴殿なればこそと恥を忍んで清盛との一件をお話しした。一度はこの手で取り戻さんともしたけれど、諸事情により果たせぬままとなってしまった」

目を閉じた文覚に頼朝は今にも手を取らんばかりになりながら続ける。

「御家人どもを統《す》べる身であればそう易々《やすやす》と鎌倉を空けることも叶わない。さりとて今の都には貴殿のほかこの頼朝が信を置くべき相手もいない」

いささか芝居がかって聞こえるほど、言葉を重ねるうち将軍の声は次第に哀切を帯びていく。

「だからこそ、髭切り探索を貴殿にお願い申し上げたのだ。あの青波賀《あおはか》の山中の詳しい場所を書状に認《したた》めもしたではないか」

そこで頼朝が言葉を切ると、短い沈黙を挟んでからようやく文覚が口を開いた。

「再三の仰せであった故、致し方なく」

いいながら荷物を前に押し出した文覚は、けれどすぐにはそれを頼朝に渡すことはしなかった。やや前屈《まえかが》みになって結び目に手をかけるとそこで動きを止め、同じ姿勢のままでその位置からまず将軍家を睨《ね》め上げた。

「然しながらその前に今一度御忠告申し上げる。この太刀に宿る妄執《もうしゅう》はそれこそ一筋縄では行かぬ、まこと手強《てごわ》きものに御座るぞ。御覚悟召されよ」

頼朝が声を殺して息を呑む。ところが次に文覚は、直前の強張《こわば》った口調をいきなりひそめ、かえって含むような笑みを浮かべた。

「ところで殿、殿は六代《ろくだい》殿のことを御存知か」

一旦は首を捻《ひね》った頼朝だったが、すぐその名の主に思い当たると眉をひそめて表情を歪《ゆが》めた。

「確か維盛《これもり》の息子であったか。貴殿が匿《かくま》っているとの噂《うわさ》もあると聞いているが」

「いかにも。拙僧が高尾にて御預かりしている」

重盛の嫡男である維盛はあの都落ちの際にも妻子を伴なうことをしなかった。一つには子供らが幼な過ぎたせいである。それでも壇ノ浦より以降には、当初六波羅を預かっていた時政らの手によって各所にひそんだ平家の血脈が次々と断たれていたのだけれど、この時に至るまでただ一人難を逃れていたのがこの六代であった。

つまりこの者は清盛の直系の曾孫《ひまご》であり、しかも今となっては彼《か》の一族のまさしく唯一の生き残りだったのである。

わずかに唇を結んだ文覚が一つ身を乗り出して先を継いだ。

「六波羅の者があれを斬《き》り捨てよとことあるごとに申してくる。だが幾度も申し上げておる通りあの者には覇気も甲斐性《かいしょう》も欠片《かけら》も御座らぬ。長じて鎌倉に仇《あだ》為すなどとは、これはとても考えられぬ。見逃してやってはいただけまいか」

聞き終えた頼朝は一度目を閉じこそしたけれど、結局は首を横に振った。

「いかな貴殿の頼みとはいえさすがにそればかりは聞き入れられぬ。然し文覚殿、むしろこちらの方がよほど腑《ふ》に落ちぬぞ」

将軍の声は先刻までとは打って変わって憮然《ぶぜん》としている。

「そもそもがまず最初に平家を滅ぼせと私に入れ知恵したのが確か貴殿ではなかったか。否やはあるまい。それが何故《なにゆえ》この期《ご》に及んで平家の一族に味方する」

「味方などでは御座らぬ。そもそも平家など最早《もはや》この世にないではないか。貴殿が完膚《かんぷ》なきまでに叩き潰《つぶ》した。それに何より、我らが互いに手を携えてここまで進んできたのは決して源氏だの平家だののためではなかったことは、まさに殿こそが身をもって御存知のはずであろう」

一息にそこまでいった文覚の口調は、けれど終始淡々として熱を帯びるといった気配もなかった。それきり二人はしばし互いに黙り込んだ。

次に口を開いたのは頼朝である。おそらくその脳裏には、もう幾度目かも知れぬあの冬の日の記憶が甦《よみがえ》っていたのに違いない。

「やはりそればかりはまかりならぬ。清盛の轍《てつ》を踏む訳には断じていかぬ」

ことさら強くいい切ると頼朝は向かいの相手を睨《ね》めつけて続けた。

「いったい何がそこまでお主を変節させた」

文覚も負けじとその眼差《まなざ》しを受け止める。

「それこそが入道殿の最後の願いであったと知ってしまった故」

そうして文覚はついに荷物に手を戻すとその結び目を紐解《ひもと》いた。

中からはまず抜き身のままの一振りの太刀が現れた。刀身がそちこちから忍び込んだ月明かりを集めて一瞬怪しい輝きを見せる。

だが包まれていたものはそれだけではなかった。

太刀の根本、ちょうど柄《つか》の真上辺りにされこうべが一つ噛みついていた。額の広い、生ある時は疑いなく頑健な武者であったに違いないと思わせるような逞《たくま》しくも凶々《まがまが》しい頭蓋骨《ずがいこつ》だった。

「これが教えて寄越し申した」

ことさら声を低くして文覚が囁《ささや》いた。頼朝はじっと目の前の白骨を見下ろした。

「これが清盛の髑髏《どくろ》であると、そう申すか」

文覚の首が縦に動く。

「これに触れ入道の最期の望みを知ったと、貴殿はそう申すのだな」

再び肯《うなず》いた文覚は、もっとも六代殿のことばかりでは御座いませんでしたがな、と不遜《ふそん》な音でつけ足した。はっと顔を上げた頼朝がもう一度相手を睨みつけた。

「よもやこれはひょっとしてあの時と同じなのではないか。貴殿はこの髑髏を清盛の頭《こうべ》と称し私をたばかるつもりなのであろう」

「仮にそうだとして、果たして何の違いがありましょう」

詰《なじ》るように口にした将軍に間髪を容れず僧侶が応じる。

「人は死ねばいずれ違《たが》わず土に還《かえ》る定め。ならばそこには最早彼我など微塵《みじん》も残されてはおりますまい。であれば、もし貴殿がこれを入道殿と信ずるならばこのされこうべは清盛となり、ほどなくその身中に彼の者であった御霊《みたま》を宿しましょう」

文覚はそこで腕を伸ばすと髑髏の頭頂部をつかみそのままわずかばかり持ち上げた。小さな音がして頤《おとがい》が刀身から外れた。

「よし殿がこれを清盛殿と思われるなら太刀だけ取り上げ捨て置けばよい。さすれば拙僧が都に持ち帰り改めて手厚く供養致し申そう。だがそもそもこれが清盛殿かどうかなど、貴殿には最早かかわりのないことではなかったかな」

いいながら文覚は両の手をされこうべに添えて己が方へと向きなおらせた。男の姿の背後から射《さ》し込んだ月の光が閉じることを忘れ果てた眼窩《がんか》をくぐり白い内部へと入り込み、歪んだ曲面をなぞるようにしてつかの間鈍《にぶ》く閃《ひらめ》いた。

「だが拙僧にとってはこの髑髏は清盛殿にほかならぬ。成仏せしめるにはそれなりの供物《くもつ》が要り申す。すなわちそれこそ六代殿の御安泰——」

文覚がいい終えぬうち、ならぬ、と再び頼朝が遮《さえぎ》った。目には怒りが顕《あらわ》である。

「近いうち必ずあの者は斬らせる。わずかでも清盛の血に連なる者を現世に残しておくつもりは毛頭ない。後の禍根《かこん》を断たずして、何が将軍ぞ、何が親ぞ」

「その御言葉、いずれ貴殿御自身に振りかかるかもしれませせぬぞ」

そこで文覚は髑髏を手にしたまま、さて、お約定《やくじょう》の太刀は確かにお届けしましたぞ、と立ち上がりかけた。だが頼朝はすかさず相手を呼び止めた。

「文覚、そのされこうべは置いていけ」

かまわずに膝を伸ばした文覚は、けれどそこで動きを止めるとそのまま闇の中の将軍を見下ろした。男の姿と共に手の中のされこうべが頼朝に向いた。

「何故で御座る」

問うた相手に、けれど頼朝はすぐには答えようとはしなかった。

「よしこれが清盛殿ならば、殿は果たしていかが致す御所存か」

僧侶がさらに問い詰める。だが将軍はただちに首を横に振った。

「六代のことは決して聞けぬ。時政にも義時にも重々申しつけてある」

「どうやらそれが揺るがぬ御返事である御様子。貴殿はその上でなお、拙僧にこのされこうべを置いていけと申されるのだな」

今一度の念押しに頼朝が肯くのを確かめると、文覚はゆっくりと膝を屈めて髑髏を太刀の脇に置きなおした。再び立ち上がった文覚だったが、けれどすぐにはそれ以上動くことをせず黙ったまま足元の髑髏を見下ろしていた。瞳《ひとみ》には憐憫《れんびん》にも似た様子がそこはかとなく浮いていたのだけれど、果たしてそれはいったい誰に対してのものだったのであろうか。

ようやく顔を上げた文覚がついに背を向けながら最後の言葉を口にした。

「拙僧は先般も今回も確かに御忠告申し上げた。その頭《こうべ》、貴殿が清盛殿と思えばすなわち清盛になる。であれば術者次第では、義朝殿のそれにも劣らぬさぞや霊験《れいげん》灼《あらた》かな本尊にもなり得るはず。だが拙僧はこれ以上手をお貸しすることはせぬ。後はお好きになさるがよかろう」

そして文覚は現れた時と同様に物音の一つも立てず、誰に気取《けど》られることもなく頼朝の寝所を出ていった。後にはただ太刀と共に一個のされこうべが残された。


式次第が終わってもなお頼朝の顔色は優れなかった。気を抜けばたちまち白昼夢へと誘い込まれ、足元には童《わらわ》が取りつき、四囲には首だけとなった亡者らが次から次へと飛び交って、入れ替わり立ち替わりに耳元に呪詛を吐き捨てていくのだから無理もなかった。

一行はすでに橋を渡り終え帰路についていた。随所を警護の兵が固め前後には御家人たちの馬が連なっている。行列の歩みはややのんびりとしたものだった。

その馬上でもなお頼朝は止まない幻に苛《さいな》まれ続けた。血塗《ちまみ》れの武者が次々と現れては呪いの文言《もんごん》を置いていく。冷たいはずの真冬の風が首筋にむしろ生温かく、それがかえって一層の寒気を誘わずにはいないほどだった。

　ふと気がつけば両脇に見知らぬ馬が並走していた。左に一騎、右に二騎である。よく見てみれば馬の胴や四肢《しし》のそこかしこでは皮膚が破れて骨が覗き、それぞれに跨《また》がった姿は鎧兜《よろいかぶと》の戦《いくさ》装束である。

　果たしてこれも幻か。そう訝った刹那、頼朝の目に武者どもの顔が垣間《かいま》見《み》えた。三つのうち二つまでには見覚えがあった。見紛うはずなど決してなかった。

「兄者《あにじゃ》、久しゅう御座ったな」

　右から回り込んできた緋縅《ひおどし》の装束は奥州で死んだ義経である。その隣は去る富士の巻き狩りでの騒ぎの折りに、仇討ちを企てた曾我《そが》の兄弟に連座させて鎌倉を追放した蒲《かば》殿こと範頼《のりより》だ。

　この異母弟もまた蟄居《ちっきょ》先の修禅寺《しゅぜんじ》で不審な死を遂げていた。もちろん口にこそ決して出しはしないけれど頼朝には後ろ暗い心当たりがあった。

「いやさ兄者よ、源氏の犬は身内を食らうとはまことよくいったものであるな。木《き》曾《そ》殿も蒲殿もこの俺も、皆兄者に攻め殺されたようなものではないか」

　幻の義経がけらけらと笑いながら戯言《ざれごと》を吐く。木曾殿というのであれば、ではこちらにあるのが義仲《よしなか》であるに相違ない。そう思い頼朝が左を見遣ると、なるほどその兜の下から覗いた顔にはかつて大姫の名ばかりの婿としてしばし鎌倉に留めおいたあの清水冠者義高《しみずかじゃよしたか》の面影が色濃くあった。

三人に引き連れられるかのように、いつのまに周りにはまたわらわらと亡霊どもが湧《わ》いていた。探せども前後にいたはずの時政義時親子や平三らの姿も馬も見当《まみ》たらない。亡者らの軍勢は赤白双方の旗を掲げ、見渡せば中には最前の宗盛や一度見えた重衡《しげひら》なども混ざり込んでいる。尼や幼帝の姿もなお遠くに見え隠れしている。

「何故お主らが平家の軍勢に味方する」

頼朝は三人を見回して問うた。すると今度は左から義仲の亡霊が口を開いた。

「我らは決して今貴殿の目に見えている我らではない。その実は、ただ行き場を失い現世に留《とど》まることを選んでしまった怨みの念ばかりの形に過ぎぬ。むしろ我らの姿を見ているのは、鎌倉殿、実は貴殿の心なのだよ」

「すでに我らには範頼も義経も義仲もない。考えてもみるがよい、そもそも恨みつらみといった奴ばらは向く先はともかく決して名など持たぬであろう。ならば源氏も平家もあるものか。手当たり次第交わるだけよ」

右側から範頼が先を引き取り、その横から義経がまた肯きながら言葉を継いだ。

「しかものう、兄者。実は一際強い荒御霊が今日この地に降りられたのよ。それがいざ鎌倉殿に災い為さんと我らを起こし、ここに集めておるのだよ。さらには新たな道もできた故な、一度に大勢が動くことも叶うという訳よ。ほら、兄者。兄者もよく見てみるといい。あそこにおわす」

義経の亡霊がそこで籠手《こて》のままの右手を持ち上げ天を示した。いわれるまま頼朝も同じ曇天の空へと目を向けた。するとそこにはあの、東大寺落慶《らっけい》供養の折りに見たのと寸分違わぬ仁王の顔が浮いていた。

「清盛――」

その名は勝手に口からこぼれた。頭上をおおった清盛の顔が勝ち誇るかのように鈍《にぶ》く歪《ゆが》んだ。

「おうよ、久し振りだな、頼朝よ。我ついに依《よ》り代《しろ》を得た。この時をどれほど待ち焦がれていたことか。しかしお主はよくぞあれからこれほどの怨みを次々買い集めたものよ。敵ながら感服するぞ。嬉《うれ》しいことに奴ばらがこの俺に力を与えてくれておる。我は今より死ぬまでそちに付きまとうぞ。憑《つ》いて憑いて、最後には我が身と同じ憂き目に遭わせてくれる。なればこそ俺は知盛に己が首を落とさせた」

音などないはずなのにその声には確かに聞き覚えがあった。一度耳にすれば決して忘れなどしない、あたかも鬼の咽喉《のど》から絞り出されるような響きであった。

何故今さら貴様が――。

「主が俺を求めたのであろう。我が名を呼んだのであろう」

あれを、あのされこうべを捨て置かなければ。今すぐここから離さなければ。

頼朝がそう焦った刹那であった。雲上の清盛の顔が怒りのようにねじくれた。

だがよくよく見ればそれは紛《まご》うことなき会心の笑みだった。

「捕らえたぞ、頼朝」

その言葉とともに巨大な手が舞い降りてしかと頼朝を鷲掴《わしづか》みにした。

行軍の最中、馬上に在った頼朝がいきなりのけぞるようにして体勢を崩した。慌てた従者らが駆け寄ったけれど間に合わず将軍の体はもんどり打って地に墜《お》ちた。一行はたちまち騒然とした。

ただちに近在の薬師《くすし》が呼ばれ頼朝の脈を確かめた。ところがその鼓動は常にも増して勢いよくむしろ早鐘《はやがね》のようでさえあったという。にもかかわらず、頼朝の身に意識の戻りそうな気配はついぞなかった。

かくして落馬した頼朝は昏睡《こんすい》した状態のまま鎌倉へと運ばれた。御所の奥まった一室で将軍がようやく目を開けたのは今にも年が変わろうかという深夜である。けれどこの時にはもうすでに男の心は鎌倉初代将軍のものではなくなっていた。

相模より戻りて以来武衛目に見えぬものに怯えること甚《はなは》だし。髑髏あふれ頤《おとがい》を開き笑うなり等々。その様、伝わる所の清盛入道の病床にて見たる幻ととく似つらむと云々——。

それから十日余りの間、頼朝は夢と現《うつつ》の境を行き来した。食事を摂《と》ることもせず案じた御台が粥《かゆ》でも流し込もうとすればただちにこれを吐き出した。一度目を閉じればまた昏々と眠り続け、覚めるのはうなされて漏らした己れの悲鳴に驚いた時だけといった有り様である。幼児のように泣き叫ぶことさえしばしばで、まぶたを開いていてもその瞳には余人には見えぬものばかりが映っているらしかった。

当然幕府は騒然となった。将軍の気色《けしき》のあまりの異様さに、これは何やらの祟《たた》りに違いないとは周囲の見立ての一致するところであったのだけれど、では何の怨霊かと尋ねればこちらはむしろ心当たりがあり過ぎた。それほどまでに頼朝の生涯は血に塗れていたのである。

それでもただちに各地から高名な僧や修験者《しゅげんじゃ》らが招かれて、連日のように護摩《ごま》を焚《た》いては将軍家の本復を祈禱《きとう》した。鎌倉に縁の深い文覚にも当然声がかかったのだけれど、この男はだがこの時ばかりはついに動くことをしなかった。

果たして祈禱の甲斐があったのか、ある夕刻不意に目を見開いた頼朝の双眸《そうぼう》にはそれでも生気らしいものが戻って見えた。落馬の日より数えればもうすでに二十日に迫らんという日数が過ぎた後だった。

将軍が正気に戻られた。報《しら》せはただちに鎌倉中を駆け巡り、御所には主だった御家人たちが続々と参じた。

まだ床を離れることこそ叶わなかったけれど、御台と義時の説得を受け頼朝はこれらに面会することを承諾した。むしろ将軍の方こそがそれを望んでいるかのような素振りでもあった。

かくして頼朝の床《とこ》と同じ几帳《きちょう》の内に北条の親子のうち二人が、その周りを囲むように梶原、比企、和田といった面々が座して控える次第となった。

正気を取り戻したとも見えた頼朝は、けれど極めて口数が少なかった。上様、御所様。頼朝殿。容態を案じていた者どもが異口同音に、それでも遠慮がちに口にする。けれど床に上体を起こしたままの頼朝はまず怪訝そうに眉をひそめて一同の顔を見回すと、口を開く代わりにそこで一旦まぶたを閉じた。

次にその目が見開いた時には確かに何かが変わっていた。几帳の内外を問わず誰もが一様にぞくりとした気配が無遠慮に背筋を通り過ぎるのをまざまざと感じた。

やがてその眼差しが御台政子の上に止まった。

「その方が政子であるか。なるほど芯《しん》の強そうな顔をしている」

そういった頼朝の唇は嘲笑《ちょうしょう》のように歪んでいる。

「すると隣が義時か。なるほど血は争えぬものだな。二人が二人とも隣の親父殿とそっくりではないか」

かかかと笑った頼朝は今度は時政を睨《ね》めつけた。

「おうよ時政、貴様とはお主が大番を務めに都に参じた折りに一度会ったな。しかしもうずいぶんと昔のことじゃ」

突然の異変に誰もが声を発せずにいる中、頼朝はふん、とその場の空気のすべてを鼻で笑うと首を伸ばして几帳の外を覗きこんだ。

「そこにおるのは平三ではないか。御主こそよくも再び俺の前に顔を見せられたものだな。我が一族の血に連なりながら、石橋山での裏切りのみならず、一ノ谷や壇ノ浦では我が眷属《けんぞく》の首級《しるし》、いったい幾つ検めた？」

思わず景時の口が開くがやはり言葉は出てこない。思い当たるその名を口にするのはさすがに憚《はばか》られたのである。石橋山の当時平家方は大庭《おおば》の将であった梶原が、敗走する頼朝らを見つけながら素知らぬ振りで逃がしたことが、頼朝と引いては鎌倉の今に繋がったことは確かに疑う余地がない。景時にしてみればその当人から誹《そし》られるいわれなどあるはずがない。人々がいよいよ不審を募らせていく間にも将軍の声はなおも続いた。平素よりも一層太い声音である。

「あの時そなたがこいつを大庭に渡してさえおれば、その後に連なることどもなども一切起きなかったものを。そう思えば口惜《くちお》しうてたまらぬわ。のう平三、いずれお主も只《ただ》ではおかぬぞ。首を洗って待っておれ」

そこで床の男は舌舐《したな》めずりを一つ挟んだ。御所様、と政子の声が小さく響いた。

「その次がそうさのう、宗盛を足蹴《あしげ》にした比企か、それとも桓武平氏の流れに連なりながら娘を源氏に嫁がせたそこのだるまか。いやさ、まだまだ為さねばならぬことはあるな。おうそういえば、果たして敦盛《あつもり》を討ったのはどの男であったかな」

名指しされた者らが互いに顔を見合わせる中、頼朝の首が左右に動いた。一人得心するような所作であった。

「だがまずは何よりも憎きこの源氏じゃ、この頼朝じゃ」

首が止まったその次に唇からこぼれたのはいかにも不可解なその言葉であった。

「父上、殿も目を覚まされたことですし、皆の者にはこの場は一旦控えていただいてはいかがでしょう」

事態の推移を懸念して人払いを提案したのは義時だった。だがその義時に頼朝のものであるはずの声が飛んだ。

「おいお前、髭切りを持て」

髭切り、ですか、と義時が問い返すと、将軍は、相模よりこの男が運ばせたであろう、あの文覚が持ち込んだ、と怒気を含んだ声で返した。

仕方なく義時はうかがいを立てるように父親の顔を盗み見た。気づいた時政が一瞬の逡巡《しゅんじゅん》の後首肯《しゅこう》して、結局義時が一旦場を外しいわれた太刀を運んできた。

件《くだん》の太刀は橋供養の前に北条の手に預けられ、鎌倉に戻された後は手頃な鞘《さや》に収められていた。

「これじゃこれじゃ」

刀が届くのも待ちきれなさそうに頼朝は立ち上がって腕まで伸ばし、笑みを浮かべながらその太刀をいとおしそうに受け取った。

「これはな、名を髭切りと申すのじゃ。由来は誰ぞに聞くとよい」

衆目の中、頼朝の両腕が動きゆっくりと髭切りを鞘から抜いた。鈍色《にびいろ》の刃《やいば》が居並んだ面々の蒼《あお》ざめた顔を一瞬映していき過ぎた。そして頼朝はそのまま刀を自身の顔の前でまっすぐに捧《ささ》げ持った。

「あの冬の日、こやつの首さえ落としておけば」

そこで、殿、と遮ったのは果たして誰であったか。ともかく頼朝はすぐさま声のした方を睨みつけ、黙れっ、と短く叱咤《しった》した。

「今よりこちらこの場の誰も一歩たりとも動くでないぞ。この清盛が世にも面白いものを見せてくれるわ」

ついに当人の口からこぼれたその名にとうとう誰もが動けなくなった。あたかも言葉が宙を伝う鎖と化けて、それぞれの肩や胴や手足までもを固く縛り付けてしまったかのようだった。

ふんぬ、と短く一声漏らすと、頼朝のかたちをした何かは自ら髭切りを背に回し後ろから己れの首筋に押し当てた。左肩の向こうに突き出た切っ先を抜き身のままそちらの手で握り締める。研ぎ澄まされた刃が皮膚を裂き、やがて手首に至った血がその場所から真下に滴《したた》ってぽつぽつと寝具の上に落ちた。

「鬼の腕を斬ったともいわれるわざもの。その切れ味、今こそ試してくれようぞ」

あたかも囚人《めしうど》のように肘《ひじ》を広げ両手を持ち上げた格好のまま、頼朝のものであるはずの顔が歪《いびつ》に笑った。眉が激しく釣り上がり、唇を曲げきつく歯を食いしばっている。そこに浮かんだものは憤怒にも似て、けれどそれ以上に激しい何かだった。生身の人間にそんな顔ができようはずもない、まさにこの世のものとは決して思われぬ種類の表情だった。

「思い知れ、宗盛の怨み、知盛の怨み。二位の、主上の、重衡の、敦盛の教経の、おのれらに絶たれた我が一統のすべての怨み」

いい放つと頼朝の目が一際大きく見開いた。眼球が今にも弾け飛ぶのではないかというほどの凄《すさ》まじい形相である。

「今こそ我が生涯の禍根を断たんっ」

頼朝の両腕が前に動いた。髭切りの太刀はずぶずぶと肉にのめりこんで、ついには頼朝の首と胴とを切り離した。

すぐさま落ちた首を追うよう胴が激しく血を噴き出しながら音を立てて前に倒れる。その時周囲の呪縛が解けた。真っ先に甲高い悲鳴が響いた。無論政子のものである。傍らでは時政義時の親子が声も顔色も失っていた。

不可解なことに頼朝の首は血塗れとなった褥《しとね》の上に倒れることもせず立ち上がっていた。目は見開いたまま、まだそこに意志があるかのように周囲を睥睨《へいげい》することを止めさえしない。やがてその口元が笑みのように一旦引き攣り、そこでようやく全《すべ》てが終わった。

誰も口を開く者はいなかった。ただ真冬の隙間風《すきまかぜ》ばかりが今や首だけとなった将軍のいつのまに閉じていたまなこの先で、わずかに一度睫《まつげ》を揺らしてどこへともなく行き過ぎていったのみであった。

武衛、衆目の中御自ら御首落とし賜り侍んぬ。之余人に叶う業に非ず。太刀も源家子々相伝の一振りであれば尚更也。時政義時、因幡前司ら衆議し此の次第を世に秘することを定めると云々――。

頼朝の死の真相は今もって謎《なぞ》に包まれたままである。

ただ一事、正月の十一日に出家したらしいことが在京の貴族の日記によってどうにか確認できるのみである。

当時身分のあるものは俗世に留まったまま死ぬことは叶わなかった。死期が予測された時点か、でなければ死亡の日を遡《さかのぼ》ってでも出家させることが常であった。

もっとも問題の日記の記述の根拠と推測できるのは鎌倉から朝廷へ奏上された文面のみであれば、そこにどんな作意があったかは推し測るより仕方がない。

鎌倉と京都では早馬でも七日はかかる。むしろそれ以上の日数を要することの方がしばしばだった。だとすれば、二三日ならば日付の操作はどうとでもなったはずである。つまり死亡が確定した後だとしても、その日以前の日付で出家を報告すればそれでよいだけのことである。

追ってすぐさま頼朝死すの報《しら》せが都へも届いた。死因は詳《つまび》らかではなかった。なお、記録上頼朝が死んだとされているこの日は、奇《く》しくもかつて清盛が齢《よわい》十三の頼朝の処刑の日と定めた正月の十三日であったという。

以下後日談を幾つか選んで挙げておく。

平家のまさに最後の一人、六代なる少年がついに鎌倉方の手にかかり儚《はかな》くなるのは、この頼朝の死から三月《みつき》も経《た》たぬうちのことである。前後して文覚もまた同人を庇《かば》った咎《とが》により都を追われ遠く佐渡《さど》へと流されている。この怪僧も最後には同地で生涯を閉じたようではあるのだが、これには幾つかの異説も見受けられる。

いずれにせよ、まるで頼朝の死の意趣返しでもあるかのように幕府はこの二人を急いで処罰したのだと見ることは、あるいは可能なようでもある。もちろんその因果は決して定かではないけれど。

ちなみにこれはまったくの余談になってしまうが、さらに百年以上の年を下った鎌倉幕府滅亡の際、一連の乱の中心人物となった後醍醐《ごだいご》帝の側近を務め数々の呪法を行ったといわれる一人の僧が歴史の表舞台に登場している。この男が名を文観《もんかん》と称するのである。そして何よりこの文観その人こそが、実は例の真言立川流の中興を為した人物なのである。

もちろん文覚が人知れず佐渡を離れて以降、鎌倉幕府百三十年の永きの時を息を殺して衆目を避け生き抜いたというようなつもりはさすがにさらさらないけれど、ほとんど同じともいえる音の類似はなかなか興味深いといわざるを得ない。もちろん代を挟むのは当然として、少なくとも彼らの間には師弟とでも呼ぶべきような関係があったのかもしれないとも思われる。

さて、鎌倉の側に目を戻すことにしよう。

まず平三こと梶原景時だが、彼は二代頼家の治世の折りに周囲に疎《うと》まれついには失脚することとなる。幕府を追われた景時は謀反《むほん》を目論《もくろ》み京都に通じ、自国で兵を挙げたところを幕府方に討ち取られて息子共々無残な最期を迎えている。

比企能員はその頼家の治世の終わりに奸計《かんけい》にかかって北条時政自らの手によって暗殺されている。この時には北条は比企の屋敷に火をかけて頼家の嫡子まで焼き殺すという目を背《そむ》けたくなる所業まで為している。

だがその時政も、続く実朝の代になって後妻である牧の方と共に謀反を企てたとされ、要職を退き本領である伊豆での蟄居を余儀なくされてしまう。その死に際が果たして穏やかなものであったのか否かに関しては、どうやら拠るべき史料がなかなか見当たらないようである。

そしてまた、いずれ頼朝の血を引いたこの先の源家の二人の将軍たちがそれぞれに非業《ひごう》の死を遂げるのは、今更記すまでもなく歴史の教える通りである。その最後の将軍実朝の首が、鶴岡《つるがおか》の事件以降所在がわからなくなってしまうことは、果たしてここに並べて挙げて然るべきなのかどうか、正直判断に迷うところではある。

もちろん相模の橋供養の折りに頼朝が携《たずさ》えていたされこうべのことなど現存するどんな史料にも書かれてはいないし、ましてや頼朝の胴と首が離れたなどとの記事は、おそらくどこを探しても見つからないであろう。

念願叶いようやく手に入れた写本を読み終えた家康は、ところがたちまち難しく眉を曲げ重たい息を吐き出した。

それから彼は目を閉じると静かに左右に首を振り、まさしく苦虫を嚙み潰したとでもいうような顔つきに変わった。

何たることだ。いわば武家の手に政《まつりごと》をもたらした祖ともいえる武衛殿の最期がまさかこのようなものであったとは――。

正面に控えた男は片膝をつき顔を伏せたままでいる。駿府《すんぷ》城の奥のこの一室に他に人影は一切ない。黒装束に身を包んだこの相手はおそらく、隠密とかあるいは伊賀者などと時に呼ばれる将軍家直属の配下であるに違いなかった。

家康はしばしこの相手を見据えていたが、やがて手にしていた書物を男の前に放り投げた。男がはっと顔を上げると家康は頬杖《ほおづえ》をついて吐き捨てた。

「焼き捨ててしまえ」

戸惑いに声を失った相手を家康がさらに睨《ね》めつける。

「それからお主、確かに中を読んではおらぬな？」

「はい、仰せの通りに致しました」

「真《まこと》であるな」

念を押す家康に黒装束が急いで答える。

「天地神明に誓って偽りなど御座いませぬ」

そのまましばし眼光鋭く相手を見据えていた家康だったが、やがてかすかに口元を緩めると口調までをも和《やわ》らげた。

「命拾いをしたな。もし一語でも目を通していたら、そなたもこの場で我が太刀の露と消えていたことであろう」

そして家康は少しの間の後ゆっくりと首を縦に動かした。

「よい、この場で焼け」

戸惑いが勝ったのか男はしばし動かなかった。何といっても歳月をかけ、苦心して探し出してきた代物である。けれどいくら待てどもどうやら命令が翻《ひるがえ》りそうにはないと察したのか、やがて男も諦《あきら》めたように懐から石を取り出し、薄汚れた和綴本《わとじぼん》の上で二三度ばかり打ち鳴らした。

こんなものを後世に伝える訳にはいかぬのだ。呟《つぶや》いた家康の声はほとんど独り言のようでもあった。

火花が散り紙の上に火が起きた。炎はたちまち書物の表を舐《な》め尽くし、頁の一枚一枚をゆっくりとめくりながら次々に黒く変じていく。どこからか風が忍び込み、ほつれた燃え滓《かす》を散らしてはその場で千々《ちぢ》に砕いていく。その間中、向かい合った二人は言葉を交わすこともなく、それどころか身動き一つしなかった。

「それからお主、写本の探索は今まで同様に続けよ。だがこれと同じ建久年間の最後の部分は見つけ次第焼き捨ててしまえ」

　今や天下に並ぶものなき将軍家の命であれば、たとえ理由など定かではなくとも一介の伊賀者に否やの唱えられるはずもなかった。


　江戸の地が家康によって綿密に作られた霊的な結界《けっかい》に守られていたことは有名な話である。城を巡る堀はもちろん、縦横に張り巡らされた水路が、おそらくは人ならぬものの進路をこそ阻むように設計されていたのに違いない。

　西から訪れるかもしれぬ何をそれほどまでに家康が恐れていたのか。だがそれはむしろ心当たりがあり過ぎる。あるいはあの大坂の戦の折、家康がまず城の堀をすっかり埋めさせたことも、ひょっとするとここに仄《ほの》めかされてしかるべきなのかもしれない。荒御霊なるものが水を、とりわけ十分な幅のある水路を嫌うものかどうかは、けれどさすがに容易には断言しかねる種類の物事である。

　もちろん実際に家康が『吾妻鏡』の写本を焼いたという記録もない。ほんのわずかな言及すら当時のどんな史料を繙《ひもと》いても確認することは叶わない。ただこの場では、さらに下って家光の治世の頃、儒学者林羅山《らざん》がその著書においてさりげなくこの可能性を指摘していることをつけ加えるに留めるのみである。

なお、北条実時《さねとき》が開いたとされる金沢文庫には、『吾妻鏡』のほかにも鎌倉時代の文書が多数保管されていた。中には真言立川流のものと思しき、荼枳尼天《ダキニテン》やら髑髏本尊にかかる秘術を記したものも少なからずあったようである。あるいは家康はこういった文書にまでも目を通していたのかもしれないけれど、やはりさすがにそこまでのことはわからないし、またここで重ねて論じるべき内容であるとも思われない。

最後に蛇足《だそく》とは重々承知の上で、本稿の三章における古文はすべて筆者の創作であることを改めて明記し、いささか忌《い》まわしいこの物語を漸《よう》う終えることとする。

双《そう》樹《じゅ》

——時にきょうももう暮るるぞ。

秋のゆう風が身にしみるわ。（岡本綺堂『修禅寺物語』）

一

「許しておくれ。母はそなたを死なせてしまった」

耳に届いたのはただが言葉とは裏腹な抑揚《よくよう》のない音だった。薄く開いた頼家《よりいえ》の目に年老いた女の輪郭がゆっくりと結ぶ。

はて、この女が俺の母だったか。朦《もう》とした頭で頼家はそう訝《いぶか》った。けれど最前までの眠りは深く、あたかも黄泉《よみ》の府と現《うつ》し世の境《さかい》を彷徨《さまよ》っていたかのごときですらあったから、意識はなおなかなかはっきりとはしなかった。

なるほどでは、俺はついに逝《い》ったのか。

今しがた聴こえた通りを脳裏に繰り返し改めてそう自問した。己《おの》れが病に倒れていたという自覚が漸《ようよ》う甦《よみがえ》ってきたからである。

だが目に映る物どもの様子は記憶の途切れた以前とさして変わってはいないように見えた。檜《ひのき》の天井、枕元の燈台《とうだい》の脚。傍《かたわ》らに鎮座する紫の頭巾《ずきん》の下の顔色も生者のそれと信じられる。

何よりも、父ならばともかく、母尼御台《あまみだい》はそもそもまだ生きている。

ならば何故この相手は俺に死んだと告げるのか。あるいは冥府《めいふ》の迎えとは生母の顔をして現れるとでもいうのか。そんなことを考えながら試みに右手を動かしてみた。ぎこちなくはあるけれど、どうにか思ったようには持ち上がる。つまりは、己れはまだこの身に結びついているということであろう。一応はそう納得こそしたけれど、腕は我がものながら驚くほどに軽かった。

それもそのはず、頼家の昏睡《こんすい》はついにこの日で五日を数えていたのである。その間食事も一切していなければ、肉体の衰弱は当然だった。にもかかわらず、空腹はいっかな思い出されてはこなかった。

遡《さかのぼ》る事一月半前、頼家は突如喀血《かっけつ》した。御所の内庭で、近臣らを相手にしたいつもの蹴鞠《けまり》の最中《さなか》であった。

齢《よわい》十八で父を亡くしそのまま将軍職を拝命した彼だったが、武士の長たるにはやはりいささか若過ぎた。今や坂東《ばんどう》のみならず全国に所領を持つに至った御家人《ごけにん》らを統《す》べるだけの力はまだなかったのである。

だが幼少より世継《よつ》ぎとして祭り上げられて育った頼家は諫言《かんげん》に耳を貸すということを知らなかった。もちろんこれは彼のせいばかりともいえず、後見を務めた比企《ひき》能員《よしかず》がそのような育ち方を許してしまったことも大きな一因である。

頼家は、一度将軍たればこれは不可侵であると考えていた。比企は比企で娘若狭《わかさ》をこの男に与え世継ぎまで設けていたから、娘婿《むすめむこ》が我が田に水を引くことなど当然と信じていた。

かくして頼家就任後、恩賞はなべて比企とその一族とに偏《かたよ》った。諍《いさか》いの裁定《さいてい》は公正を欠き異議も許されなかった。自ずとほかの御家人らの不満は募り、ついに大鉈《おおなた》が振るわれた。将軍から裁判権のすべてが奪われたのである。筆頭に立ちこの仕儀を進めたのが、頼家の母方の祖父北条時政《ときまさ》とその息子の義時《よしとき》であった。

平家も奥州藤原氏も討ち果たした今となっては、政《まつりごと》といえば所領にかかる諍いの処理がほぼすべてといってよかった。かくしてただの飾りと落ちた頼家は日々為すべきことも見つけられず酒と女と遊戯に溺《おぼ》れた。市中ではまるで己れの地位を確かめるように相手かまわずいたずらに権威を振りかざし側近ともどもしたい放題、暮らしぶりは退廃という言葉こそが似つかわしかった。

その挙句《あげく》の喀血である。咳《せき》はそのまま止むことはなく、平生からの不養生にも祟《たた》られて病状は一向に回復しなかった。半月後には床《とこ》につき、数日前ついに意識が戻らなくなった。この時には誰もがこの年若い将軍の命を諦《あきら》めた。

だが頼家は三途《さんず》の川のこちら側で踏み止《とど》まった。その頼家の耳にまず届いたのが最初の母の言葉であった。頼家は茫《ぼう》として身を起こした。

しばし現《うつ》し身を離れ冥界《めいかい》との狭間《はざま》にたゆたった眼差《まなざ》しは、ではそこでいったい何を見たのだろうか。あるいは悲しげな歌を口ずさみながら石を積む子らと、それを蹴《け》り散らす鬼の姿くらいは目《ま》の当たりにしたかもしれない。我のかたちも定かでないまま、この河を越えれば死者どもの国だくらいは考えたとしても不思議はない。そしてこの男の目は、その対岸に最愛の妻と長男の幻を垣間見《かいまみ》はしなかったか。あるいは彼を岸のこちらに押し戻したのはその二つの影であったか。

だがその忌《い》まわしき幻影を頼家は誰に漏《も》らすつもりもなかった。

薄く開いた彼の目は漸《よう》うと自身の命がどうにか繋《つな》ぎ留められたことを確かめた。まだ生きているのか。ぼんやりとそう思い、それから少しだけ首を傾げた。

「若狭——」

まず口からこぼれたのは妻の名だった。遊女やら白拍子《しらびょうし》に町娘やら、すさんだ気持ちに任せ欲望の赴《おもむ》くまま体ばかりを求めた女は多かったが、頼家が心まで許したのは後にも先にも若狭唯一人である。彼なりのやり方で頼家は妻を愛していた。

だがその声に僧衣の母がはっと息を呑《の》んだ。やはり、と頼家は考えた。

理由こそ察しかねたけれど、彼はすでに若狭と息子一幡《いちまん》とが自分より先にあの河を越えたのだと知っていた。だとすれば、ついに北条と比企とが戦《いくさ》を交えたに違いない。能員が仕掛けたか、あるいは時政義時親子が討って出たか。

けれど怒りを燃やすには肉体が弱り切っていた。母から顔を背《そむ》けることが精一杯で、ただ頼家は涙が頬《ほお》を伝うに任せた。

彼の憤《いきどお》りが爆発するのはわずかながらも生気が戻り、先の母親の言葉が真に意味するところを理解したその時のことだった。


「では私はすでに将軍ではないというのか」

奇跡的な覚醒《かくせい》から三日余り後である。頼家と同じ几帳《きちょう》の内《うち》にいるのはやはり尼御台こと北条政子《まさこ》一人であった。床に半身を起こした頼家は、その目を母に向けることもせず虚空《こくう》に据《す》えた。こめかみには血管が浮き騒いでいる。

「そればかりではなく、朝廷には我が死を伝える使者まで上らせたと、今母上はそのように申された訳ですな」

政子は力なく肯《うなず》いた。声は出ない。すでに語るべき言葉がなかったからだ。

頼家の意識がなくなり一昼夜が過ぎた時点で北条は比企に討って出た。将軍が死ねば比企が北条との対決姿勢を顕《あらわ》にすることは明らかだったからである。火種はもちろん次期将軍の人選だった。

喀血直後、己の余命も最早《もはや》幾ばくもないのかと危惧《きぐ》した頼家自身が、将軍職を嫡子《ちゃくし》一幡に譲ることを公言した。

だが北条を中心とする勢力はそのままでは肯かずこれに条件をつけた。頼家の弟実朝《さねとも》に関西総地頭《じとう》の地位を与えよというのがそれである。この条項が受け入れられぬのであれば一幡の将軍職拝命は認められない。彼らはそう譲らなかった。

この時一幡は六つになるやならずであったから、もしこの幼児《おさなご》が幕府の長となれば、政《まつりごと》の実際が後見をとる比企の手に委《ゆだ》ねられることは自明であった。その権限を制限するための苦肉の策がこの提案だったのである。

ようやく立ち行き始めた幕府を預けるには比企能員では心許《こころもと》ない、いや、はっきりいって無理である。これがこの時の御家人全体の空気であった。頼家に対する失望はそのまま彼を育てた比企への不信となっていた。

だが当然ながら比企はこの措置に不服である。刻一刻迫っていると信じられた頼家の死の予感に市中は俄然緊迫した。そしてほどなく訪れた当人の昏睡がついにこの空気に火をつけた。

しかしながら、比企は所詮《しょせん》孤立無援であった。

当主能員の謀殺をたやすく果たすと、幕府の軍勢はそのまま比企の屋敷に電光石火攻め入った。乱はたちまち成就した。よほど確信があったのだろう、北条はことの前、その同じ朝のうちからすでに朝廷への早馬を上らせてもいる。頼家の死を触れ、実朝の次期将軍任命を帝に要請するものである。

使者が京への道を駆ける間に身中《しんちゅう》の虫は廃されて、政権の交代だけが穏やかに都に告げられる。この筋書きを書いたのが北条時政義時親子であることは九分九厘疑いがない。すべては滞《とどこお》りなく運ぶはずだった。だが彼らの唯一にして最大の誤算が、当の頼家が一命を取りとめてしまったことだったのである。

生きていればことの次第を知らせずには済まされまい。ならば人の噂《うわさ》で漏れ聞くよりはと政子が自《みずか》らこの役目を買って出た。もちろん比企が謀反《むほん》し戦となり、若狭のみならず一幡までもが巻き込まれたといういい方をした。

頼家の目には悲しみと猜疑《さいぎ》の色が走った。触れればたちまち怒りとなって爆発しそうな陰である。ここに至ってしまえば母と子の亀裂は埋めようもなく深かった。

だが頼家はどこか悄然《しょうぜん》としていた。むしろ諦観《ていかん》というべきかもしれない。若狭を、一幡を再びこの手に抱くことは叶《かな》うまい。目覚めた時から彼はすでにそう予感していたのである。しかしその不似合いな落着きも母の言が件《くだん》の早馬に及ぶまでのことだった。

政子もこちらに関してはいい抜ける術《すべ》を持たなかった。数日前、朝廷より実朝の将軍任命にかかる宣旨《せんじ》があった。これはすなわち頼家の死が公《おおやけ》の記録に刻まれたということである。文字の上では彼はすでに死者だった。ことがことだけに一度正式に通達してしまったものを間違いでしたと翻《ひるがえ》す訳にもいかない。

つまり、頼家はこれより先どんな位も、扶持《ふち》も、出家を望むことさえ叶わないのである。それどころか、頼家の存命が万が一都に伝われば幕府の体面にかかる事態ともなりかねない。母と子の間に抱えるにはどうにも重過ぎる問題であった。

「では私は、生身《なまみ》のまま亡者《もうじゃ》の仲間入りをしたという訳ですね」

肩を震わせて頼家がいう。

「ですからこの後《のち》はできうる限りそなたの望みを叶えましょう。父上にも義時にも、この母が有無をいわせませませぬ。約束します。だから頼家、どうか母を――」

許して、と続けて口に出すには余りにも苦い空気であった。懇願が虚《むな》しいことは政子も十分にわかっていた。案《あん》の定《じょう》、頼家は鼻で笑うとこう続けた。

「ならばまず、若狭と一幡をここへ連れて来ていただきましょう」

あからさまな拒絶の気配に気丈の政子も絶句するほかはなかった。息子の名を呼んだきり次の言葉が出てこない。その顔を一瞥《いちべつ》して病人が続けた。

「もう話は終わったので御座いましょう。母上、であればお下がり願えますか」

「頼家――」

息子の青白い顔にふっと冷たい笑みが浮かんだ。

「下がられよ。でなければ今この場で斬《き》り捨てる。先にそなたが俺を殺したのだよ、母上、いやさ、尼御台殿」

なおも縋《すが》るような視線を向けた母親に、頼家は、下がれ、と怒りを顕に繰り返した。それでも政子が動けずにいると頼家はついに傍らの脇差《わきざし》に手をかけた。

だがそこで几帳の外に控えていた時政義時親子が飛び込んできた。二人が二人ともすでに抜刀している。取り乱した政子を義時が抱えて連れ出すと、時政も孫を一睨《ひとにら》みしただけで声も出さずに子供たちの後を追った。

一人残された頼家はしばし身動《みじろ》ぎもせず、ただ冷たい目でまだ揺れ動く几帳の表を睨《ね》めつけていた。

この後頼家は、御家人の和田義盛《よしもり》らに北条を討てとの密書を将軍名で出すのだが、これはあえなく発覚した。彼はすでに御所様ではなかったから、受け取った和田以下が義時らに注進するのも致《いた》し方《かた》のないことではあった。

かくして幕府転覆の陰謀の咎《とが》で頼家は修禅寺《しゅぜんじ》へ幽閉《ゆうへい》される次第となった。

以上が頼家の将軍廃位にかかるおおよその顚末《てんまつ》である。だがこの物語、本筋はここから始まる。

――常はさびしき山里の、今宵は何とやら物さわがしく、ことありげにも覚ゆるぞ。（前掲書）

二

修禅寺を有する伊豆一帯は北条氏の元々の所領であった。かつて平治《へいじ》の乱の折り、平清盛《きよもり》に捕らえられた頼朝《よりとも》は、北伊豆の中ほどに位置する蛭ヶ小島《ひるがこじま》なる土地へと流された。その名の通り陸の孤島の呼称にまったく相応《ふさわ》しい場所である。だが修禅寺はこの蛭ヶ小島よりもさらに一層南へ下る。そこまで行くと半島自体が山地のようなものとなり、内陸であれば田畑にはまるで適さず、自ずと道も険《けわ》しいまま放り置かれ通う者さえほとんどなかった。

頼家は数人の従者と女房らだけを与えられ、桂川《かつらがわ》に程近い、御座所《ござしょ》とは名ばかりの小さな庵《いおり》に蟄居《ちっきょ》することを余儀なくされた。従者といえば聞こえはいいが実質は監視役である。将軍在職中に頼家の側近であった者らはことごとくこの人選から外され蹴鞠《けまり》の相手もいなかった。

――これが蒲殿《かばどの》の血を吸った土か。

着くなり頼家が思ったことはそれであった。蒲殿、とは、頼朝の弟にしてあの九郎判官義経《ほうがんよしつね》の兄、源範頼《のりより》のことである。頼家には実の叔父に当たる。

た。範頼は治承寿永《じしょうじゅえい》の戦《いくさ》において、頼朝の代官として遠征軍の総大将を務めていた。巷間《こうかん》には義経の活躍ばかりが知られているが、全軍を統《す》べていたのは実はこの人物である。その意味では平家追討の最大の功労者といってもよい。

その彼が頼朝に謀反を疑われこの伊豆の地に追われたのが十年前のことであった。しかも同じ年のうちにこの男の死が伝えられた。死因は詳《つまび》らかではない。将軍の意を受けた何者かが手を下したのだろうというのが大方の想像ではあるが、そんな声が漏れ出したのも頼朝の死を待ってからのことである。

——伊豆の地はよほど源氏の血が好きらしい。

頼家とて愚かではない。自分が生きて再び鎌倉の土を踏めるとは思っていない。しかも自身は一度死んだ身であるようなものなのだ。事実都ではすでに鬼籍に入っている。いまさらこの修禅寺で病に消えようが、あるいは寝首をかかれようが、前《さき》の将軍といえども最早大した違いはなかった。

到着は初冬であった。雪こそまだだったが山里の寒さは厳しく毎朝のように霜が降りた。黒土がもこりと起き上がり、踏むとくしゃりと氷った柱の砕ける音がする。突然の衝動に頼家は繰り返し霜を踏みつけて足で捻《ひね》り粉々にしてみる。だが氷は土と混じり合うだけで容易には溶けなかった。興《きょう》を削《そ》がれた心地で見下ろすと、朝日を受けた霜のかけらが螺鈿《らでん》のような光を投げた。

山はすでに冬枯れて雀《すずめ》の羽のような彩《いろど》りである。己の血も乾けばあのような色になるのか。茫《ぼう》として頼家はそう考えた。

それにしても夜の寒さこそひとしおであった。

形ばかりの普請《ふしん》が為されてはいたが所詮《しょせん》は侘《わ》びしい山家《やまが》である。戸板一枚隔《へだ》てただけでは戸外にいるのとさして変わらず、木枯らしは昼夜を問わず容赦《ようしゃ》なく吹き込んだ。そもそもが鎌倉の御所とは比べるまでもないのだが、頼家は幼少から三重四重に守られたような場所でしか寝たことがない。その彼には夜気がことのほか身に染みた。己れをいたぶる運命を呪い唇《くちびる》を噛《か》み、まんじりともせず幾夜を明かした。

自然湯ばかりがこの男の唯一の慰めとなった。

修禅寺には温泉が湧《わ》く。源泉は修験《しゅげん》の行《ぎょう》を求めてこの地を訪れた弘法大師《こうぼうだいし》により見出《みいだ》されたものであることが伝わっている。この当時からすでに大石を幾つか動かして湯を溜《た》めた露天の湯壺《ゆつぼ》が谷間に散在していたのだけれど、それでも暖を求めに訪れるのは、近郊で細々と畑を営む農民よりはむしろ、猿や狸の類《たぐい》といった奥山の住民ばかりであっただろうに違いない。

頼家はこれらの湯のうち最も庵に近い一つを選び、そのぐるりを柵《さく》で囲んで専《もっぱ》ら己れのものとした。

柵は従者らに作らせた。流人《るにん》とはいえ将軍家、逆らう訳にもいかず、彼らは渋々と湯の周囲に木切れを運び打ち込んだ。もっとも従者らの中には、起居を共にするうちにこの哀れな主筋に幾ばくかの憐れみを抱いていた者もあったようである。おざなりな柵ではあったが仕上がると頼家は、俺の湯殿じゃ、と小さく喜んだ。以来朝夕の入浴が彼の主な日課となった。主な、といっても、これを除けば飯を食うよりほかすることもないといった程度ではある。

その白い湯煙の中で頼家は何を思うていたか。

夜のうちに体はすっかり冷え切っている。まだ朝露も落ち切らぬ前から湯殿へと向かい、震える肩をかばいながらそろそろと瘦《や》せ衰《おとろ》えた身を浸《ひた》す。膝《ひざ》や肩にゆっくりと血が巡り、やがてかじかんでいた両手足の指がぎこちなく解《ほど》けてくるとようやく人心地がついた。その指を寄せ湯をすくう。湯が手の中で透き通る。顔を拭《ぬぐ》うと頰《ほお》がぬるみほどなく火照《ほて》りがにじみ出す。

はあ、と思わず息が漏れる。

冬晴れの空は高かった。鳶《とび》が一羽弧を描き間の抜けた声を残して消える。樹々がかさりと音を立て、振り向くと、むささびの類でもあったのか、枝の合間を跳《は》ねる影が一瞬よぎってそのまま藪《やぶ》へと紛《まぎ》れてしまう。

侘《わ》び住まいとはこのことか。

だが頼家がそれを嬉《うれ》しく思うことはない。歌人として名高い弟の実朝とは異なり、彼には花鳥風月をわずかなりとも愛《め》でるようなところは皆無であった。山里の閑静はただ寂しさばかりを誘い出した。

——若狭《わかさ》、一幡《いちまん》。

気がつけば己れを置いて逝《い》った妻と子の顔が浮んでいる。三浦に託し鎌倉に残した息子善哉《ぜんざい》とその下の姫も気にかかる。こんな俺でもやはり人の親だったかと、そう思えばなおさら母政子の所業が恨《うら》めしかった。

父親と弟のいいなりに、腹を痛めた我が子さえ、このような場所に捨て置くことをよしとする。その心根が信じられぬと思う。だが胸中にたぎるその思いが怒りなのか悲しみなのかも頼家にはすでにわからなかった。

頬を一筋雫《しずく》が伝う。

慌《あわ》てて湯をすくいまた顔を拭う。武士たる者、みだりに涙など見せてはならぬ。そう我と我が身を戒めて頼家は湯を囲む柵を見回した。無人である。かさかさと梢《こずえ》が鳴るばかりだ。

従者らには湯殿では一人にせよといいおいてあった。しかしながら、と口を開いた一人を制し、逃げなどせぬと吐き捨てた。

実際どこにも行けはしなかった。

廃《す》てられた将軍になど誰も手を貸しはしない。和田の一件はその事実をまざまざと頼家に見せつけていた。

――いや、一つだけ、ここから逃げ出して行きつける場所がある。

頼家はそして眼前に立ち込める湯気を見据《みす》えた。煙る隙間《すきま》にほんの欠片でもその場所が見えぬものかと目を凝《こ》らす。

かつて一度だけ垣間見《かいまみ》た赤茶けた石の河原の向こう。そこには一幡を抱いた若狭がいるはずだった。

あれは果たして黄泉《よみ》の入口だったのか。ならば何故、若狭は俺を招かなかった。そなたまでもが俺を捨てたか。いやそうではない。だがしかし――。

思いは行き場を失ってため息となってこぼれ落ちた。頼家は立ち上がり湯から出た。濡れた背を木枯らしが撫《な》ぜ彼の肩をすくめさせた。

寒さは日を追って厳しくなった。

その夜半、ついに頼家はたまらなくなった。手足が凍りつくようでどうにも眠れなくなったのである。床に身を横たえしっかと体を縮めていても、いつかがちがちと歯が鳴り出してその音に眠りが妨げられた。といって己れの歯では怒る訳にもいかなかった。

しばし輾転反側《てんてんはんそく》していたが、これはもう一度体を温めてからでなければとても休めたものではないとついに悟った。次の間に声をかけるが返事はない。すでに誰も彼もが眠りをむさぼる刻限であった。

よくも休めるものだと感心こそしたけれど、起こすのも無体《むたい》かなどと殊勝なことを思った訳では決してなく、ただ大儀で、結局頼家は単身湯殿へと足を運ぶことにした。だが表へ出ると夜気はまさしく刃《やいば》だった。吹きつけた木枯らしに頬から血が流れ出さないのがそれこそ不思議なほどである。

湯殿に着くなり急いで脱衣し飛び込んだ。冷え切った体には湯もまた木枯らしと同じように突き刺さったが、まもなくじんわりと体が緩《ゆる》んだ。まさに生き返ってきた心地である。ほっとしてぼんやりと上を向くと、星明りに頭上を覆《おお》う樹々の影が宵闇《よいやみ》と同じほど黒かった。

このままここで寝てしまいたいくらいのものだがな、などと思ううち、頼家は本当にまどろんでいた。

どれほどの時が経った後だったか。ぱしゃりという水音がして頼家は再びまぶたを開けた。だが辺りは目を閉じていた間とさして変わらぬ闇である。ただ湯ばかりが薄い灰色を呈している。

――さては猿でも紛れ込んだか。

ところがそう考えた彼の耳に、かすかだが、くすくすという笑い声が聞こえてきた。どうやら人のもののようである。そればかりか楽しげに転がる音は若い娘を思わせもする。なるほど近在の娘が湯を浴びに来たらしい。一旦《いったん》はそう考えもしたけれど、然しこの刻限である。釈然とせぬまま頼家は暗がりの奥へと目を凝らした。

果たして白い体がぼんやりと浮かび上がってきた。影は二つ。そろそろと湯に入り、片方が戯《たわむ》れて相手に湯を一すくい跳ね上げる。きゃあ、という声がして、もう片方もお返しとばかりに同じことをしてみせる。先に入った影が笑いながら湯の中を駆け、一足ごとに飛沫《しぶき》が上がる。いま一人が手を振りかざしてこれを追い、かくして二人は頼家のいる辺りへと寄って来た。

肌が夜目にも白かった。双方とも長い髪を肩の辺りで束《たば》ねている。一人は右に、もう片方は反対に。ほっそりとした腕がたおやかに跳ね再び湯を騒がせる。きゃらきゃらとした笑い声が水音に混じる。近寄った横顔は互いにとてもよく似ていた。二つの顔が二つとも、まさに此の世のものとは思えないほど美しかった。

頼家は思わず息を呑んだ。漂《ただよ》った常ならぬ気配に身を引き締める気持ちもあるにはあったが、それよりはむしろ娘たちの妖麗《ようれい》さに瞬時に心を奪われていた。

「おい、そなたら――」

我知らず声が掠《かす》れていた。全身を湯に浸しながら喉《のど》がかさかさに渇いている。

娘らが揃《そろ》ってこちらに向いた。その顔には驚きも怯《おび》えも浮かんではいない。ただ見つめる者の魂をとろかし、浮かし、吸い寄せてしまわずにはいないような、そういう不可思議な笑みばかりが広がっていた。

「ようやくお起きになられたか」

「おお、姉様の殿のお目覚めか」

「やはり殿には我らが見える」

「たしかに、たしかに」

面立《おもだ》ちと同じく互いによく似た声であった。娘らは顔を見合わせてまたくすりと笑みを交わすと、両側から頼家に近づき彼を挟んで湯に身をすくめた。

「殿、おいたわしゅうございます」

右の娘が目を伏せる。

「まこと、此度《こたび》の奥方様と若君様の御無念、察してなおあまりありまする」

左側の娘はそういって彼の手を取った。

「そなたら、この界隈《かいわい》の者か。しかしその物言い、俺を将軍頼家と知っての言葉と聞こえるが」

「如何《いか》にも存知上げまする。殿がこの地にお見えの頃より、我ら人知れず彼方《かなた》よりお窺《うかが》いしておりました」

「さては身を切る木枯らしが、むせび始めた頃でございましたか」

「いやさあれは、まさに初霜の立ち降りたるその日」

「たしかに、たしかに。つとめてのあの足もとの覚束《おぼつか》なさこそ忘れまじ」

湯にくぐもり木霊《こだま》する娘らの声は、まるで両側から二人が二人とも同じ言葉を口にしているように響いた。これは夢か。訝《いぶか》った頼家の手に左の娘が力を込めた。

「我らは存じております。殿の御無念、湯殿で一人お流しになる涙の訳を」

「殿が今尚《いまなお》まぶたの裏に、先を急ぐ若狭様と一幡様のお姿を、まさに現《うつつ》のごとく見やることも」

「哀れなるかな」

「哀れなるかな」

「生きながら一度死者となり、再び命を得られた方よ」

「しかして恨めしきはその前と後の変わり様《よう》。現《うつ》し世の王たる貴方様が、目覚めれば最早名さえない」

声音《こわね》はいつか沈み込み、まるで己れの悲しみそのままの響きとなった。手が手繰《たぐ》り寄せられ娘の顔が覗《のぞ》き込んだ。

「お寂しゅうございますのでしょう」

黒く大きな瞳であった。訝ることも忘れ頼家は首を縦に振った。

　ああ、いたましきは御殿様。娘の両腕が彼の頭に回された。仄《ほの》かに冷たい風が過る。だが頼家は夜気のせいとしか疑わない。首はたちまち抱えられ、頬に、まぶたに、娘の柔らかな乳房が触れる。傍らのもう一人はいつのまにか頼家の背にかぶさっている。湯よりも甘くたおやかに二人の娘は頼家の体に纏《まと》わりついた。

「お主ら、いったい――」

　問いこそ口を衝《つ》くけれど頼家はすでに陶然《とうぜん》としている。

「我が名は、かつら」

「我が名は、かえで」

　耳元に声が囁《ささや》いた。さえずるような笑い声がまたどこからか響いてくる。樹々が風に葉を揺らすような音が娘らの声の背後に間断なく忍び込んでいる。

　頼家は目を閉じた。まぶたを合わせると途端に闇は消え、辺りはかえって仄《ほの》明るくなった。だがそうしていても彼には娘らの顔がはっきりと見えていた。

「我ら、闇の眷属《けんぞく》」

「我ら、夜叉《やしゃ》の血に連なるもの」

　全身が湯に溶け出したような危うい感覚の中、ただまぶたにくるまれた眼球だけが己れの存在であるようだった。漆黒《しっこく》であるはずのその視界に娘らはゆらゆらと浮いていた。四肢《しし》は白く髪はほんのりと緑色を帯びている。

「望むなら、我が婿《むこ》に」

「望むなら、姉様と約束を交し」

「されば現し身の侘びしさ儚《はかな》さ、今より二度と味わわせまじ」

「幽冥《ゆうめい》の境を一度越えし王よ、改めてお迎え致しましょう」

くすくす、くすくす。笑い声が四囲を回った。二人の顔が飛び交って、頼家は懸命にそれを目で追うた。いや、そうしたつもりであった。だが娘らの顔は頼家が追うその速度よりも一層速く流れていつしか一つに溶け合った。あやふやな輪郭が急速に固まり、そして忽然《こつぜん》と別の顔を作り上げた。

「若狭っ」

ふっと、妻の幻は掻《か》き消えた。同時に頼家は果てていた。

くすくす、くすくす。殿が望まれた。殿が姉様に愛《いと》しき人の形を見た。婚儀はなった。まこと、今より二人は夫婦。頼家殿、夜叉の娘の婿として、望むなら闇の世界を統《す》べられるもよい。たしかに、たしかに――。

視界はいつのまに闇に変わっていた。娘の幻の代わりに今度は言葉だけがくるくると回る。目眩《めまい》の心地好さがいっしか頼家の脳髄を痺《しび》れさせている。魔性《ましょう》であろうか。ぼんやりとそうも疑うけれど、いまさらそれがなんであろう。最早俺には失うものなど、どこを探してもないではないか。

　頼家がそう考えたその時だった。頼家殿っ、御所様、御所様はいずこ、と小さく己れを呼ぶ声がした。主の不在に気づいた郎党《ろうとう》の一人に違いなかった。目を開けた頼家と同じほどにはっとして娘らが顔を見合わせた。

「かえで」

「姉様」

　二人は目顔で肯《うなず》き合い、姉様、と呼ばれた方の娘が、両手で頼家の頬を持ち上げふつりと唇を寄せてきた。刹那《せつな》、若葉にも似た青い香が立った。

「いずれ再びこの刻限に」

　そしてまた擽《くすぐ》るような笑みを見せると二人は水を跳ねて湯を飛び出した。自失したままの頼家の前で、あたかも風が纏わりつくかのように娘らの体を薄陽炎《うすかげろう》の衣装が覆い、二人はそのまま柵の向こうへと消えてしまう。たちまち深い森が影を呑み込み、その一瞬風がざわりと閃《ひらめ》いた。

「殿、こちらにあらせられましたか」

　松明《たいまつ》を手に現れたのは、郎党の一人、下田《しもだの》五郎景安《かげやす》であった。

「お、おお。そちか」

　喉からそれだけ絞り出した。夢でも見たか。朦朧《もうろう》とした頭のまま頼家はそう訝った。辺りはやはり、闇である。

「今しがた、そちは――」

何か物音など聞いたか。そう問おうとしてなぜだか躊躇《ためら》った。

「いや、あまりの寒さにたまらず、湯でも浴びれば眠れるかとな」

急いで取り繕《つくろ》った頼家の言葉に五郎は安堵《あんど》の色を浮かべる。

「ならばよろしゅう御座いますが。お一人のお出ましはしかし、ちと不用心に御座います。在らぬ疑いをかける者も決してないとはいい切れませぬゆえ」

「うむ」

この下田五郎は頼家が気を許せる数少ない一人であった。もちろん鎌倉からの近習《きんじゅ》ではないけれど、一度主従と定められてからは何くれとなく気を遣《つか》ってくれていることも知っていた。

「漸《ようよ》う体も温《ぬく》もった。御座所に戻る」

立ち上がった頼家は湯を出ると衣服を身につけた。その間五郎はずっと片膝をついた姿勢のままで控えていた。

娘らが消えた先に目をやって、頼家はふと、木立の一つが手を振るように揺れたかとも錯覚した。しばしそちらに目を凝らした。

だがやはり松明の灯りの届かぬ先は一面漆黒の闇であった。

不思議なことに、その夜はもちろん、翌日もその次の日も頼家は微塵《みじん》の寒さも感じなかった。といって体が火照っているのとは違う。喩《たと》えるならそれは、あたかも目に見えず重さもない薄物を一枚余計に羽織っているかのようで、我が身の温もりが空《くう》に溶け出すこともなければ風が肌を切ることもなかった。

――あの者らは一体何だったのか。

無論頼家もそれを訝り心中で幾度もあの宵の出来事を反芻《はんすう》した。近在の村の娘ならばそれでよい。だがどうにもそうは思えない。何よりあの娘どもは、己れのことのみならず若狭と一幡の名前さえをも知っていた。

しかし頼家の配流《はいる》は幕府の秘中の秘なのである。死者を流罪《るざい》にしたなどと万が一にでも朝廷に知れれば何の火種にならぬとも限らない。しかもことは将軍の問題であるから一つ間違えば幕府の屋台骨にも関わってくる。

だとすれば、あの二人は少なくとも鎌倉の息のかかった者と見るべきであろう。ならばいったい如何《いか》なる目論見《もくろみ》か。

けれどそもそもあれらを人だと考えることからしてひどく心許《こころもと》なかった。

まず何よりも頼家自身がその肌のみずみずしさを知っていた。湯をはじくどころの騒ぎではない。絹よりもなおつややかで鏡のごとく湯気を映す。その滑らかさは人のものとは俄《にわか》には信じ難かった。

ならば、あれはやはり魑魅魍魎《ちみもうりょう》、怨霊《おんりょう》、物の怪《もののけ》の類であったのか。そう考えるのが順当のようにも思われた。娘らの一言一句を思い起こせば尚更《なおさら》である。

だが、蒲殿の亡霊とでもなれば別だが、あのような娘子《むすめご》にならば見込まれてもさほど恐ろしいことはない。苦い味のする笑みを唇の端に嚙み締めて、頼家はまた妖《あや》かしの一部始終を思い出すのであった。

それでもどこかに怖《お》じける気持ちが起きて、しばらくは夜半に湯に出向くことはしなかった。体も冷えなかったから最初の夜ほど切迫した思いまでは感じなかったのである。

ところが日を経《ふ》るに連れ不可視の薄物は次第にほつれてきた。まず右肘《みぎひじ》や首筋の辺りから冷気が忍び込み始め、一度裂け目が入ると夜気はたちまち全身を襲うようになった。七日目の夜にはまた寒さにたまらなくなり、ついに頼家は一人湯支度をして御座所を抜けた。

白い湯に浸《つ》かり人心地つくとつかの間樹々がかさかさと騒いだ。

だが静かである。辺りは風の音が鳴るばかり。やはりあれは幻だったか。そう思いなおして目を閉じた。

するとまた、どこからかくすくすという囁きにも似た笑い声が響いてきた。そして再び目を開いた時にはもうあの二人がすっぽりと湯に身を沈めていた。

「お久しゅうございました」

「我らに慄《おのの》き再びお見えにはならぬかと、姉様と二人お噂致しておりました」

「まことに。夜毎《よごと》静まり返った御座所の辺りが恨めしく」

「だが姉様は、殿は必ずお見えになると頑《かたく》なで」

娘らは恥じらいもせず左右から頼家にしなだれかかってくる。湯の陰に妖しく肢体が揺れる。

「そちらは、何者ぞ」

問うた頼家を挟み顔を見合わせた女たちだったが、また、くすりと破顔して、我が名はかつら、我が名はかえでと、前と同じ言葉を繰り返した。

「我らは姉妹。夜叉の娘」

「宵闇の中でのみ殿にお目にかかることが叶《かな》いまする」

「そはすなわち、やはりうぬらは物の怪ということか」

「まあ御無体《ごむたい》な、物の怪などと」

「たしかに、たしかに。こと姉様にはつれなきお言葉」

二人が二人、揃って顔を跳ね起こし眉《まゆ》をひそめてさえみせる。改めてかつらとかえではよく似ていた。二つの顔が同じ拗《す》ねた色を浮かべるさまは不可思議でもありまたどこか滑稽《こっけい》にも思え、頼家は我知らずほくそ笑んだ。

「まあ悔しい。笑みなど浮かべ」

「まこと、恨めしいやら憎たらしいやら」

ふん、と鼻で笑って返した。女子《おなご》の姿をして、膨《ふく》れてもみせしなも作る。たとえ物の怪にせよ愛《いと》おしさを擽《くすぐ》られる。

「それでその、夜叉の娘が何ゆえ俺に構うのだ」

すると右の娘がかすかに頬を赤らめた。

「まあ悔しい。女子の口からそれをいわすとは」

左からも声がかぶさる。

「いかな理由で娘子が、殿方をお慰《なぐさ》め申し上げるとお思いか。姉様は殿を見初《みそ》められた。ほかに訳などあるはずもない」

「願わくば、とこしえに我が婿《むこ》として」

「この修禅寺に留《とど》まりたまえ」

だが今度は頼家が顔をしかめる番だった。

「俺がここから出ていくことなどありはしない。あるとすれば死ぬ時だけよ」

二人は再び顔を見合わせて、それからその面差《おもざ》しを頼家に向けた。

「おいたわしや」

「おいたわしや」

「殿のお痛み、我らでは」

「癒《いや》すことすら、叶いはせぬか」

そして姉妹は顔を伏せ声を上げて泣き始めた。頼家は戸惑い慌てた。泣くな、泣くな。哀れなるは俺ぞ。宥《なだ》める言葉を継ぎながら両腕を持ち上げそれぞれの肩を抱き寄せる。左右から頭がもたれかかってまた若葉の香が立ち込めた。

不意に悲しみに似たものが襲い頼家は重い息を吐いた。

思えばこの身のために涙が流されるなどということは、果たしていつ以来のことであろうか。ついに産みの母のまなこからさえも、それはこぼれはしなかったというのに――。

「いや、嬉しいぞ」

はたと二人が顔を上げた。

「これは面妖《めんよう》。何をもって殿はお喜びなさる」

「娘の泣くのが、たまらぬか」

「そうではない――いや、そうかも知れぬ。いずれにせよ、そなたらの涙、俺の心のどこかに染みた。せめて山里の人恋しさ、うぬらの声で埋めてくれ」

再度顔を見合わせて、それから二人はまたくすくすと笑い出した。

「姉様、嬉しゅうござろう。殿がそなたをお求めじゃ」

「おうよ。望まれるなら、夜伽《よとぎ》なり、物語りなり、このかつら、いざ喜んで」

「たしかに、たしかに」

今まで泣いていたのが嘘《うそ》のように娘らの声は軽やかに湯の上を転がった。二人はいそいそと頼家にかしずき、背中を流し体をこすった。目を閉じて、とかつらが囁き、従うと全身に湯とは異なる感覚が纏わりついた。温かく、とろけるようでいて同時に質感がある。不思議な目眩の中、頼家は再び導かれた。

くすくす、くすくす――。

笑い声は樹々のざわめきと相俟《あいま》って、遠くなり近くなりしながら頼家を取り巻いた。高く、低く、音は耳朶《じだ》を震わせて直接頭蓋《ずがい》に反響する。抗《あらが》い難い昂《たか》ぶりが訪れ、やがて四肢と外界の境さえもがあやふやになる。嬌声《きょうせい》の回転が速まるにつれ、脳髄の芯に温かな錐《きり》が刺し込まれ、ぬぷぬぷと静かにめり込んだ。錐の先は細くもあり太くもあった。たまらずに背が波打った。

ふつりとそれが途切れた。

目を開けるとすでに二人は消えていた。ただ梢ばかりがかさかさと鳴っている。

かつら、かえで。名を呼びながら立ち上がった頼家に一陣《いちじん》の木枯らしが吹きつけた。だがいつのまにかまたあの薄物が身を覆っていてまるで冷たくはなかった。

　　——賤《しず》が伏屋《ふせや》でいたずらに、
　　　百年千年生きたとて何となろう。（前掲書）

三

　さすがに毎夜という訳にはいかなかったが、それでも頼家は五日と空けず丑三《うしみ》つ刻《どき》の湯殿に遊んだ。まさに魅入られたという言葉こそが相応《ふさわ》しかった。

　これが常の魍魎《もうりょう》の類ならば、日を追う毎《ごと》に顔は青ざめ肉体は痩《や》せ細りといったところであっただろうが、頼家の身にそういう気配は微塵《みじん》も起きなかった。それどころか頬《ほお》には血色も戻り、かつて死の床にあったことさえ今や嘘《うそ》のようである。なるほど修禅寺の湯は徴灼《しるしあらた》かで御座る、とはもっぱら従者たちの噂《うわさ》であった。

　一方で頼家が真夜中に御座所《ござしょ》を抜け出すことに気づいていたのはあの五郎景安唯一人であった。

　不審に思いながらも彼が周囲に口を噤《つぐ》んでいたのは、あるいは主君の顔に穏やかな安堵《あんど》のようなものを見出《みいだ》したからだったのかもしれない。でなければ、栄華の極みから一転してこのうら寂しい山家《やまが》にうち棄てられた将軍に一抹の憐憫《れんびん》を覚えていたからであろう。

　事実、彼以外の近習《きんじゅ》らは頼家をほとんど罪人として扱っていた。

畏《おそ》れ多くも前《さき》の鎌倉殿であれば手を上げたり足蹴《あしげ》にしたりといった所業こそなかったけれど、日の照るうちは監視の目を離さず、書状は頼家が認《したた》めたものであれこちらに届いたものであれ、すべてが余さず検められた。何か謀反《むほん》に繋《つな》がると取れそうな気配があればすぐにでも報告せよ、というのが北条家から彼らに下されていた命《めい》だったからである。

政子はともかくとして、時政義時の親子の方は、口実さえあればすぐにでも頼家を亡き者にしてしまいたかった。いずれすでに死んでいる男である。彼らにしてみれば北条討伐の書状発覚の際に討ち果たしておきたいくらいのものだったのだが、さすがにこれには政子が強硬に反対した。彼女にすればいかに愚かでも腹を痛めた我が子である。命まで取ることには決して最後まで肯《うなず》かなかったはずである。

だが北条の思惑《おもわく》とは裏腹に頼家はまるで大人しかった。

俗世にかかるすべてを諦《あきら》め無常の思いに身を浸《ひた》したか、あるいは夜叉《やしゃ》の婿《むこ》として冥界に君臨することを夢見ていたか。さもなくば真夜中の逢瀬《おうせ》にただ心を奪われてしまっていたか。いずれにせよ、彼の口からは恨み言や北条憎しの呪詛《じゅそ》はただの一語も出なかった。ただし、それがその通り鎌倉に報告されたかどうかは別である。

かくて冬が終わり、春が過ぎた。

空に浮いた半月を眺《なが》めながら頼家はかつらの手を取った。辺りには梢《こずえ》の囁《ささや》きと時折の水音ばかりという文月《ふみづき》の宵《よい》である。

湯気の中二人はそっと身を寄せている。かえではといえば、その傍《かたわ》らで目を細め姉とその想い人とを穏やかな顔で見守っている。

「そなたら、いつか闇の眷属《けんぞく》とか申していたな。されば夜より逢瀬が叶《かな》わぬのは致し方ないが、それにしてもいずこよりこの湯を訪れる。そなたらの国か」

「いえ、我らの国とはつまりは殿様の国と同じこと。ただ我らは昼はかしこに漂うばかり」

「我らは夜毎、あの桂川《かつらがわ》を流れ降りてまいりまする」

「そはすなわち、この上流に暮らすということか」

娘らは顔を見合わせ、いつものようにくすりと笑う。

「暮らすといえばそうやも知れませぬ」

「けれど苫屋《とまや》も持ちませぬ。ただ風を吸い、水を啜《すす》るばかり」

そして同時に首を傾《かし》げる。

「まあよい。して二人は俺に何を望む。申してみよ。この身に叶うことであれば俺はそなたらに報いたい。この修禅寺の侘《わ》び住まい、その寂しさ人恋しさ、ひとえに二人に慰《なぐさ》められた」

「さても嬉《うれ》しいお言葉よ。けれど我らは今より何も望みはせぬ」

「さよう、ただこの地にあり逢瀬を重ねて下されば、それだけで」

かつらはそこで自ら顔を運ぶと頼家の唇を己れのそれで塞《ふさ》いだ。

その時、風に混じりごおという音が聞こえてきた。何やら燃え上がるような気配である。はっと立ち上がった頼家の目に、御座所の辺りに橙色《だいだいいろ》の炎が立つのが見えた。続いて逃げ惑う女房らのものと思《おぼ》しき悲鳴が届いた。

「何事っ」

そう叫んだ頼家の耳に、今度は馬のいななきと男どもの怒声が聞こえた。

「いないぞ。頼家公が見当たらぬ」

「さてはこの夜討ち気づかれたか」

「まさか」

「ではいずこに」

声の主は北条により頼家暗殺の命を受けてきた金窪行親《かなくぼゆきちか》以下の郎党らであった。だがもちろん頼家にそれがわかるはずもなかった。

それでも変事が起きたこと、おそらくは自分の命を狙うものが御座所を襲ったのであろうと想像することはたやすかった。

茂みにがさりと音がした。振り向くと五郎景安である。

「こちらかと存知ました。ただいま金窪の一党、御所様の御座所に火を放ちまして御座りまする。狙うは殿のお命かと。お刀をお持ち致しました。表だってお味方こそ叶いませせぬが、何卒《なにとぞ》お逃げ下さい」

景安は名の示す通り下田の住人であり、つまりは北条の配下である。頼家も敵の正体を察していたから、だとすればこの台詞《せりふ》は致し方ないかと得心した。そして五郎にかすかな苦笑を向けると切り出した。

「いずれこのようなこともあろうとは思っていた。俺はよい。最早行く場もない身であれば今更逃げも隠れもせぬわ。この地に参ったあの日からとうに覚悟はできている。だが五郎、そちの忠義に甘えたい。一つだけ我が頼みを聞いてくれるか」

「は」

畏《かしこ》まりこの従者は片膝《かたひざ》をついた。

「頼みとは、この者らをどこか安全な場所まで護衛してやって欲しいのだ」

頼家はそういって五郎に左右の娘を示した。そのつもりだった。ところが景安は怪訝《けげん》な顔で眉をひそめた。

「この者ら、とは。お見受けしたところ湯殿にあるのは殿お一人で御座いますが」

二人は景安の戸惑いなどどこ吹く風で頼家に向いてくすくすと笑っていた。いつのまにかあの白い薄物を身にまとい手にはそれぞれ太刀《たち》を握っている。

「我らの姿、殿よりほかの者には見えませぬ。声もまた然《しか》り。郎党などには届きはしない」

「たしかに、たしかに。さて、これより後、殿は一刻たりとも我らの間を離れてはなりませぬ。婿殿のお命、我ら姉妹がお守りいたしましょう」

いななく馬の足音と松明《たいまつ》の灯りが近づいた。頼家はうむ、と肯くと、訳がわからず膝をついたままの景安から引《ひ》っ手繰《たく》るように太刀を受け取った。

「五郎、恩に着るぞ。もうよい、行け。俺を助けたとわかればそちも咎《とが》を受けるやもしれぬ。そうさのう、もしこの俺が死んだら、頼家の最期は、夜叉の娘、かつら、かえでの姉妹と一緒であったと人に伝えるがよい」

当惑をさらに色濃くした景安だったが、それでも何を決めたのか、はっ、と身を翻《ひるがえ》すと迷いなく藪《やぶ》の中へと姿を消した。少しの間《ま》その背中を見送った頼家だったが、一つ肯くとただちに二人に向きなおった。

「さて、かつらよ。いかが致す」

「敵はもうすぐそこです。どうぞお約束下さい、決して我らの間を離れぬと」

「さすれば必ずお守りします。死なせなどせぬ」

「いや、俺は――」

「仰《おお》せになられるな。切なくなりまする」

「さよう、我らのことは御心配なく。彼らに我らは斬れませぬ」

そこへ一群の武士が、いたぞ、という掛け声とともになだれ込んだ。湯の中央にまっすぐ立った頼家は腰の布と太刀以外何も身につけてはいない。

「頼家殿、それがし金窪行親と申す者。主君の命にて、そのお命頂戴仕《つかまつ》る」

「ふん、そちの主君とはいったい誰ぞ。いや、いわぬでもよい。わかっておる。だが行親とやら、お前も武士の端くれなら、その武士の棟梁《とうりよう》が誰であるか――」

だが頼家はそこで言葉を切り無念そうに唇を噛《か》んだ。

「いや、いうても無駄である。この前《さきの》将軍源頼家、貴様ごときにどうして背など向けようか。さあ来い、金窪とやら。できるものなら我が身討ち果たしてみよ」

もちろん頼家には左右に構えた二人の姿が見えはしていた。だが彼自身はさほど助太刀を当てにしていた訳でもなかった。景安にかけた言葉通り覚悟はとうに定まっていた。

両翼に広がった四五人がまず奇声とともに討ちかかった。

だが彼らの太刀は頼家に触れることすらできなかった。娘らの太刀が鋭くこれを薙《な》いだからである。

ひっと声を上げ数人が後じさる。いつのまに頬やまぶたにはぱっくりと傷口が開いている。

雑兵《ぞうひょう》らには何が起きたのかわからなかった。相手の体を捕らえたと思った太刀はけれどただちに見えない壁に弾《はじ》かれて、在らぬ方へと体《たい》が崩れる。そこに目がけてつむじが襲い、気づけば皮膚が裂けている。あっけに取られ茫然《ぼうぜん》と傷口を見やると、間をおいて痛みとともに奥底から血が湧いてくるといった按配《あんばい》であった。もちろんかつら、かえでの仕業なのだが、中には頼家の太刀に斬られた者も少なくなくあったことであろう。

「殿、くれぐれもお気をつけ下され」

「さよう。我らの間に御身《おんみ》置き奉《たてまつ》ること、決して違《たが》えてはなりませぬ」

この時ばかりは二人ともあの妖艶《ようえん》な笑みをすっかりひそめて敵方と頼家とに忙《せわ》しく視線を走らせていた。それでも姉妹の太刀筋はよほど確かでその様はさながら剣舞のごときであった。

ひらりと体を回すと長い髪が空に輪を描く。そちこちで血飛沫《ちしぶき》が迸《ほとばし》る。

男どもの悲鳴が上がる。だが二人は堂に入《い》ったものである。波打つのは髪ばかりで、息も上がらず、姉妹とも肩も顔も落ち着いたままだ。

「あっぱれである。夜叉の娘との言葉に嘘はなかったな」

頼家の笑みは行親らにはただただ不敵に映った。

「なんの、これはひとえに恋ゆえのこと」

「さよう、姉様の殿への思いの深さのなせる業《わざ》なれば」

「我らは姉妹」

「姉の思いはそのまま我がもの」

くっと唇の端で短く笑い二人はまた押し寄せた武者らを払いのけた。

「ええい、何をやっておる。相手は一人ではないかっ」

ついに行親も業《ごう》を煮やした。湯煙と飛沫とで、頼家の太刀の届かぬはずの場所で倒れる者もあることが、彼にはいまだわからぬままだったのである。叱咤《しった》はけれど虚しかった。あまりの怪異にほとんどの者がすでに腰を引いていた。

「しかし殿、何やら助太刀するものが」

「たわけたことを。おるのは頼家一人であろう」

「ところが誰か目に見えぬ太刀が、左右に広がる者どもを次々襲っておりまする」

「ばかをいえっ」

ついに郎党らは頼家を遠巻きにしたまま動けなくなった。誰もがどこかしらから血を流している。反対に頼家の方はなおまったくの無傷である。

彼は誇らしげに太刀を振り下げ湯の中央に仁王立ちになった。

「どうしたっ、金窪とやら。お主の手下は揃《そろ》いも揃って皆腰抜けのようじゃな」

「くっ、何を」

その時かつらが頼家に顔を寄せた。目は郎党らに注いだまま女の口が素早く頼家に囁《ささや》いた。

「殿、今のうちに一度この場から逃げましょう。彼らも我らに慄《おのの》いてすぐには追っては来られますまい」

だが頼家は聞かなかった。

「何の。あの男に俺自ら一太刀くれてやる」

いうや否や彼は雄叫《おたけ》びを上げて駆け出した。湯が跳ねた。

「あ、いけませぬ。我らの間を離れては」

「結界《けっかい》が――」

慌てて姉妹も追いかけたが虚を衝《つ》かれた形となり一呼吸遅れた。目の前を裸形の頼家が過ぎたその直後、郎党らは一陣の風を感じた。

「おのれ、何をしておる。刺せっ」

頼家の太刀はついに相手に届かなかった。その寸前、左右から突き出された郎党らの得物《えもの》がようやく彼の体を仕留めたからである。気がつけば首に縄さえ回されそうになっている。

「殿っ」

「頼家様っ」

肺を、はらわたを貫かれ頼家の喉《のど》から血があふれた。

その刹那《せつな》であった。忽然と水面《みなも》から湯が二筋、まさしく滝のように立ち上った。

奔流は空中で龍のように体を伸ばし、渦を描いて血に汚れた頼家の体を巻き込んだ。迸《ほとばし》った熱い滴《しずく》が周囲の者らの目を刺した。風が鳴った。

水音が止んでしばらくの後、金窪以下はようやく痺《しび》れの取れたまなこを開けた。

だが頼家の姿は彼らの前から消えていた。


「おいたわしや」

「おいたわしや」

頼家は闇に包まれている自分に気がついた。どこかで川の音がしている。ふと眼前にあの赤茶けた河原がよぎる。

だがそれもつかの間で次には激痛がところかまわず身を裂いた。血のこぼれていく感覚がある。

「おお、そなたら――」

淡い視界に茫と浮かんだ二人の顔を認め頼家は小さく呟《つぶや》いた。だがそれきり目を閉じたこの悲劇の将軍がその先の言葉を継ぐことはなかった。

「殿が逝《い》ってしまわれる」

「殿が逝ってしまわれる」

「ああ、心の臓がこのようにかぼそく、今にも消えんばかり」

「姉様、そなたの婿殿なれば、今こそしっかり支えてお上げ」

「百も承知。ほらかえで、肩が震えておりなさる。お前さすっておやりでないか」

「たしかに、たしかに。ああ、殿。まこと、おいたわしい」

「おいたわしい」

かつらに背中から抱き支えられた頼家の青い頬をかえでがそっと撫《な》ぜていた。だがすべては闇の中である。その姿を見た者はない。

金窪の郎党らが頼家の遺骸《いがい》を発見したのは夜もすっかり明けた刻限であった。手負いの身でこれほど歩いたとは俄《にわか》には信じられぬほど湯殿より離れた場所だった。桂川の上流、道も続かぬ林の奥のこんこんと湧く清水の傍らである。

頼家は立ったまま息絶えていた。その背を桂《かつら》の幹に預け遠目には立ち尽くして見えた。首を項垂《うなだ》れたその頬に傍らから楓《かえで》の枝が伸び、折りからの風にそよそよと揺れながら宥《なだ》めるように触れていた。寄り添うように立った二本の樹は朝露を溜《た》めては頼家の体に滴《したた》らせることを止めなかったという。

さて、この話には後日譚《ごじつたん》がある。

件《くだん》の桂の樹であるが、頼家の亡骸《なきがら》が片付けられてしばらくすると、その幹に不思議な影が現れた。それは彼《か》の人の死に顔そっくりであったという。時に閉じていたはずの目が見開いて通う者を驚かせたとは、果たしてどこまでまことであるか。

この桂とその横の楓の双《ふた》つの樹は、室町の頃までには人知れずして立ち枯れた。ただ死相を宿した頼家の面《おもて》という伝説だけが伝えられ、明治のある文筆家の想像力をいたく刺激したという。

桂川の上流には今も二本の桂が並び、その名の起源となったといわれている。

森の樹も寿命が来れば枯れ果てて新たな幹と入れ替わる。かつてその二本のうちの一本が楓であったかどうかは今となっては確かめる術《すべ》もない。

黄《き》蝶《ちよう》舞《ま》う

また夢を見た。兄の夢だった。

いや、夢の中で自分は兄だった。首に絡《から》みついた麻縄《あさなわ》がきつく咽喉元《のどもと》を締め上げている。解《ほど》こうと腕を伸ばし懸命に歯を食いしばる。

死ぬものか、こんなところで殺されてたまるか。

そう思った刹那《せつな》だった。全身を雷《いかずち》が駆け抜けた。見下ろすと幾本もの刀や槍《やり》が胸や腹から生えている。

衝撃がたちまち痛みへと変ずる。四肢《しし》から力が抜けて行く。

我知らず天を仰ぐと月が高かった。気がつけば四囲には最初から儚《はかな》い霧がそこはかとなく漂っていた。その白い闇《やみ》がみるみるうちに濃さを増し急激に視界を霞《かす》めていく。すべてが溶けてしまう間際、ふと脳裏に影が一つ過《よぎ》った。人の顔に似た輪郭《りんかく》だった。

けれどその造作を細部まで見極めることは叶《かな》わなかった。頬《ほお》から首筋に至る幽《かす》かな描線《びょうせん》を瞬時認めるのみである。

顔立ちは男のものとも女のそれともつかなかった。

――己《おの》れの声で目が覚めた。

畳の上に跳《は》ね起きた実朝《さねとも》は急いで息を整えた。首筋から肩の下辺りまで一面に冷たい汗が貼《は》りついている。背筋が今にも震え出しそうだ。

悪夢にはもう慣れている。自嘲《じちょう》気味にそう思い、見回してまだ真夜中であるらしいことを知った。首を拭《ぬぐ》おうと腕を伸ばしかけ、その所作が夢の中の我が身の動きとそっくり同じであることに気づいてまた薄気味悪い思いを抱いた。

そこへ足音が廊下を近づいてくる気配が起きた。表に聞こえるほどの声を上げたかと思えば決まりも悪く眉《まゆ》が勝手に寄っていた。

「御所《ごしょ》様、いかがなされましたか」

戸障子の向こうにやって来た相手がそう問うた。声の主はどうやら和田義盛《よしもり》である。今宵《こよい》の宿直《とのい》はこの男だったかと実朝は小さく安堵《あんど》する。

「義盛か。いや、あい済まぬ。また嫌な夢を見ただけだ」

老人はすぐには返事をしなかった。はらりと舞い降りた静寂《しじま》に虫の声音《こわね》が忍び込む。蟋蟀《こおろぎ》と思《おぼ》しき転げるような響きがわだかまった空気と裏腹に涼しげだった。

「もしお気に障《さわ》りませぬのでしたら、この爺《じい》めに一度室内を検《あらた》めさせてはいただけますまいか。万が一賊など入り込んでおってはいけませぬ故」

ようやく義盛が口を開いた。しばし考えて実朝も同意し寝所《しんじょ》へ入ることを相手に許した。戸の滑る音がして冷たい夜気が流れ込む。紙燭《しそく》の灯《あか》りがまるく宙に浮き年老いた顔を切り取って見せている。縦横に刻まれた皺《しわ》がこの時ばかりは一際《ひときわ》深くも思われた。

老将はまず片膝《かたひざ》をつき御免と主君に頭を下げて、再び立ち上がると灯りをかざし唇《くちびる》をしかと結びながら室内を一巡した。

「何もなかろう。案ずるようなことはない」

枕元《まくらもと》に戻った義盛にそう声をかける。そのようですなと老将も肯《うなず》き膝を折り、紙燭を傍《かたわ》らに置くとその場で静かに胡座《あぐら》をかいた。

「今宵はでは、どのような御夢想を」

間を空けて義盛が訊《たず》ねた。一瞬いい淀《よど》んだ実朝だったが、この相手なら話してもかまわぬかと思いなおしてため息とともに口を開いた。

「兄の今際《いまわ》の景色であった」

いいながらも年若い将軍は老人から顔を背《そむ》けて虚空《こくう》に目を向けている。

「頼家公の――」

だが義盛が兄の名を口にした刹那だった。紙燭の炎がいきなりふいと揺らいで見えた。再びの悪寒《おかん》に実朝は慌《あわ》てて首を振った。なおもまとわりつく悪夢の残滓《ざんし》を振り払おうとでもするかのごとき仕草だった。

「いつだったかこんな話を聞いたことがある。東国へ赴任する官吏の物語であったか日記であったかに、都に残してきた妻がついに夢にも現れなくなったと男が嘆くというくだりがあるのだそうだ。

何故男は悲しむのか。皆目腑《ふ》に落ちなかった私に女房の一人が教えてくれた。夢とはそういうものなのだと。相手がこちらを思うからこそ、その姿や声が己れの心にかたちを為《な》すのだと。

だからこそ男は、妻が最早《もはや》我が身を顧《かえり》みることもしてくれてはいないのだと考えてやる瀬ない心地になったのだと。女房はそのように説いた」

義盛は言葉を挟まなかった。

「おそらく人の思いが他の者の夢に変ずるような類《たぐい》のことは、確かにこの世にあるのであろう。それは生者《しょうじゃ》でも死者でも変わらぬのかも知れぬ。むしろすでに現《うつ》し身《み》を持たぬ者らの方が、こと夢の中では一層鮮やかにかたちを為すことが叶うのかも知れぬ」

言葉を切った実朝は大きく一つ嘆息《たんそく》した。

「だとすればやはり兄は死してなお私を恨《うら》んでいるのだろうな」

「御所様――」

遮《さえぎ》るように呼びかけたこの忠臣にもすぐには続ける言葉が見つけられないようだった。

案ずるな、慣れている。実朝は首を振り苦笑した。爺、もう退《さ》がってよいぞ。払《ふっ》暁《ぎょう》まではまだ間もあろう。そちもしばしなりとも休むがよい。

将軍にそういわれてしまえば御家人《ごけにん》の身で否《いな》やの唱えられるはずもなく、老将はそのまま一礼を残して退出した。

義盛が去ると室内には闇が戻った。実朝は再び身を横たえてそっと腕を額に運んだ。手の甲で探ると生え際の辺りにまだ冷たい汗が残っているのがわかる。夜気が首筋に忍び込み刻々と体温を奪っていく。

今度は心安く眠りたいものだ。上掛けの布を引きずり上げながらそう考えた。

だが不意に己れの意志を裏切って大きく一つ肩が震えた。訳のわからない恐怖が突然咽喉元に迫《せ》り上げてくる。たまらず実朝は寝返りを打ちうつ伏せになった。両の肘《ひじ》を前につきどうにか頭を持ち上げて、あたかも祈りを捧《ささ》げるように手を額の先で組んでみる。

けれど押し寄せた気配は去らなかった。むしろ一層強くなる。まるで夢と現《うつつ》の垣根がついに決壊してしまったかのようで、忌《い》まわしい幻の名残が周囲を渦《うず》巻き好き勝手に闊《かっ》歩《ぽ》した。

息が次第に荒くなる。ところが吸い込んだはずの空気は肺腑《はいふ》にまでしかと回ってくれることをしない。苦しいが自分ではどうにもならない。義盛を再び煩《わずら》わせる訳にもいかないと、年若い将軍は必死に歯を食いしばり今にも漏《も》れ出しそうな叫びを堪《こら》えた。

邪気は今や部屋中に満ちていた。まだ覚めているはずなのに鬢《びん》の付け根の近くからにじみ出た幻が脳裏に広がり止められない。

——兄の顔をした鬼がこちらに刃《やいば》を向けている。

縋《すが》るべき何かを求めて心が懸命に腕を伸ばしているのがわかった。だが裏腹に体はひくりとも動かなかった。ただ皮膚がざわめくばかりである。己れを包むその薄い皮一枚さえすでに我がものではないかのようにも思われた。

——誰か、誰か。

声にならない声で実朝は念じた。

その時だった。

心が在らぬ方へと差しのべていた幻の腕が不意に何かに触れた気がした。仄暖《ほのあたた》かいかすかな熱が、本当はそこにはない指先から這《は》い上がって次第に全身に広がってくる。温《ぬく》もりはやがて黄色味を帯びた輝きに変じ彼を包んだ。

ああ、来てくれたか。実朝はかすかに安堵する。

淡い何かに守られて、忌まわしい幻影はいつかたちまち駆逐《くちく》され、やがてふつりと眠りが降りた。

もう夢ですら、そこにはありはしなかった。

一

物心つくかつかぬかの頃から実朝の周囲には立て続けに死が襲った。最初は一番上の姉大姫《おおひめ》だった。とはいえ実朝には彼女の記憶はほとんどない。まだ数えで六つの年齢であったからこれも致《いた》し方《かた》のないことではある。ただ千幡《せんまん》、千幡と繰り返し己れの幼名を呼んでいた柔らかな声音をおぼろげに胸のどこかに留《とど》めるのみである。

二年の後に今度は父と次の姉とが相次いで身罷《みまか》った。その当時の記憶なのだろう。実朝は雨の中内庭に立ち尽くした母の姿を不思議にはっきりと覚えていた。おそらくは葬儀の直後だったに違いない。呼びかけた声に振り向いた母の目は赤く腫《は》れて膨《ふく》らんでいた。その瞳《ひとみ》に漂った何かにまだ幼かった実朝は次の言葉を継げなくなった。

やはり無言のまま近寄った母が我が身をきつく抱き締めてくれたようにも記憶している。だが実はそれも定かではない。ただ視線に感じた戸惑いばかりが年を経《へ》てなお鮮明だった。

母政子《まさこ》が日頃から紫の頭巾《ずきん》を纏《まと》うようになったのはこの後からである。

もっとも幼少時から母親と接する機会は決して多いとはいえなかった。実朝の養育に関しては叔母《おば》の保子《やすこ》とその夫阿野全成《あのぜんじょう》がこの任を担っていたからである。実朝には歩き出すよりもよほど以前から小御所《こごしょ》と呼ばれる一棟が専用に与えられ、そこにこの二人のほか幾人かの家人《けにん》が同居していた。

乳母《めのと》保子が政子の血を分けた妹である一方で、全成の方は頼朝の腹違いの弟だった。父とまではいわずとも、読み書きの師であり日夜食住をともにしていたこの叔父を実朝もまっすぐに敬《うやま》い慕ってもいた。

その全成が謀反《むほん》の疑いをかけられ誅《ちゅう》されたのが実朝十二の年である。兄頼家の命《めい》だった。実のところ比企《ひき》の一族に育てられたこの実兄より、実朝はむしろ一緒に暮らしていた全成の息子の方とよほど気心を通じていた。けれどその少年も父の罪に連座する形で潜伏先で討ち取られた。

小御所の空気は梅雨空《つゆぞら》そのままに重くなった。

夫と息子を奪われた叔母はひねもすをただ泣き暮らし、見舞に訪れた姉の前で悪《あ》し様《ざま》に頼家を罵《ののし》りもした。何が起きているのか、あるいは起きつつあるのかもわからぬまま心を痛めるうち時は過ぎ、全成の死から二ヶ月後、今度はついに北条が比企の一族を攻め滅ぼした。

この時には一幡《いちまん》というまだ六つにしかならない甥《おい》までもが儚くなったと聞かされた。そして母に、今日からは貴方が将軍家です、相応《ふさわ》しくお振舞いなさいと重々しく諭《さと》された。日を置かず元服の儀が執《と》り行われ、実朝は頼家の後を継いで鎌倉の第三代将軍となった。父の一字を賜わった実朝の名はこの時主上《しゅじょう》が定めてくれたのだと後になって教えられた。

修禅寺《しゅぜんじ》に流された兄の訃報《ふほう》が届いたのはそれから一年も経《た》たぬ夏だった。死因は詳《つまび》らかではない。憤死であったとか、あるいはかつて頼朝に謀反を疑われ彼《か》の地で命を落とした蒲殿《かばどの》こと範頼《のりより》の祟《たた》りであるとか、とかく口さがない噂《うわさ》があちこちで飛び交った。時政義時親子が密《ひそ》かに命じたのだとまことしやかに嘯《うそぶ》く者もいた。巷間《こうかん》では義時の腹心である金窪行親《かなくぼゆきちか》が直接の手を下したらしいとまで囁《ささや》かれてもいたようだった。

やがてこの三代将軍が己れの体に受け継がれた源家の血を忌まわしく感じるようになったのも無理からぬことではあったろう。実際彼の遺《のこ》した歌の多くには生きることそのものを憂《うれ》うような心情が随所に垣間見《かいまみ》えている。

新将軍となった実朝の元にはすぐさま幾つもの縁談が持ち込まれた。だが実朝は坂東《ばんどう》の豪族らの娘から妻を迎えることを良しとしなかった。おそらくは新たな諍《いさか》いの種を撒《ま》く結果となることを嫌ったためである。

十三の少年にそのような配慮ができたのかといえば確かに疑問の余地はある。だが即座に否定することも難しい。すでにこの頃から実朝は己れの思いを表に出すことをほとんどしなくなっていた。ある意味では父親に似てきたのだともいえよう。結局この要望が容《い》れられて、実朝の御台《みだい》ははるばる都から迎えられる仕儀と相成った。相手は時の執権であり実朝の祖父でもある北条時政の後妻牧の方の縁者で、坊門《ぼうもん》という家の姫だった。婚儀は極めて盛大なものだった。

ところが今度はその時政が鎌倉を追われた。実朝の将軍就任からわずか二年目の出来事である。

発端は、やはり古参の御家人である畠山重忠が謀反を疑われ誅せられた一件だった。同一族滅亡ののち、実はこれが牧の方による陰謀であったと発覚し時政義時親子の溝を深めた。ほどなく実朝の廃位を企てたとの嫌疑をかけられた時政は、出家の上執権職を辞し夫妻共々伊豆への蟄居《ちっきょ》を余儀なくされてしまったのである。

それからしばらくは鎌倉も穏やかだった。尼御台《あまみだい》と呼ばれるようになった政子と執権を継いだその弟義時とが一方では実朝を立てつつ幕府の一切を司《つかさど》るようになったためである。

そしてついに死の影が実朝自身を襲ったのは、その仮初《かりそ》めの平穏のうちに三年の月日が過ぎようという頃だった。十七の年に疱瘡《ほうそう》を患《わずら》ったのである。

熱は三日三晩引かなかった。湿らせて額に当てた布が半時《はんとき》も経たぬうちにすっかり乾いてしまうような有り様で、周囲も一時はこの年若い将軍の命をほとんど諦《あきら》めかけたほどだった。

浅い眠りの中で実朝は宙に漂う幾つもの幻の顔を見た。父に兄、全成親子に比企や畠山の者どもといった数多《あまた》の死者たち。そしてそれを上回る見知らぬ顔の数々。幻影らは瞳から結び容貌《ようぼう》を形作る寸前で陽炎《かげろう》のごとく流れ次のものへと入れ替わった。武者もあれば僧侶《そうりょ》もあった。男も女も老人も子供もいた。彼らは皆口々に言葉にならぬ呪詛《じゅそ》を実朝に向け吐き捨てては消えていった。

私は今黄泉《よみ》のとば口にいるに違いない。覚め切らぬ頭で実朝はそう考えた。

その時ふと背筋で何かが解けた気がした。気づけば四肢が軽かった。腕をつき身を起こそうと思ったがすでに体は持ち上がっている。ところが不可解なことに我が身ながら重さというものがまるで感じられない。心中には切なさとも悲しみともつかぬものが何処《どこ》からともなく迫り上げていた。

いつのまに自身はつい最前の幻の顔らと同じく宙を漂っていた。

御台がいた。脈を取る薬師《くすし》や女房らの姿、それに紫の頭巾が見える。実朝は何処ともつかぬ場所からその光景を見下ろしていた。そして彼らの中央に蒼《あお》い顔をした己れ自身が横たわっていた。

そうか。この私にも世に別れを告げる時が来たのか。だがそれもよかろう。後顧《こうこ》など私には無縁のものだ。

そう考えた時だった。

いけませぬ、と声が聞こえた。

続いて見えない力が肩と胸の辺りにかけられて己れをそっと押し戻した。この身をもう一度床《とこ》の上に抑えつけんとでもしているかのようだった。

だが荒々しさはなかった。むしろそれはほんのりと柔らかで、実朝も我知らずその暖かさに陶然《とうぜん》と身を委《ゆだ》ねていた。脳裏には黄を帯びた光が恍然《こうぜん》と満ちていた。

この時初めて実朝は、以後折りに触れて助けられることになるその柔和な光が静かに広がり全身を包み込む感覚と出会ったのである。

次に目を開けると傍らに母が座っていた。手を握り繰り返し実朝の名を呼びながらついに母は泣き伏した。

実朝はぼんやりと己れがこちらの側に踏み止《とど》まったことを知った。今度こそ本当に上体を起こすと政子が崩れるようにして膝の上に取り縋った。激しい嗚咽《おえつ》が年老いた咽喉を震わせている。

もう大丈夫です。いいながら見下ろした母親の肩に手を添えて、その存外の細さに戸惑った。

この人こそやはり私の血を分けた親なのだ。言葉ではそう思いながらも片隅は妙に醒《さ》めていた。むしろ先刻の暖かな光の方にこそ、その語の響きに相応しい何かが感じられていたようでもあった。

ほどなく実朝の病状は回復に向かい始めた。

だが病は彼の身に幾つかの拭《ぬぐ》い難い痕跡《こんせき》を残した。まず顔一面のあばたが消えなくなった。さらにはまるで子種が灼《や》き尽くされてしまったかのように下腹のものが動かなくなった。そして何よりこの病を境にして、実朝はしばしば夜毎の悪夢に悩まされるようになったのである。

公務を終えると実朝は御所の一室にこもり書物に親しむことが常だった。部屋には都から取り寄せた史書や歌集が堆《うずたか》く積み重ねられていた。

『奥州十二年合戦絵』や『貞観政要《じょうがんせいよう》』、あるいは彼の聖徳太子の手になるという『十七条憲法』などが専《もっぱ》ら彼の興味の対象であった。近頃はようやく入手の叶った『古今和歌集』の写本を繙《ひもと》く時間も増えていた。

文字に飽きると実朝は一人内庭へ出た。この場所には梅や桜はもちろんのこと、小手毬《こでまり》や三椏《みつまた》、萩《はぎ》に菖蒲《しょうぶ》といった折り〳〵の花が植えられていた。集めさせたのもこの将軍自身である。

かすかに潮の香を乗せた風がそよいでいる。正午《まひる》を過ぎた遅い春の陽射《ひざ》しは儚《はかな》いほど柔らかく仄《ほの》かに重い。雀《すずめ》や椋鳥《むくどり》の類がそちこちの梢《こずえ》に群れをなし、枝から枝へと飛び交っては囀《さえず》り合って騒いでいる。

樹々《きぎ》も鳥も物をいわぬ。ただそれだけで心地《ここち》好い。

思いながら実朝は庭石の一つに腰を下ろす。平素より好んで座る場所である。その位置からは庭の全景が見渡せるうえ、築地《ついじ》の向こうにちょうど良い具合に源氏山が借景できた。手前には夏芙蓉《なつふよう》が綻《ほころ》びかけて甘い香りを放っている。

目に映るとりどりを眺《なが》めていると肩の辺りが軽くなるように感じられた。

寺社への寄進や橋の普請《ふしん》、あるいは地頭《じとう》職にまつわる揉《も》め事など、頭にあったすべてがいつのまにか抜け落ちてくれている。そればかりか先ほどまで懸命に追いかけていた文字の残像さえ最早そこには見当らない。景色がすっかり己れの心を宥《なだ》めてしまったかのようでもある。

おそらくはこれが美というものだ。

つかの間ながらかすかな忘我をこの身にもたらしてくれる。それはやはり至福であるに違いない。そう実朝は一人納得する。

だとしたら浄土とは何とありがたき場所であろう――。

いつしか思いは実朝自身の心をも離れ勝手に先を紡《つむ》ぎ始めている。

その場所では絶えることのない淡い光に照らされてすべてが輝いているに違いない。己れはただ二つの目ばかりのかたちとなって雲や海や遠い山並みを見つめておればそれでよい。さすれば思い悩むことからも解き放たれるに違いない。

だが――。

何処からかただちに反駁《はんばく》が起きる。自身が浄土に迎えられることなど決してない。あるはずがない。何となればこの身には忌まわしき血が脈々と受け継がれているからだ。骨肉相食《は》む相克《そうこく》の、その結果として我はある。己れが望むと望まざるとにかかわらずその一事はこの身にしかと刻まれている。

今身を浸《ひた》すこの平穏すら仮初《そ》めである。ただ四方を壁に囲まれたこの一画にうつろっているに過ぎない。その証左に、塀一枚隔《へだ》てたその向こうにはものものしく武装した兵たちが警護と称して昼夜立ち続けているのである。

――己れは常に箱の中にいる。

実朝は首を振り立ち上がった。ものを思うというただそれだけのことが最早どうしようもなく疎《うと》ましかった。

今一度彼方《かなた》の山に目をやってそれから庭へと視線を戻した。そのまま陽射しから逃れるように丑寅《うしとら》（北東）の方へと顔を向ける。

その箇所には山吹《やまぶき》が一本植えてあった。

実朝の背丈より少しだけ高い、まだ若木のうちに入る部類である。

盛りこそ過ぎてはいたけれど花はまだ散り切ってはいなかった。かすかに褪《あ》せた黄色が房を作って重たげに頭《こうべ》を垂れている。今にも地に届くのではないかと思われるほどの有り様である。

ふとその隙間《すきま》に何かが垣間見えた気がした。訳もなく誘われるような心地が起きて、実朝は向きなおると改めて木陰へと目を凝《こ》らした。

すると若葉の緑の間隙《かんげき》に、山吹とは異なる黄色が見え隠れした。

誰かあるのかと呼んでみる。応じるように影が一つ小さく動く。どうやら子供のようである。

女童《めのわらわ》であったか。前髪を眉の上で切り揃《そろ》え左右は肩の先まで伸ばしている。さすれば最前目を捕らえた黄色はこの娘の着物の色であるに相違ない。薄《う》っすらと紅《くれない》の差した、花と見紛《みまご》うても不思議はないめずらしい彩りの布地である。ちょうどこちらに横顔を向けた童女は何かを探るように木の幹の方へと目を凝らしている。

驚きとも親しみともつかぬ心地で実朝は笑顔を作った。いや、作ろうとした。

だがその顔にまるで見覚えのないことに気づいて猜疑《さいぎ》が走った。表の者どもにはここには誰も入れてはならぬと命じてあった。そもそもが目の前の年格好に釣り合う相手など御所にはいないはずだった。

どこか塀でも破れてそこから紛《まぎ》れ込みでもしたか。それにしても警護の兵の誰の目にも留《と》まらぬとは。そう訝《いぶか》って思わず視線が四囲に動いた。けれど目につくような綻びもすぐには見つけられない。だが子供の背丈であれば植え込みに隠れるような隙間でも十分行き来はできそうである。

そなたどこからもぐり込んだ。そう質《ただ》そうと山吹の根方《ねかた》へ目を戻した。だがこのつかの間に少女の姿は消えていた。後にはただ房を為した黄色い花が音もなく揺れるばかりである。

当惑に思わず庭を進んで山吹に寄った。身を屈《かが》め幹の下方まで覗《のぞ》いてみるが人のいた気配さえ残っていない。湿った土は柔らかく下草はみっしりと茂っている。誰かが立っていたなどとは俄《にわか》には信じられぬ様相だ。

さては目の迷《ご》いであったか。

胸の内で一人言ちたがどうにも得心が行かなかった。

確かに我が眼《まなこ》は童《わらべ》を捕らえた。真白い頬《ほお》も通った鼻筋も、着物の黄色い地の所々にあしらわれた蜻蛉《とんぼ》の形に似た紅い彩りも、すべてがしかと思い出せる。ほんの一瞬だったというのにむしろ鮮やか過ぎるほど己が記憶に残っている。

誰かあるのか。意を決し実朝は改めて声に出してみた。だがすぐには答える者もない。繰り返すと庭ではなく塀の外側からざわめく気配が近づいた。

現れたのは義盛の孫の和田朝盛《とももり》であった。実直なこの若者を実朝も日頃よりたいそう好もしく思っていた。朝盛は実朝の表情を目にするなり息を呑《の》むと急いで手を腰の物へと運んだ。

「いかがなされました」

たちまち緊迫した相手の様にようやく自分の眉がすっかり寄っていたことに気がついた。慌てて首を横に動かして、そうではないと手を上げた。

「いや済まぬ。大事ではない」

繕《つくろ》っても朝盛の表情は緩《ゆる》まない。訝《いぶか》しげに首を捻《ひね》り眼光鋭く辺りを窺《うかが》う。

「どうやら稚児《ちご》が一人この庭に迷い込んだらしいのだ。もっとも目を離した隙に姿を消してしまったが、さてどこから入って来たかと気になってな」

いいながら実朝は朝盛に笑みを見せ、ほら、あの山吹の下だ、と顎《あご》をしゃくった。けれど祖父に似て生一本《きいっぽん》なこの若武者は額に一層の皺を寄せた。

「恐れながら本日は我ら和田の一党が朝《つとめて》より御所を御守りしております。誓って出入りした者は御座《かし》いませぬ」

今度は実朝が首を傾げる番だった。いやしかし。反駁しかけて思い留まった。

よもや朝盛に落ち度があろうとも思えなかったし、それ以上にこんな些細《ささい》なことで咎《とが》め立てして万が一ことが大きくなってしまうような事態が嫌だった。

——やはり気の迷いであったのだろう。

仕方なく苦笑を浮かべ、どうやらこの陽射しの心地好さにまどろんでしまったらしいなと言い訳した。それでも朝盛は念のためにと人を呼び入れ内庭の隅々までをも確かめさせた。

綻びは見つからなかったけれど、武者たちの草鞋《わらじ》が庭一面を踏みしだき土の様相を一変させた。だが実朝は小言はおろか眉一つ動かすこともしなかった。

ようやく朝盛以下の警護の兵らが立ち去った頃には陽も沈みかけていた。黄昏《たそがれ》の光線があちこちに舞い降りて窪《くぼ》んだ土の陰影をことさら黒く際立《きわだ》たせている。一人残されて立ち尽くした実朝の口からはいつしかため息が漏れていた。己れにも理由の定かではない落胆であった。

どこからか迷い込んだ黄色い蝶《ちょう》が一匹、二度三度と彼の背に近寄っては肩をかすめることを繰り返し、やがて夕刻の空へと消えていった。

ところがそれからも実朝は重ねて同じ童の姿を見かけた。

場所は決まって内庭で、しかも見つかるのは彼が一人きりの時に限られていた。最初の山吹の下にいる時もあればそうでない時もあった。築地の脇《わき》や置き石の向こうに黄色い影がちらりと過《よぎ》っては何処かへ隠れた。

二度目からもうすでに気味の悪い思いはなかった。声をかけることも人を呼ぶこともせず、実朝はただ庭石の上か、でなければ時に側廊に立ったままで相手を眺めた。身動きすればそれきり姿を消してしまいそうな気配があったからである。

喩《たと》えるならそれは幼き日に鳥や虫を見つけた心地とよく似ていた。

心中には近づいてもっと詳しく見たい気持ちが騒ぐ。だが急《せ》いて動けば雀も蜻蛉も等しくたちまち羽ばたいた。いかに死角を探して回り込もうと無駄だった。ほんのかすかな息遣いさえ彼らを追うには十分だった。

女童《めのわらわ》の現れようはまさにそんな生き物たちとそっくりだった。

気配に気づき目だけでそっとそちらを向く。すると黄の地に赤を鏤《ちりば》めた模様がかすかに過る。輪郭を確かめ、ああ、やはりあの童だと思う。

さてしかしここからが思案の為所《しどころ》である。

顔つきや表情を読み取りたい気持ちや誰何《すいか》の言葉が胸に蠢《うごめ》き暴れ始める。実朝はだが必死でそれを押し殺す。そうして目だけにそこはかとなく力を込める。

瞳はこちらに向いている。だが顔は何処をも見ていないかのような風情である。かといって、では表情が強張《こわば》っているのかといえばそれとも違う。ただ得体のつかめぬ気配が女童の姿形に貼りついているのである。

果たしていったい何を思えばあのような顔つきになるものか。

興《きよう》を引かれて見極めようと息を呑む。その刹那、慌てていかぬと思うけれど手遅れである。瞬《まばた》き一つの間に童の姿はもう掻《か》き消えてしまっている。眼前には常と変わらぬ無人の庭が広がるだけだ。その度に実朝はまるで懐かしい思い出を永遠《とわ》に失《な》くしてしまったかのような心地を覚えた。

それでも幾度かそんなことを繰り返すうち段々とこちらも慣れてきた。童女の姿を認めたならまず己が身を庭石の一つと思うことに決め、ただ風と陽射しとにすべてを委ねる術《すべ》を覚えた。

そうするうち少しずつ相手の見えている間が長くなった。やがて己れのくさめやら、でなければ人の呼ばわる声がして空気を揺らしてしまうまで童女は庭にいるようになった。しかも立ち尽くすばかりでなく、時に小さな手を持ち上げて花や小枝に触れるようなことまでもした。

見るでもなくただ相手の気配を感じながら、実朝はふと彼我《ひが》が互いに庭の景色の一部になってしまったかのような気持ちを覚えた。それは懐しさにも似て不思議に心地好い感覚だった。

陽射しがずいぶんと長くなった頃である。庭で戯《たわむ》れていた童女がいつしか身を移し間近まで来てこちらに向いた。目と目がまともにぶつかって思わず実朝も笑みを漏らした。

すると童女も微笑《ほほえ》んだ。眦《まなじり》と頰だけのかすかな笑みだったが間違いはなかった。不意に暖かなものがあふれた気がして知らぬ間に膝が伸びていた。

だがそこまでだった。次の瞬間にはやはりもう童女の姿は消えていた。

いつもよりひとしお相手の名残を惜しみながら実朝は今しがた自分のうちに湧《わ》いた思いの手触りを訝った。近くで見た童女の顔がどこか見覚えのあるもののように思えたこともある。だが何かほかに思い当たるものがあるような気がしてたまらなかったのである。

咲き誇る夏芙蓉を前に実朝は立ち尽くしたまま記憶を手繰《たぐ》った。

そしてようやく思い至った。胸に残されたかすかな温もりは、かつて病の床にあった我が身を宙から押し戻し、またいつぞやはあの兄の悪夢から救ってくれた黄色い光と同質だった。間違いなかった。

夕餉《ゆうげ》を告げる女房の声に我に返った。気がつけばいつのまに空は夕陽に染め変えられていた。

その夜のことである。今宵は久し振りに宿直を勤めておりまするとあの義盛が挨《あい》拶《さつ》に来た。侍所の別当《べっとう》がまた御自《おんみずか》ら宿直かと実朝が揶揄《からか》うと、これればかりは誰にも止めさせは致しませぬわと義盛も一層しわを深くして笑った。

和田義盛は今や残り少なくなってしまった頼朝旗挙げ以来の幕府重臣の一人である。あの治承寿永《じしょうじゅえい》の源平合戦の最初の火種となったともいうべき以仁王《もちひとおう》の乱の際、まずこの坂東から京へと赴いたのがこの男であった。義盛は当然範頼義経《よしつね》に率いられた平家追討の軍にも従っていた。

実朝はこの老人の昔語りに耳を傾けるのが好きだった。

鵺《ぬえ》退治の頼政《よりまさ》の宇治は平等院での凄絶《せいぜつ》な最期。父頼朝《よりとも》の挙兵と石橋山での窮地、そして上総《かずさ》での奇跡的な復活。姉大姫と木曾義仲嫡男義高の悲恋の挿話。それから軍神義経の活躍と凋落《ちょうらく》。その愛妾静《あいしょうしずか》の鶴岡《つるがおか》での舞いの一件。

義盛は酔うほどに饒舌《じょうぜつ》になる性質《たち》で、酒が進めば身振りも混じり時にはそちこちに唾《つば》を飛ばすようなこともした。だが老人のそんな様子もむしろ実朝には好ましかった。

実朝が生まれたのは建久《けんきゅう》三年（一一九二）、頼朝がついに念願だった征夷大将軍の地位をようやく手に入れた年である。その頃にはすでに幕府の支配は東国においてはおおよそ磐石《ばんじゃく》となっていた。

国中を巻き込んだ戦乱もほぼ終息していたといってよかった。つまり彼がどうにか政《まつりごと》のありようなるものをそろそろ曲がりなりにも理解し始めた時にはすべてができあがっていたのである。

事実政にかかる実際の差配のほとんどは第二代執権《しっけん》となった北条義時《よしとき》の手に任せてあった。同人は実朝には血の繋《つな》がった叔父であれば気心も昔から知れていた。執権就任以来坂東の統治にかかる実務はほぼこの義時が取り仕切り、実朝の出番はといえば大概は朝廷がらみのことどもに限られていたのだが、それも母政子の手を借りることがしばしばだった。

実朝もこの義時には一目も二目も置いていた。幼少時からすぐ側《そば》で彼のやりようをずっと見ていたこともある。だがそれ以上にこの叔父は明らかに他の御家人《ごけにん》たちとは様々な面で異なっていた。何よりも幕府というものがどういった形を目指すべきかという考え方を明確に持っていた。

たとえば目の前の義盛はあの一ノ谷から屋島壇《だん》ノ浦《うら》に至る一連の合戦を今この部屋で起きていることのように語ることはできる。だが老人の言葉がその裏にあった父頼朝の意図や朝廷との駆け引きにまで及ぶことは決してないのである。

けれど義時は違う。言葉こそ少ないが彼のすべての判断には意味がある。

父君の目指された幕府とはすなわち国の中に国を作るようなもの。我らはその遺志を継ぎ、いずれはその外側の国をも呑み込み尽くすために日夜歩んでおりまする。一度そんなふうに聞かされたことがある。他のどの御家人の口からも決してそのような言葉が出たことはなかった。実朝もこれには感服した。

そしてこの時同時に、実朝は己れの役割をしかと思い知ったのである。開幕《かいばく》の祖頼朝の息子として坂東の旗となりともかく都に伍《ご》することは引き守るものは守る。従属を示しつつ決して幕府を譲ることはしない。引くところはそういう存在にならねばならぬのだと理解した。

つまり彼に求められたのは非常に高度な外交手腕であったのだ。まだ若輩の実朝にはいささか荷が勝ち過ぎる役目ではあったろう。

それでも実朝は熱意をもってこれに当たった。まだ少年のうちから史書を求めて読み耽《ふけ》ったことはもちろんであるし、彼が生涯を通じて和歌に傾倒したのも、それが自身のいわば立ち位置を都に在る貴族なる者らと対等な場所まで持ち上げる有効な手段だと信じたからである。

あるいは彼の胸中の片隅には、ひょっとして兄の辿《たど》った末路に怯《おび》えるような思いもあったのかも知れない。

幕府の利と相反する存在となれば将軍だとて容赦《ようしゃ》はしない。鎌倉はそういう場所であり、義時はそういう男であった。そして我が身に流れる源氏の血とは詰まるところそういうものでしかなかった。

だがだとすれば私は父の妄執《もうしゅう》を形にする、ただその一事だけのために生きているようなものではないか。

なるほど時にそんな疑念が過《よぎ》ることもあるにはあった。そのしがらみを喜ぶべきかあるいは恨むべきなのか、実朝にはわからなかった。むしろ程度こそ違え人の生とはなべてそのようなものである気もした。

「いかがなされましたか」

気がつくと義盛が怪訝《けげん》そうにこちらを覗き込んでいた。どうやら話を聞いているうちにもの思いに耽ってしまっていたらしい。いや、何でもない。慌てて手を振って応じたが老人はかえって恐縮しながら身を縮めた。

「いやはや、また老いぼれが繰言《くりごと》を申し上げていたようで御座いますな。歳《とし》を取るとどうにも同じ話ばかりが口をついてしまいまする」

頰を歪《ゆが》めた忠臣《ちゅうしん》にそうではないと首を振る。だがそれ以上義盛に昔話を促《うなが》せるような空気は残念ながら戻らなかった。

「ところで、実は折り入って御所様に御願いが御座いまする」

訳もなく気まずくなった間を埋めるように相手が切り出した。見ると義盛は常にないほど矍鑠《かくしゃく》と背筋を伸ばしてもいる。そのように改まって一体全体何事かと笑みを繕い問い返すと、だが相手は一層顔を固くした。

「いや、この義盛も寄る年波にはやはり勝てず、近頃とみに気が弱くなり申した。察するに我が身が儚くなることもさほど遠いことでは御座いますまい」

いいながら老侍の目は遠くを見つめる眼差しになる。

「であればもうこれ以上の手柄を立てる機会にも果たして恵まれますかどうか。そんなことを思いますとな、何やら確かなものを子や孫どもに残してやりたい気持ちが日増しに強くなって参ります。佐殿《すけどの》に御仕えしていた頃にはついぞ抱いたことのない思いで御座いました」

めずらしく父のことを開幕《かいばく》以前の呼称で呼ぶとそこで義盛は言葉を切った。実朝は黙って続きを待った。だが相手もなおしばしその先をいい淀んだ。

「義盛らしくないではないか。思うところは忌憚《きたん》なく申せ」

仕方なく実朝から促した。義盛が一つ息を呑んだ。

「将軍家の御力で、どうぞこの義盛に上総の国司の御役目を賜りたく」

老人はそこで床の上に両手をつくと深々と頭を下げた。だがこれには実朝も唸《うな》るよりほか仕様がなかった。

国司は朝廷の役職であれば、いかな将軍とてこの場で請け合うことは叶わない。都に推挙し沙汰《さた》を待つという形になる。

つまり義盛の申し出は、いわば幕府の埒外《らちがい》の内容なのである。やり方を間違えれば朝廷との関係にも影響《がえん》しかねない。加えて和田の一族が国司の器《うつわ》であるかといえば実朝にもすぐには肯じ得なかった。

しばらくは唇を曲げていたが、ふと気づくと目の前の忠臣がおそるおそる下からこちらを窺っていた。明らかに期待よりも不安が勝っている顔つきである。その双眸《そうぼう》に躊躇《ちゅうちょ》した。どうにかこの相手の望みを叶えてやりたい気持ちが道理の届いてくれぬ場所にわずかながら芽生えていた。

「とにかく今の旨《むね》を書状に認《したた》めてはくれぬか。それを預かった上でまずは一度相《そう》州《しゅう》と相談してみようと思う」

相州とは執権義時のことである。ことがことだけにさすがにこの場でしかも独断で安請合いしてしまうことはできなかったのだ。

実朝がいい終えると老人はあからさまな安堵《あんど》を見せ、そればかりか右手を頭の後ろに回すなどもして、いやはや佐殿がこの義盛に侍所別当を約定《やくじょう》下さった折りのことなどつい思い出してしまいましたわと世辞にもならぬ世辞を寄越《よこ》した。

つきあって肯きながらも実朝は、さていったいどうしたものかと思案を巡らせていた。だが出口はそう易々とは見つかりそうになかった。

胸中の何処かに何やら黒い霧がまるで墨でも流したかのように兆《きざ》していた。

二

実朝《さねとも》の懸念した通り、義盛の国司所望《しょもう》に義時はよい顔をしなかった。

国司と地頭とは等しく地所を治めるといえど、その拠所《よりどころ》となる理《ことわり》がまるで違って御座います。義盛にもわからぬ道理ではないはずですが、困りましたな。

正面に胡座《こざ》し腕を組んだ義時は難しく眉《まゆ》を曲げている。一方の実朝は脇息《きょうそく》に肘《ひじ》を載せている。御所《ごしょ》の奥の一室である。

もちろん将軍家はこの坂東《ばんどう》の長者にして全国の総地頭。この職務を御家人《ごけにん》らにいわば肩代わりさせるのであれば誰に遠慮が要《い》りましょう。翻《ひるがえ》って国司は朝廷の定めるもので御座います。これぱかりは将軍家の意のままにお決めになれるものではないのは御身《おんみ》もとくと御承知の通り。

なるほど将軍家が主上《しゅじょう》に御奏上《そうじょう》なされれば、今の鎌倉と京の関係からして叶《かな》わぬものでも御座いますまい。しかしながら、たかが一御家人をかように容易《たやす》く推挙するのは、この義時はいかがなものかと存じます。

慇懃《いんぎん》でこそあるが毅然《きぜん》とした口調で執権が続ける。声は微塵《みじん》も揺るがない。

しかし義盛は開幕以来の重臣であろう。さほど不足があるとも思えぬが。苦し紛《まぎ》れに反論を試みた実朝に、だが相手は即座に重ねて首を横に振った。

亡き鎌倉殿頼朝公はあの治承寿永《じしょうじゅえい》の戦《いくさ》の折り、御家人らが勝手に官位を賜ることを固く禁じられた。それが幕府と朝廷との間に是が非でも引かれねばならぬ一線であると御存知《ごぞんじ》だったからで御座います。確かに坂東を束ねるためには是が非でも必要な禁忌《きんき》でありました。

その戒めを破った九郎判官《ほうがん》義経殿がいかなる末路を辿《たど》ったか。それこそまさに義盛自身の口から、御身も繰り返し聞かされておられるのではないですか。

そこでふとこぼれた義時の笑みが実朝にはひどく不遜《ふそん》に映る。

本人にはそんなつもりもないのだろうが、自らにはわかりきっている事柄を噛《か》んで含めるように説く物言いが、時に聞く者にかような印象を与えてしまうのである。明晰《めいせき》さ故《ゆえ》のことではあったが、平素よりまとうこの空気のせいで目の前の叔父が周囲に要らぬ敵を作っていることもまた同時に事実であった。

我ら御家人が結束していればこそ坂東は京に伍《ご》しうるのです。その和を乱す種を自ら蒔《ま》かれることはない。

ではそなたはどうなのだ。脳裏に浮かんだその反駁《はんばく》を、けれど実朝も即座に呑《の》み込むより術《すべ》がない。

義時が相州殿《そうしゆう》と呼ばれているのは、他でもない彼自身が、それこそ一御家人の身でありながら相模《さがみ》の国司に任じられているからなのである。

もっともこれは、頼家時代の混乱に紛《まぎ》れ時政が己れの地位を利用してせしめたものを執権職と併せて彼が世襲した結果であった。将軍家の実の祖父であった時政は朝廷からも一応は源家の一族と見なされていた訳である。

「もうよい。わかった」

ついに実朝は手を挙げて相手を制した。

得心いただけましたのであればよろしゅう御座います。執権は唇《くちびる》の端で笑うと、ではこれにてと下がっていった。

実朝の手許《てもと》には義盛の書状ばかりが残された。老人の人柄そのものの武骨な手跡《しゆせき》がぎこちなく奏上文を綴《つづ》っている。石橋山から始まる長い文である。

叶《かな》わぬ願いだとつき返すことも躊躇《ためら》われ、実朝は書状を文箱《ふばこ》にしまった。しばし時を置き改めて談判してみるか。そうは思いこそしたけれど、おそらく結果の変わらぬことは実朝もひしひしと予感していた。

常のごとく実朝は一人きりであの内庭を眺《なが》める。無心になりたいとただ切に願いながらである。

だがこの日ばかりは義盛の顔が脳裏に浮かびどうにも離れてくれなかった。近頃とみに白髪が増えたなどと思い出せば悩ましさはむしろ一層渦《うず》を巻いた。父頼朝が身罷《みまか》ったのは実朝八つの時である。五年も経たぬうちに養父ともいうべき阿野全成《あのぜんじょう》が誅《ちゅう》された。祖父時政もすでに鎌倉にはない。あるいは知らぬ間にあの義盛は自分にとって父とも祖父ともつかぬ位置を占めていたのかもしれぬ。ふとそんなことさえ思われた。

とはいえ実朝がこの相手に抱くものは尊敬とは少なからず異なっていた。義盛はよくいえば武骨、悪《あ》し様にいえば思慮が浅いのである。

たとえばあの比企《ひき》の乱の直後、兄頼家が下した北条追討の下知《げち》を当時の執権であった時政にまず注進したのがこの男であった。いわば侍所《さむらいどころ》の別当《べっとう》が真っ先に前《さき》の将軍をないがしろに扱った訳である。

内容が内容であったから、ことが一旦《いったん》公になってしまえばさすがに母政子にも頼家をそのまま鎌倉に留めおくことは叶わなかったに違いない。その意味では、この義盛の行動こそが兄の命運を閉じる最後の一押しとなったのだともいえばいえた。

確かに義盛の判断は間違ってはいない。だが頼家の身を慮《おもんばか》ればもう少しやりようがあったのではないかとも実朝には思えるのである。もちろんこれは後になってしまえばどうとでもいえる種類の物事である。それは十分わかっている。

義盛が国司を所望したのも、いわば義時に張り合って同じ立場を得ることで一族に胸を張りたいという程度の動機であろうと想像された。それがひょっとして鎌倉と京の間にどのような軋轢《あつれき》を生み出す次第になるかもわからないなどといった懸念はこの男の思慮の及ぶ外なのである。

翻れば義時はまずこの一点に目が届く。この一事だけをとってみても二人を同列に論ずることには無理がある。

だがどのように諭《さと》しても義盛には国司所望の認められぬことが不服であろう。必ずや何故《なぜ》義時はよくて自分は叶わぬのかと恨みに思うに違いない。

さてどのように含めればよいものか——。

叶うならば義時と義盛の間に禍根《かこん》の残るような事態にはしたくなかった。いずれにせよ道理からすれば義時の言葉通りなのである。将軍の立場としては義盛を諫《いさ》めるより仕方がない。理屈の上ではそうわかってはいる。それでも実朝の心中には、老将のおそらくは最後の我《わ》が儘《まま》をどうにか聞き入れてやりたい気持ちが拭《ぬぐ》いがたく貼りついていた。

重い息を吐き実朝は膝《ひざ》を持ち上げた。どうやら庭の眺めを愛《め》でる心地にはなれそうにないと諦《あきら》めたのである。書庫にでもこもるかと背を向けて、ところがそこでふと誰かが呼ばわったような気がした。振り向くがやはり庭には誰もいない。

気の迷いかと苦笑して、そういえばあの童《わらべ》もしばらく姿を見せておらぬようだと訝《いぶか》った。だがそんなことを考えたのもつかの間で、気づけば已れはまた義盛の顔を思い出していた。

実朝の懸念とは裏腹に、義盛も以後国司のことを口に出すことはしなかった。義時が自ら機先を制したか、あるいは政所《まんどころ》別当の中原《なかはら》（大江）広元《ひろもと》辺りを通じて窘《たしな》めたのであろうとは察せられた。実朝自身も出仕した義盛と顔を合わせることもあるにはあったのだが、老将はそのたびに慌《あわ》てて目を伏せるだけだった。

いずれは義盛とも一度はきちんと話をせねばならないだろう。叶うなら相州と同じ席が望ましいが。そうは思いこそしたけれど、日々持ち上がる諸々《もろもろ》に紛《まぎ》れ実朝もなかなか機会をつかめぬままとなった。

実際この時期の実朝は次第にはっきりと自らの政《まつりごと》への興味を表に示すようになっている。朝廷からの勧進《かんじん》の要請を幕閣らの反対を押し切る形で請け負ったり、あるいは牧《まき》の興業や東海道の新駅の整備などを各国に沙汰《さた》しもしている。

さらには主な港湾地域での通行税を減免したり、でなければ諸国に国人《こくじん》以外の者を派遣し民の声を収集しようとの試案も持っていたらしいのだが、これは守護職たちの反対に遭《あ》い実現しなかった。もちろん彼らの利益と相反したからである。

実朝の徳政の一端を示す挿話《そうわ》としてしばしば引かれる稲毛《いなげ》の橋の一件もこの時期のことである。

かつて頼朝が挙兵の折りに必勝を祈願した伊豆山《いずさん》神社と箱根大観権《だいごんげん》とは源家に縁《ゆかり》の深い重要な社《やしろ》であった。この二つを順次参拝することを二所詣《にしょもうで》と称し、実朝は生涯に都合八回この二ヶ所を訪れている。

三方を山に囲まれた鎌倉に日々を過ごす実朝にしてみれば、箱根山から芦《あし》ノ湖を見下ろす景観や、あるいは十国峠《じっこくとうげ》に立ち相模湾の彼方に浮く伊豆諸島を望む眺望などは思わず息を呑むほどであったに違いない。その開放感に酔ったかのごとく、常の作風とはやや趣《おもむき》を異にした豪放とも形容し得る種類の歌が幾首かこの界隈《かいわい》を舞台に残されてもいる。

その二所詣よりの帰路である。相模川に差しかかった実朝は修繕も疎《おろそ》かなまま放置されている橋を目にした。

この時より遡《さかのぼ》ること十三年前のことである。架けられたばかりのこの橋を渡り終えた直後、当時の将軍頼朝が何があった訳でもないのに不意に突然落馬した。どうにか鎌倉への帰参こそ果たしたものの頼朝の体調は以来まるで優《すぐ》れず、まもなく床《とこ》についたきりになってしまい、しかもあろうことかこの初代将軍はついにそのまま年を越した正月の十三日に身罷《みまか》ってしまったのである。

さらにその後、問題の橋の新造を手がけた稲毛重成《しげなり》は、畠山の一件の際にいわば巻き添えを食ってしまった形で一族諸共《もろとも》滅ぼされていた。こういった背景が重なったため、縁起《えんぎ》を担いだ訳でもなかろうが、結果としてこの橋の修復は手付かずのままにされていたのである。だが鎌倉に戻り義時からこの説明を受けた実朝は顔をしかめて立ち上がるとめずらしく相手を叱咤《しった》した。

父の死は天命であり、また稲毛の一党の末路は縁深き相手に対し不義を働いたことへの天罰ともいえよう。何よりも橋の改修が民の暮らしにいかほどの功徳《くどく》を為《な》すかを思え。でなければ政とは申せぬ。年若い将軍のこの一言で普請《ふしん》が決まった。

こういったことを鑑《かんが》みれば、為政者としての自覚を新たにした実朝が己れの信ずるところの善政を目指し邁進《まいしん》していたことは疑いようもない。

元来が鎌倉幕府とは、坂東の在地豪族であった御家人らの共益を守ることを目的に成立したものであった。少なくとも頼朝が関東一円で瞬《また》く間に支持を集めることに成功したのはこの一点を旗印に掲げたからである。

ところが時を経るにつれ、幕府の目標は地域に根差した集団的な自治とでもいうべきものからその覇権の全国への敷衍《ふえん》へと転換を始めていた。意図されたものであったかどうかはともかくとして、いわば政府としての成熟とも呼ぶべき段階が始まっていたのである。

たとえば頼家在任時には主要御家人による合議制が導入されている。直接のきっかけは頼家のあまりに傍若無人《ぼうじゃくぶじん》な執政にあったことは疑念の余地もないのだが、十三人という小さな規模とはいえ、各地域の在地の代表者が国家の方向性を定めて行くというこの発想はあたかも議会のようなものであったのかもしれない。この一事をとっても鎌倉幕府という政府の異質性はこの国の歴史において際立っている。

望むと望まざるとにかかわらずその頂《いただき》に君臨しなければならなくなったまだ二十を迎えたばかりの青年の目が、やがて直接の配下である御家人らを通り越し、その足元で礎《いしずえ》となり国家を支えている市井《しせい》の民草《たみくさ》へと向けられたことを、若さ故のやや青臭い正義感の発露と捉《とら》えることはもちろん可能であろう。だが一方で、黎明期《れいめいき》を通り過ぎたある政治体制が次の階《きざはし》を昇ろうとする中で必然的に彼のような存在を産み出してしまったともいえるのかもしれないのである。

折りに触れ和歌への傾倒ばかりが注目されがちな実朝であるが、少なくとも兄頼家のように将軍の地位を私物のごとく考えていた訳では決してなかった。むしろ驚くほど真摯《しんし》に政と向き合っている。甲斐《かい》なきこととは知りながらも、もし彼に今しばしの時が与えられていたとしたらと想像したくもなってしまう。

加えれば実朝は幕府にとっても決して好ましからぬ将軍ではなかったはずだ。むしろまったく逆だったろう。

幕府がいわば朝廷をいずれ呑み込むためには、その過程においてまずとりあえず相手の形を模すことが必要になったはずである。つまり主上に伍し得る権威を自分たちのうえに戴《いただ》くことはいわば不可欠だったのである。

時代はやや下るが、第四代将軍の人選の際、政子義時がまず始めに懸命に皇子《みこ》の一人の就任を模索し、これが叶わぬとなれば次には結局頼朝の傍系に当たる三寅丸《みとらまる》を将軍として迎えたことからもこの一点は明らかであろう。

この時代血統の保証は何よりも重要なものであった。しかも長ずるにつれ不気味なまでにいわば神性とでもいった特質を獲得していく実朝は、むしろ幕府にとって朝廷に比肩《ひけん》し得る可能性を大いに秘めた存在として理想的だったに違いない。このように考えれば、来《きた》るあの雪の八幡宮での忌《い》まわしい事件に北条氏が積極的に関与していたとの説には俄《にわか》には肯《うなず》き難いものが残る。

ところでこの時期、鎌倉でもう一つ小さな騒動が起きている。

市中でとある強盗事件があった。被害者は所領にかかる訴えの裁断を求めてはるばる幕府を訪れていた越後《えちご》の国人であった。

咎人《とがにん》の捕縛は侍所の管轄である。ほどなく和田義盛が争議の相手方の代官を下手人《げしゅにん》として挙げた。ところが時をおかずしてこれが誤認逮捕であったとされた。捕らえられた男の家人《かじん》が遠縁を通じ尼御台《あまみだい》に働きかけた結果である。

しかもこの時再捜査に当たったのは何と執権義時自身であった。新たな下手人が被害者の遺品を所持していたことが最後には動かぬ証拠とされた。

今となってはことの真偽のほどはわからない。ただ北条側の反応は侍所の詮議《せんぎ》さえまだ十分に終わらぬうちから起きていたことが確認できるのみである。

あるいは事実最初の下手人は無実であったのかもしれない。義時にしてみれば理を貫いただけのことなのかもしれない。

だが義盛の側がそう受け取ったかどうかはまた別の問題となるであろう。面目《めんぼく》を失った形となった侍所別当は自らしばしの謹慎を幕府に申し出た。奏上する義盛の額には脂汗が浮き唇も心なしか青かった。

中原広元を通じて義盛が例の国司所望の旨を認《したた》めた書状の返却を実朝に求めてきたのは、この件から一月《ひとつき》も経《た》たぬうちである。けれど実朝はすぐにはこれに肯《がえ》んぜず、今しばらく沙汰を待つように返したとだけ伝わっている。

側廊に腰を下ろしため息をつきながら実朝はまた庭を見る。膝《ひざ》の上に肘を置きその腕で頰杖《ほおづえ》をついている。

当座の出仕を取り止《や》めたいと平伏した義盛は、確かに瞬時実朝の傍《かたわ》らにいた義時の方を盗み見た。ついぞ目にしたことのない瞳《ひとみ》であった。

ひょっとして義盛はあのような目で屋島や壇《だん》ノ浦《うら》を戦っていたのだろうか。そんなことを考えれば否応《いやおう》なく、物事が己れが避けたかった方向へと進んでいることを認めざるを得なかった。

ふと目をやると築地《ついじ》を越えて届いた風が萩《はぎ》の枝を揺らしていた。どこからかひとひらの蝶《ちょう》が舞い込んでそよぐ枝と戯《たわむ》れている。近寄っては嫌われてとまることも叶わずにいる。

しかと縋《すが》る瀬を見つけられぬこの身のようだ。そんな戯言《ざれごと》が過《よぎ》って消えた。

実朝は座ったまま目を閉じた。日暮れに向かう陽射《ひざ》しが肩の辺りに心地好い。そうするうちつかの間のまどろみが降りてきた。

かさりと音がしてまぶたが開いた。目を細め太陽を確かめるとまだ先刻とほとんど変わらぬ位置にある。ほんの少しも眠ってはいない。なお後頭部にわだかまる睡魔の名残を惜しみながら実朝は庭へと視線を戻した。

何か違和感があった。

同じはずの景色の手触りが最前までとぶれている。

訝って目を凝《こ》らしあの山吹の根方に例の女童《めのわらわ》を見つけた。幼女はじっとこちらに向いている。切れ長の細いまなこの上で睫《まつげ》がつややかに長かった。

息を呑みかけて思い止《とど》まった。動いては相手が消えてしまうと思ったからだ。

そのまま見返すと目と目が思わずぶつかった。いつぞやと同じ笑みが返され、けれどこの時はその相手の表情が見る間に冷たく固まった。

「やはり御所様にはわらわの姿が御見えになる」

どこからか声が届いた。けれど童女の唇が動いたようには見えなかった。背筋をさらりと粟立《あわだ》つものが撫《な》ぜて行き今度こそ実朝は一つ咽喉《のど》を動かした。しまったと慌てたけれど山吹の下の小さなかたちはまだ消えてはいなかった。

「どうやら言葉も届く御様子」

女童はなおこちらを見つめている。そのまましばし視線を交わすと実朝は意を決し相手に向けて肯いて見せた。童女もまた小さく縦に首を動かした。

「だとすれば、やはりあの時――」

音のない声なのにそれが独り言のような呟《つぶや》きであることがわかった。あの時とはどういうことか。実朝がそう訝ると、あたかもその心持ちが伝わったかのように童女が今度は首を左右に振った。ひどくゆっくりとした仕草であった。

「御所様はお知りにならずともよいことでございます」

続いた言葉はどうやら今浮いた問いへの答えであるらしい。気づけば不可解な思いが湧《わ》いた。

「そなた、私の心がわかるのか」

思わず声がこぼれ出ていた。それでも童女は消えなかった。確かめて小さな安堵《あんど》を覚えつつ改めて眺めると相手の顔には悲しみに似た色が浮いていた。

「すべてではございませぬ。だが幾ばくかは伝わりまする」

「そもそもそちはいったい何者ぞ。いかにしてこの庭に入ったか」

片隅ではついに言葉が交わせたことを嬉《うれ》しく思いながら実朝は問いを重ねた。すると女童がくすりと笑った。

「わらわにもの申される時はお声は不要にございます」

目を閉じてまた首を横に振りそれから一つ息を吐くと、女童は膝を折り恭《うやうや》しく頭を下げた。

「わらわはこの世のものではございませぬ。故あって以前より御所様のお側《そば》につき従いお守り申し上げておりました」

一旦は顔を上げ、けれど童女はそこで再び小さく俯《うつむ》いた。

「御所様がどれほど御悩みになられても、いずれは詮無《せんな》きこととなりまする」

何を申すかと問いかけようとして今度は声が出なかった。それどころか、あたかもあの夜毎《よごと》の悪夢の中にいるように手足が強張《こわば》り動かなくなっている。また冷たい風が首の辺りを撫でていく。

「この鎌倉には呪詛《じゅそ》が満ち満ちておりまする。御身《おんみ》もすでに御存知のはず」

容貌《ようぼう》には不似合いな重たい語が童女の動かない口からさらにこぼれる。

「御父上や尼御台様、でなければ叔父上殿を仇《かたき》と思うものの怨念《おんねん》が、この狭い地所に押し寄せては集まってございます。この鎌倉は三方を山に囲まれてあまつさえあちこちには谷《やつ》がある。一度この地に舞い降りてしまった恨みつらみといったかたちなきものどもは、ここよりほかただちに行き場を見つけることも叶わずに、所在なく留《とど》まり続けているのでございます」

言葉を切った女童は目を伏せて静かな息を吐いた。その吐息に合わせ傍らに枝垂《しだ》れた萩の枝がついと動いた。

見ていると幼女は両の腕《かいな》を持ち上げて左右の手を眦《まなじり》に運びそのまましくしくと泣き出した。存外のことに実朝は慌てて笑顔を繕《つくろ》った。気がつけば先刻の呪縛《じゅばく》もどうやら解けた様子である。

「これそなた、あまり忌まわしいことを申すものではない」

声は出たけれど、聞こえているのかいないのか、童女の手はなおも目元をこすり続けいっかな泣き止む気配もない。いつしか肩もしゃくりあげている。

何故この相手が自分の庭にいるのかを不審に思う気持ちはもう消えていた。童女のかたちは恐ろしくもやはりどこか愛《いと》しげで、気がつけば微笑《ほほえ》ましいような心地さえ起きている。実朝は声を作って言葉を重ねた。

「ほら、泣き止んではくれぬか。つまらぬことを申すから己れの言葉に恐ろしくなってしまったのではないか」

いいながら実朝はそっと膝を伸ばした。刹那《せつな》ひくりと女童の肩が震えた。いけぬ、と思った。だが幼女の姿は消えなかった。それどころか手を止めてじっとこちらを見返して、小さな首をまた左右に振ってみせもする。

「恐ろしいのではありませぬ。ただ御身が哀れなのでございます。それが悲しいのでございます。悲しくてたまらぬのでございます」

殊更《ことさら》はっきり童女が口にした。

だが実朝もさすがにこれにはいい気がしなかった。眉をひそめて立ち上がると階《きざはし》を降りて相手の方へと近づいた。女童も逃げることはせずむしろこちらを待つような素振《そぶ》りである。彼我《ひが》の距離が一間《けん》ばかりとなり実朝は童女を見下ろした。

「そもそもそなたは何者であるか」

改めて誰何《すいか》した。童女がきっとこちらを見上げた。

「我もまたいわばその怨霊《おんりょう》の一つのかたち。この世に未練がございまする」

不思議に忌まわしいとは思わなかった。相手がこの世のものではないことなどどこかでとうに予感していた。

「では吾《われ》に災いを為《な》しに現れたか」

女童は激しく首を振って否定した。それから両の小さな拳《こぶし》で左右の眦《まなじり》をしかと拭い、決してそうではございませぬと重ねた。

「ある強い思いがいわば一つの芯《しん》となり、願いを同じゅうするものらを寄せ集め、やがては現《うつ》し世《よ》にかかわるに足るだけの力を得る。これが世に怨霊と称されるもののありようでございます。

古くは伴《ともの》大納言や菅原道真《みちざね》公、そして平将門《まさかど》殿。近きところでは崇徳院《すとくいん》様もまたこの中に数えられましょう。これらは決して生あった時にその名で呼ばれていたものとまったく同じものではございませぬ。残された強い念に有象無象《うぞうむぞう》の同胞《はらから》が群がり、ついには彼我の境を忘れこの世に仇為《あだな》す力となるのでございます。

とりわけ末期《まつご》の一言は、言霊《ことだま》と化しより強く永らえると聞こえます。たとえば彼《か》の入道清盛《きよもり》は今際《いまわ》のきわに御所様の父君頼朝公の首をそれは強く所望されたという。そして鎌倉殿はあのような最期を遂げられた。それでもあの御方は若き日に抱かれた大志を九分九厘まで成し遂げられたのですから、あるいは御幸せだったのかもしれませぬ。むしろその強い御心の力が、あの時まで仇為すものらを遠ざけていたのかもしれませぬ」

実朝は不思議な思いで紡《つむ》がれる言葉に耳を傾けた。周囲の者の誰からもかつてこのような話を聞いたことはなかった。

ただいつぞや女房に聞いた夢の話が片隅をちらりと過って消えただけである。

そのうえ彼自身は父の最期の様子を詳《つまび》らかには知らなかった。これについては何故だか幕内の誰もが口を固く閉ざしていたのである。ところが童の口ぶりからは、この相手が何か知っているらしいことも察せられた。眉を寄せ怪訝《けげん》な気持ちを現すと、だが童女は拒むように首を振った。

「いずれにせよそこに因果を見るか否かは、いわば実朝様次第でございます。けれど人にはなべて、どう抗《あらが》っても逆らいがたい縁《えにし》というものがまとわりついておりますることもまた本当なのでございます」

けれど童女が語り終えたまさにその時であった。突然稲光《いなびかり》が空を走った。たちまち湧き上がった雲が見る間に激しい雨へと化けて地上へと舞い降りた。爪《つめ》の先ほどもの大きさのある雨滴《うてき》が樹《き》々《ぎ》の葉や屋根の瓦《かわら》を休む間もなく打ち鳴らす。たまらず実朝は足早に階《きざはし》を上がり庇《ひさし》の下へと逃げ込んだ。

振り向くと女童の姿は失《う》せていた。

もう少しあの者の物言いを聞いていたかったのだが。そう思い実朝は小声でおいと呼ばわってみた。だがその声はただちに荒ぶる雨音に掻《か》き消され何処《いずこ》へなりとも届かなかった。

所在なく実朝は雨垂れに撓《たわ》む庭木たちを見つめた。

季節外れの夕立はつかの間だった。女童の気配さえ跡形もなく流し去られてしまっている。雨雲が消えた空を見上げ、実朝はふと、あの童女の言葉のいったいどこが何の怒りに触れたのだろうと訝った。

和田と北条との見えない対立を孕《はら》みながらもそれからしばしは鎌倉にも穏やかな時が流れた。だがついにその火種が炎と変ずる日が訪れた。

前《さきの》将軍頼家には、三井寺《みいでら》こと園城寺《おんじようじ》に預けられている公暁《くぎよう》を筆頭に幾人かの遺児がいた。その奔放さの招いた結果である。

このうちの一人を将軍にという謀反《むほん》の動きが発覚したのが事件の発端だった。幸い乱は事前に察知され首謀者らは捕縛されたが、中に義盛の息子のうち二人（義《よし》直《なお》・義重《よししげ》）と、さらには一味の中核に胤長《たねなが》という同人の甥《おい》が名を連ねていたのである。重職を担う一族の叛意《はんい》に幕府は一時騒然とした。

しかしこの裁断に当たり実朝は斬罪《ざんざい》を許さなかった。実際に騒動が起きた訳ではないのだからと酌量《しやくりよう》し、義盛の功を理由に子息らを放免することまでもした。

一方の執権義時もどうにかここまでは肯いたのだけれど、最後の胤長の処遇に関してだけは頑として流罪《るざい》を譲らなかった。仕方なく実朝も広元を通じこの旨を義盛に沙汰するほかなくなった。

すると時を置かずして和田の一族郎党《ろうとう》総勢九十八人が胤長の放免を求め正装で御所に押し寄せた。武具こそつけていなかったとはいえこれは異常事態である。実態は示威《じい》行為にほかならない。

数をもって強訴《ごうそ》すれば我が意が通るのだとしたら果たして何のための幕府であるか。義時はそう息巻いて義盛らに将軍家との面会すら許さなかった。さらには敢《あ》えて一族らの面前で後ろ手に縛り上げた胤長本人を曳《ひ》き回すことまでした。しかも胤長はそのまま陸奥《むつ》に流されたのである。

この措置に当然ながら和田一族は北条憎しの思いに一層凝り固まった。

しかも日を開けず今度はこの胤長の屋敷を巡り両者は再び衝突することとなった。主が流罪となった家は自《おの》ずと空家となる。胤長の罪状も鑑みこの土地家屋《かおく》は当座一旦は幕府に没収という形になっていた。

そして義盛がこの地所を相続したいと申し出て実朝がこれを認めた。持ち主の咎により召し上げられた所領が近親の者に委譲されるのは開幕以来のほぼ一般的な倣《なら》いだったからである。

ところがこの胤長の屋敷というのは荏柄《えがら》天神のすぐ近くに位置し、つまりは幕府の目と鼻の先にあった。たとえば宴に託《かこつ》けて一族郎党を集めたうえで叛旗《はんき》を翻されたとしたら御所には守りを固める暇《いとま》もない。そういう距離である。

赦《ゆる》されたとはいえ今や謀反にかかわっていたことが明らかとなった和田である。その一族にこの屋敷を与えるなどみすみす咽喉元に刃《やいば》をくわえ込むようなもの。義時ばかりでなく母政子にまでそう詰め寄られれば実朝も一旦沙汰した下知を翻すほかなくなった。これを受けただちに義時の命を受けた兵士らがこの屋敷に押し寄せ義盛の代官を力ずくで追い払った。

収まらないのは和田側である。一族の若い者らが声高に北条の専横を詰《なじ》り、長老義盛にもついに宥《なだ》める手立てがなくなった。義盛の屋敷にはものものしく武具《もののぐ》を身につけた武者らが集《つど》い、日々薙刀《なぎなた》を研ぎ鏃《やじり》を磨くような有様となった。

おそらく義盛自身は最後の最後まで実朝に刃を向けることなど考えてもいなかったに違いない。血気に逸《はや》る者らにしても、標的はもちろん将軍家ではなく執権義時であった。この相手こそが将軍家の叔父の立場をいいことに主筋をないがしろにし政を北条に利するよう按配《あんばい》している。決起の大義はそこにしか求めようがなかったはずである。ところが現実的には義時と実朝とを切り離すことは至極難問だった。

実の叔父甥であることはもちろん、将軍家と執権という立場で結びついていれば、この二人は常に同じ屋根の下とまではいわずとも、おおよそは呼べばすぐ参ずることのできる距離にいた。実際方違《かたたが》えの折りなどには将軍家は義時の居館を宿とすることがほとんどだったようである。

であれば和田にしてみれば、たとえば尼御台が都を訪れるなどして実朝を鎌倉に残し義時を伴う、あるいはその逆といった事態が訪れてくれればこれ以上望ましいことはなかった。だが和田勢がそういった機会を今か今かと窺《うかが》っていることは当然ながら北条側にも明らかだった。特に義時からすれば、万が一ことが起きた際に自身が実朝の傍らにいることこそが肝要であった。結果として和田の刃が将軍家に向けられればすなわち謀反と見なせるからである。

かくして和田の屋敷には日夜郎党らが手薬煉《てぐすね》を引いて出陣の号令を待ち、対する幕府も周囲の警護を強化するという事態となった。市中には乱世さながらの一触即発の空気が漲《みなぎ》った。

ところで件《くだん》の和田胤長という男には一人きりの娘があった。生まれついての病弱な性質《たち》で平素より頻繁《ひんぱん》には表にも出かけられぬほどであったのだが、この娘が父の流罪に衝撃を受け、この緊張の最中ついに床から出ることすらできなくなってしまったのである。薬師《くすし》の見立てでは一両日と持たぬとのことで、娘は熱に浮かされた目を薄く開けては父の姿を求めたという。

義盛の孫朝盛は年格好のみならず顔の造作までがこの胤長とよく似ていた。事態を伝え聞いた朝盛は娘の元に赴くと、残されていた胤長の装束をまとい、さらには烏帽子《えぼし》も彼のものを身につけて病床へと足を運んだ。

幼い娘のかすんだ目にはこの姿が父と映った。

わずかに頬を緩《ゆる》ませて笑みを作った娘は、ついぞ動くこともなかった右の腕《かいな》を懸命に持ち上げると朝盛へ向けて差し延べた。だが朝盛がその手を握り返した刹那《せつな》、娘はふつりとこと切れたとのことである。

その朝盛が人目を忍ぶようにして実朝のもとを訪れたのは、すでにすっかり日の落ち切った刻限だった。

少し前から和田一党は一族を挙げて幕府への出仕を止めていた。御所側もこれを受ける形で和田の者は決して敷地の中には入れぬよう通達を出していたのだが、相手が朝盛であることを聞いた実朝はただちにこれを通すように命じた。

朝盛は実朝の顔を見るなりその場に膝をつき平伏した。

「よもやお目通りが叶おうとは思ってもおりませんでしたけれど、しかしながら今《こ》宵《よい》ばかりは是が非でも上様直々《じきじき》に申し上げたき儀が御座り、かように人目を盗んで足を運ばせていただいた次第に御座います」

「面《おもて》を上げよ」

命ぜられそのようにした若武者の瞳には揺るぎ難い決意が見て取れた。実朝は人を払い朝盛と二人きりになった。

「義盛は兵を挙げるのか」

しばしの間をおいて実朝の方から口火を切った。だが朝盛は答えなかった。それどころか一度は上げた顔を再び俯け唇を噛むばかりである。

仕方なく実朝は首を横に振った。朝盛も継ぐべき言葉をいい淀《よど》んだ。すると将軍家がふいと唇の端を緩めた。

「咲き初《そ》めた梅の枝をお主に預けたのは、さていつのことであったかな」

はっと顔を上げた朝盛は、去年の春で御座いますとこれには即座に返事した。

それは実朝の稚気《ちき》の発露ともいうべき一件だった。あの庭に早咲きの梅を見つけた実朝は、その一枝を折りちょうど表に見つけた朝盛を捕まえ、決して自分からだとは告げずに誰でもいいから届けてこいと命じたのである。

朝盛も悩んだのであろうが、結局は塩谷朝業《しおのやともなり》なる歌人のもとへとこの枝を運び首尾よく返歌を手に戻ってきた。よくぞ我が意を汲《く》んでくれたものであると実朝は殊《こと》の外《ほか》喜んだ。梅の枝が実朝からの問いかけなのだと即座にわかりそうな者は鎌倉には数えるほどしかいなかったし、その枝に詠まれたはずの一首に対し即座に返歌を詠むことまで思いつくのはさらに少ないはずだったからである。

「そうか。先の春のことであったか。もうずいぶん昔のような気もしたが」

実朝はそこで目を細めると、手を叩《たた》いて人を呼び硯《すずり》と紙とを運ばせた。朝盛はさらに声を出す機を失ったまま主君の手許を見つめていた。

「朝盛お主、私に別れを告げに参ったのであろう。大方出家でも決めたか」

走らせる筆の先に目を据えたまま実朝が言った。朝盛は目を見開くと一つ息を呑み、仰せの通りで御座いますとなおさら低く頭を下げた。

「お主が祖父殿のいいつけをないがしろにするとはよほどのこと。つまりは義盛の決意はそれほど固いということか」

それだけいい終えると実朝は手許の書状を丁寧に折った。それを手渡して検《あらた》めろと肯いてみせる。朝盛が書状を開くと、そこには将軍自らが朝盛の地頭職の安堵を約束する旨が認《したた》められていた。花押《かおう》もきちんと記してある。

幾ら一族の総意とはいえ、朝盛にはどうしても主筋源家に弓を引く所業に同調することが憚《はばか》られていた。悩んだ末この若者は俗世を離れることを決意したのである。あるいは年端もいかぬ胤長の娘の死に世の無常を感じもしたのかもしれない。この来訪は主君にその旨を奏上するためであった。

出家とは当時は衆生《しゆじよう》の一切と縁を切ることを意味した。己れの出自も役職も、姻戚《いんせき》関係もすべてである。もちろん所領など持つことは叶わない。それがわかっているからこその、この実朝の所領安堵であった。

「笑ってよいぞ」

続けた実朝の目は、だが朝盛を通り越し在らぬ方へと向けられていた。

「昨今の情勢では和田の者なら御所に足を踏み入れた途端に有無をいわさず斬《き》られても仕方がない。それを顧《かえり》みず我がもとを訪れてくれた心意気、私も重々承知している。お主の覚悟もまた然《しか》り。けれど朝盛、所詮《しょせん》将軍といえどこの程度の重さに過ぎぬ。我が意のままになるのは無為に帰すと明らかな約束くらいのものなのだ」

実朝の声はいつしか我と我が身にいい聞かせるかのような響きも帯びている。

「私は義盛の願いも叶えてやることができなかった。お主にもまた何もしてやれぬに等しい」

御所様、と膝を立てた朝盛を実朝は手で制した。

「義盛は起《た》つのだな」

再び将軍家が問うた。声こそ出さなかったけれど朝盛も今度は肯いて応じた。

私はどうすればよかったのだろう――。

翌日である。実朝は一人庭に佇《たたず》んでいた。山吹はすでに散り果てている。

「お呼びになりもうしたか」

音のない声に目を上げると、地面に積もりあちこち色褪《いろあ》せ始めた花びらの上に例の女童が立っていた。左右の腕を真下に下ろし拳を軽く握り締めている。

久し振りだな。目だけでそう声をかけると童女も小さく首を傾《かし》げて返した。

しばし姿を見せなんだな。そんなことはございませぬ。上様が御気づきにならなかっただけのこと。わらわはいつも御身のお側に控えておりまする。実朝と童女とは声に出さずにそれだけのことをやり取りした。

「和田殿のことでお悩みか」

女童は顔をつと持ち上げてその眼差《まなざ》しをきっぱりと実朝に向けた。眉を曲げ実朝もこれに肯いた。

「彼《か》の者の道はすでに定まった。幾らお悩みになられても最早埒《もはやらち》もない」

俯いて童女は首を横に振る。

「とりわけ義盛殿は音に聞こえた剛の者であれば、これまで戦《いくさ》の場で殺《あや》めた命も数知れず。人の手で奪われた命がどうしてその相手を恨まずにおられましょう。恨みは何よりも強くその思いを現世に留めます。あの御方の周囲にはそういう思いが渦となりじっと機会を窺っておりました。縁《えにし》となって結わえついていたのです。

あれらは人ばかりではなく、それどころかむしろ物事のありようまでをも動かしまする。飽《あ》くことなど知らぬあの者どもは、たとえどれほどの時をかけようと最後には目的を果たさずにはおらぬものなのでございます」

「そちはそれを縁と申すか」

女童が唇を結び肯いた。

「我らにはその縁が好むと好まざるとを問わずまとわりつき、そうしていずれは定められた場所へ導かずにはおらぬのだと、そなたの申すはそういうことか」

小さな首が再び静かに縦に動いた。

だがこの所作に実朝は思わず勢い込んだ。

「ならば人の意はどこにある。どのようにして働けるっ」

ふつふつと湧いた怒気が抑えられずに声に出た。だが童女はやはり首を傾げるばかりである。

「もしそなたの申す通りこの地には怨霊どもが蔓延《はびこ》って思うまま人を誘《いざな》うのであれば、では我ら人は何のためにものを思う。災いを避けたいと願うというのだ」

答えぬ相手にさらに重ねた。童女がじっとこちらの瞳を覗《のぞ》き込んだ。

「それも実は同じことなのでございます」

「どういうことだ？」

「肉のなきものの願いも人の望みと変わらぬと、そう申し上げたつもりでございます。けれどももし――」

「もし何じゃ？」

いい淀んだ相手に実朝は先を促《うなが》した。その刹那、ふと相手の体が揺らいで見えた気もした。

「もし違いがあるとすれば、わらわたちのようなものどもには最早時すらさほどの関《かか》わりがないということでございましょうか。待つことはもう我らにとってはいささかの苦でもないのです」

話し終えた女童の顔につと立ち込めた切なさに実朝は返す言葉を見失った。眉をひそめた童女はけれど、すぐ唇の端で小さく笑った。

「一つ戯言を申しましょうか」

声は出さずに肯いて返すと相手がそっと目を伏せた。

「今宵の宿直《とのい》を勤める者の中に二人、いずれ敵味方に分かれ斬り合うことと定められておる者らがございます。様々な因果が彼の者らにまとわりつきそのような縁を結んでおるのですけれど、おそらく御所様にはその二人がおわかりになる」

「止めよと申すか」

「いえ、それはきっと叶わぬでしょう。ただわらわの今申し上げたことの手触りが、御身の中で多少は変わるやもしれませぬ」

聞き終えるなり背筋をうそ寒いものが駆け抜けた。

「一つ教えてはくれぬか」

実朝は息を呑み呟いた。

「何でございましょう」

童女の声が小さく返った。

「私は何をすればよい。望むと望まざるとにかかわらず、私は将軍として、そなたの言に依ればすっかり血に塗《まみ》れたこの鎌倉を統《す》べねばならぬ。だが実際は私には何の力もない」

「御供養《ごくよう》なさいませ、そして御祈禱《ごきとう》なさいませ」

間髪《かんはつ》を容《い》れず童女が答えた。

「怨霊の調伏《ちょうぶく》もまた古来より政を司る者の大事な役目でございます。何より御身にはその血が流れてございます。決して無力などではない。御祈禱なさいませ。縁がまだ御所様にお味方するならいずれ道も啓《ひら》けるやもしれませぬ」

だが童女はそこで唇を結んだ。

「けれど、あの西の御方《おんかた》の御力はあまりに強うございます。くれぐれもこのことばかりはどうぞ御留意下さいませ」

最後に謎《なぞ》のような言葉を残し童女の姿は掻き消えた。すでに夕闇《ゆうやみ》が迫っていた。

その夜である。御所では小さな宴が開かれた。市中にわだかまるきな臭い空気を一時《いっとき》なりともごまかそうとでもいうような試みだったのかもしれない。

この時めずらしく実朝はしたたか酒に酔った。

そうして頬を染めたまま部屋を出た将軍はふらふらと側廊を歩き、そこで簾《すだれ》の向こうに宿直の武者二人を見つけると目を細めてしばしの間彼らに見入った。気づいた武者らがその場に膝を折ると、よいよい面《おもて》を上げよ、と実朝はどこかはしゃいだようにも聞こえる声で言葉をかけた。

お主らはまもなく敵味方に分かれ、一方は御所を守るものとして、もう一方は攻め手として刃を交え、最後には互いに命を落とすことになるだろう。なるほど貴殿らの背中にはそういう影がまとわりついておる。縁とはかような見え方をするものであったか。済まぬな。わかっていてもやはり私には何もしてやれぬ。

そう結んだ将軍家の声は、笑い声とも泣き声ともつかぬものだったという。

武者二人はもちろん突然のこの予言に戸惑った。将軍家直々に言葉をかけられることも初めてだったうえ内容が内容であったから、恐ろしいやら畏《おそ》れ多いやらで両人とも慌てふためき早々に御所を退出したと伝えられている。

この出来事の少し後、幕府から義盛のもとへ使者が遣わされている。実朝が蜂起《ほうき》を思い止まるよう最後の説得を試みたのである。本当ならば自身で足を運びたいくらいの気持ちであったのだろうが、さすがにこれは周囲が肯んじなかった。またこの実朝の願いに応じ義盛の首が縦に動くこともついになかった。

かくして建暦《けんりやく》三年（一二一三）五月二日、和田の乱は起きた。

御所に騒がしい気配が雪崩《なだれ》込んだのは夕刻だった。和田一党は総勢百五十騎余りを三方に分け、それぞれ義時邸、広元邸、そして御所へと差し向けた。執権を攻める寄せ手には義盛の三男で日頃より武名の誉《ほま》れ高かった朝比奈義秀《あさひなよしひで》が、そして大将には義盛自らが立ち、先に赦《ゆる》されたばかりの義直らがこれに続いた。

迎え撃つ北条方は義時の弟時房《ときふさ》に嫡男泰時《やすとき》、さらには金窪行親《かなくぼゆきちか》や二階堂行政《ゆきまさ》らといった面々が陣頭指揮に赴いた。

一方で義時自身と広元とは開戦とほぼ同時に御所へとその身を移していた。つまり和田勢にしてみれば振り上げた刃の下ろし先が実朝の居場所よりほかにはなくなってしまった訳である。まさに義時の思惑通りであった。

義時はまず政子と実朝の御台をはじめとした女たちを避難させる差配を済ますと実朝の傍らに座り込み、逐次齎《もたら》される戦況の報告にじっと耳を傾けていた。

開戦当初は圧倒的に和田勢の優勢だった。中でも義時邸から踵《きびす》を返し赴いた義秀の活躍は目覚ましく、この男の攻めた惣門《そうもん》が真っ先に破られ御所のあちこちに火の手が上がった。

この推移に実朝もついに義時とともに御所を後にし一時裏手の山中に身を隠さざるを得なくなった。

山の中腹に建てられた法華堂《ほっけどう》の祠《ほこら》の中で息を殺し、実朝は観音《かんのん》開きの戸の隙間《すきま》からそっと表を覗き見た。斜面の途上とはいえさほどの高さがある訳ではなかった。家屋敷の屋根屋根はちょうど茂みの陰になり合戦の様子は窺い知ることもできない。目に入るのは空ばかりである。

けれど今そのあちこちから炎が立ち昇っていた。夕陽《ゆうひ》の色とは明らかに異なる赤が竜の舌のように身悶《みもだ》えしながら木材の焼ける白い煙を吐き出している。

山はしんとしていた。武士らの怒声が届くこともない。それでも虚空を灼《や》く炎が眼下に戦乱のあることをきっぱりと教えていた。あたかも朱に染め変えられたかのごとき空は実朝に阿鼻《あび》地獄を思わせた。

情勢を一変させたのは三浦勢の参戦だった。

三浦と和田とは頼朝旗挙げ当初からの盟友であるだけでなく、この時の互いの当主は従兄弟《いとこ》同士という関係でもあった。そもそもが義盛の代に三浦から分かれ和田に在所を移したのが和田一族の始まりだったのである。

そういった背景から三浦義村《よしむら》は早くから和田の叛意を知っており、のみならず一旦ことが起きた際には和田方へ加勢するとの起請文《きしょうもん》まで交わしていた。

ところが駆けつけた三浦の一党は躊躇《ちゅうちょ》なく和田勢に刃を向けた。利を見るに聡《さと》いこの義村という男は早い段階から義盛には勝機なしと判断していたのであろう。

なお一説には、和田勢の出立《しゅったつ》を聞き義時と広元に逸早《いちはや》く御所への避難を促したのも実はこの義村であったともいわれている。

当てにしていた三浦が北条についたことで和田の目算は完全に狂ったかたちとなってしまった。日没を迎え主戦場はじりじりと御所から引き剝《は》がされ南下した。それでも鬨《とき》の声の止むことは終夜なかった。

小雨とともに夜が明けると武蔵《むさし》の横山党が和田方の加勢に鎌倉へと参着した。横山は義盛の妻の眷族《けんぞく》であったのである。この援軍を得て一旦は和田勢も息を吹き返したかに見えたが、やはり一度定まった趨勢《すうせい》を覆《くつがえ》す余力はさすがに残ってはいなかった。

戦線は若宮大路《わかみやおおじ》を抜け由比《ゆい》ヶ浜《がはま》へと至り、続く一昼夜をかけさらに海沿いを西へ西へと押し出されていった。兵たちもまた次第に力尽きて倒れていった。

そしてまずあの義直が討たれた。この報《しら》せに義盛もついに己れの命運尽きたことを悟らざるを得なかった。

息子らのうちでもとりわけ賢くいずれは一族の将来を預けるはずだった愛息が儚《はかな》くなってしまえば最早戦う意味などない。かつて畠山重忠が舐《な》めたのとまるで同じ辛酸《しんさん》を義盛自身も味わうこととなったのである。老将は人目も憚《はばか》らず馬上で慟《どう》哭《こく》したという。

そのまま朦朧《もうろう》と戦場を彷徨《さまよ》った義盛は、ついには三浦の郎党に討たれたとも、あるいは寸前で自害したとも伝わっている。

かくして和田の乱は開戦から三日の時を経てようやく終息した。比企の乱より数えてちょうど十年目に再び鎌倉市中を焼いた騒動であった。

三

人の世とは、かくも無残なありようしか許されてはおらぬものなのか。だとすればそれを憂《う》しというべきか、あるいは哀《あわ》れと見るべきか——。

住み慣れた御所《ごしょ》はすっかり焼け落ちていた。塀《へい》は崩れ梁《はり》は落ち、木材があちこちで黒く変じた無残な様を晒《さら》している。文字通り焦土《しょうど》の景観である。

だが法華堂から降りた実朝《さねとも》の目をまず奪ったのは夥《おびただ》しい死者たちの姿だった。

武具《もののぐ》に身を包んだまま息絶えた兵たちが弔《とむら》いもされずにそこかしこに放置されていた。血に塗《まみ》れ顔は白目を剝《む》き、断末魔《だんまつま》に口元を歪《ゆが》めて固まっている。実朝には生まれて初めて目の当《ま》たりにする合戦の惨状である。ため息のほか何も出なかった。

目を閉じて首を横に振り込み上げる嘔吐《おうと》をこらえるより術《すべ》がなかった。

書庫もまた被害を免《まぬか》れてはいなかった。あの『古今和歌集』をはじめ、苦心して都から取り寄せた書の数々がものの見事に失われてしまっていた。だがこの報にも実朝は、立ったまま重く眉《まゆ》をひそめただけで言葉を発することはしなかった。

義時と広元とが談議してまず御所の再建が差配された。普請が済むまでの間、将軍家には御台《みだい》らとともに広元の屋敷へと移り住んでいただく次第となった。

和田合戦の論功行賞は乱の終息から三日を空けずに行われた。

第一の勲功は三浦の兄弟にありとされ、次には義時以下北条の面々が続きその後ろに広元が名を連ねた。また、義盛の死によって空席となった侍所《さむらいどころ》の別当《べっとう》職は義時が兼務することとなった。執権が政治と軍事とを一手に握るという体制がこの時完成されたのである。

片瀬《かたせ》の浜にはしばし義盛以下の首級《くび》が晒された。

老将の首級はぴたりとまぶたを閉じていた。兜《かぶと》を外され顕《あらわ》となった髪は見事なまでの白髪で、乾いた血糊《ちのり》を拭《ぬぐ》い難く随所に貼《は》りつけて、いかな海風が吹こうともこの髪は重く垂れ下がりそよとも動かなかったという。戦果の確認ともいうべき首級実検はもちろん武門の長たる将軍の大事な役目であったのだけれど、実朝はこればかりは頑として肯《がえ》んじなかったと伝わっている。

この皐月《さつき》の終わり、鎌倉の地が大きく揺れた。

地震《ない》は昼夜を選ばず二度三度と繰り返し襲い、そのたびに天には赤味がかった雲がたゆたって消えた。市中では少なからぬ家屋が被害を受け、寝る場所を失った人々がついには街路にまであふれたという。

大地の鳴動はさながら和田一族の慟哭のようでもあった。

実朝もまた、この天変地異に誰よりも心を痛めた一人であった。あるいは彼は将軍と雖《いえど》も所詮《しょせん》人であること、人にしか過ぎぬことを改めて嚙《か》み締めていたのかもしれない。神とも仏ともつかぬ力の前ではたかが武家の棟梁《とうりょう》など無力に等しい。なるほど祈るよりほかこの身にできることはない。そんなことを思わされていたのかもしれない。

葉月《はづき》を迎え実朝は広元の屋敷から尼御台《あまみだい》政子の館へと居を移した。この政子の居館は御所にもほど近かったから、住み慣れた界隈《かいわい》へ戻れることを実朝も御台も素直に喜んだ。新御所の普請《ふしん》も順調に進んでいた。棟上《むねあげ》も済み月半ばにはすべてが完了する予定である。実朝も一度まだ日のあるうちにこの様子を検分する機会を得た。

元の姿を取り戻しつつある己れの本来の居場所を目にすればなるほど何処《どこ》か安堵《あんど》しもした。真新しい檜《ひのき》の香が鼻腔《びこう》を擽《くすぐ》れば、最前までひどく重かった頭が多少なりとも慰《なぐさ》められる心地さえしてくるようだった。

けれど、もう二度と此処《ここ》で義盛の昔語りに耳を傾けることは叶わぬのだと思い至れば気持ちはただちにわだかまった。そちこちにまだあの戦の直後に垣間見《かいまみ》た死者たちの幻が貼りついたまま消えずにいるかのようでもあった。

実際この三月《みつき》あまり実朝の眠りは常にも増して浅かった。

寝所が変わったせいばかりではなかった。目を閉じればたちまち市中に立ち昇ったあの炎の竜が脳裏に甦《よみがえ》り暴れ回った。しかも大きく開いた紅蓮《ぐれん》の口が吐き出した煙の中には無数の顔が漂っていた。

その様は、十七の折り疱瘡《ほうそう》を患《わずら》った時の悪夢とよく似ていた。ただ瞳《ひとみ》のない目と鼻筋とが次々とかぎろっては消えるだけなのだ。

中には義盛や義直の顔も時折紛れ込んでいたようにも思えたけれど、そこまではしかとは判ぜられなかった。

別の夜にはあの兄の今際《いまわ》の夢が再び襲うこともあった。見えない刃《やいば》が己の背や腹を切り裂くことすらしばしばだった。

そしてそのたびに実朝は、ともすれば潰《つい》えてしまいそうな気力をどうにか振り絞って無理矢理眠りを断ち切った。宿直《とのい》の者や隣に眠る御台を起こさぬよう懸命に声を押し殺しながらである。ただどれほど願ってもあの黄色い光が手を差し伸べてくれることは何故《なぜ》かなかった。

朝とすら呼べぬような時刻に目が覚めてしまうことが常となった。家人の誰もがまだ眠りに身を浸《ひた》す静かな屋敷で、所在なく和歌を作っては認《したた》めることで時を過ごした。言葉を探している間だけはほかのことを思わずに済んだ。いつしかそれが習い性のようになっていた。

母の館に移った後も状況はさほど変わらなかった。明日には御所に戻ろうというその夜もやはり夜中に目が覚めた。

辺りには丑三《うしみ》つの暗さが満ちていた。そのまましばし輾転反側《てんてんはんそく》したが眠りが戻りそうな気配はなかった。仕方なく床を抜け出して、実朝はそっと戸を滑らせ廻廊《かいろう》へと進んだ。夜空でも愛《め》でるつもりであった。

だが十五夜を過ぎたばかりの月は生憎《あいにく》の雲に隠れて見えなかった。そのままぼんやりと藍《あい》に染まった宙《そら》を眺めた。

そのうちふと、このようにただ佇《たたず》むことも実に久し振りであるなと思い出した。広元の屋敷にいる間はそれなりに遠慮もあったし、住居を失ったことで己れ同様打ちひしがれている御台にも気を遣《つか》わざるを得なかった。政務もあれこれと騒がしく一人きりになれる時間も十分ではなかったし、何より謀反《むほん》の直後であれば将軍の側には必ず警護の兵が控えていた。その気配が常にどこか気忙《きぜわ》しかった。

もちろんここでも館の周囲には不寝番《ねずのばん》が配置されているはずだった。

それでも見回してみると今塀の向こうには松明《たいまつ》の動く気配も見当たらなかった。不寝番とて人である。刻限が刻限であれば大方何処かで仮眠でも取っているのに違いない。そう考えて一人苦笑し、それからふと朝盛《とももり》のことを思い出した。あの男ならば決してそんな失態を見せはしなかったに違いないと考えたのである。

出家を果たした朝盛は、けれど西へ向かう途上で義盛の放った追手《おって》に捕らえられたと聞かされていた。一族の火急に一人だけそのような身の処し方を選ぶことは、誇りを重んずる祖父には許しがたい所業であったのであろう。実朝にもそれは容易に察せられた。けれど朝盛が合戦に加わっていたとはついに知らされなかった。討ち取られた者らの名簿の中にも同人の名はどうやら見つからなかったようである。

果たして朝盛は今どこでどうしておるのだろうか。そう訝《いぶか》りこそしたけれど、あの夜が自分たちの今生《こんじょう》の別れであったことばかりはおそらく間違いがないように思われた。もちろん根拠などなかったがそう信じるべきである気がした。

記憶はそのまま数珠《じゅず》のように連なって、そういえば例の童《わらわ》を初めて見つけた折りちょうど塀の向こうにいたのがこの相手であったかと気がついた。思い出してしまうと今度は無性にあの女童《めのわらわ》に会いたいような心地が起きた。

最後に姿を見たのは乱の前、酒宴のあった日の夕刻である。不思議な予言を授かった。そして事実、あの夜の宿直の二人はその言葉の通りになったと聞いた。

件《くだん》の武者らの背に見たものを思い出し、実朝はびくりと肩を震《ふる》わせ慌《あわ》てて思いをそこから無理矢理引き剝《は》がした。この一件はすでに人の噂《うわさ》となっており、中には実朝に面と向かって、何故そのようなことがわかったのかと訊《たず》ねてきた者もあった。そのたびに実朝は笑みを作って言葉を濁《にご》し誤魔化《ごまか》していた。

あれ以来あの庭には足を踏み入れることさえしていない。気がつけば三月《みつき》を優に超える時が過ぎている。

果たしてあの山吹は無事であろうか。そんなことまで気にかかり始めるとその場所を確かめたい気持ちを抑えることができなくなった。検分の際は義時と共に政務を執り行う建物を案内されただけだったのである。

辺りを照らすのは星明かりばかりという夜ではあったがもうずいぶんと目も慣れていた。意を決して四囲を窺《うかが》うと実朝は忍び足で廊下を降りた。足元は裸足《はだし》のままである。そのまま門まで歩いてみたが人の気配は起きなかった。夜の静寂《しじま》に気の早い虫の声がそっと忍び込んでいるのみである。

一つ息を呑み門を動かすと、気配を殺して門を潜《くぐ》り表へと足を踏み出した。御所まではほんのわずかな距離である。

着いてみるともう普請も終わったせいか、こちらは戸も締められてさえいなかった。誰に見咎《みとが》められることもなく門を抜けまっすぐにあの庭へと足を運んだ。

宵闇《よいやみ》の中であることを差し引いても庭の佇まいは記憶にあるそれとずいぶん異なって見えた。一枝を折り朝盛に渡したあの梅のあったはずの場所にはこんもりと土が盛ってあるのみである。夏芙蓉《なつふよう》も見当たらない。それでも築地《ついじ》や生垣《いけがき》はどうやら修繕も済んでいるようで薄明かりの中にも真新しさが見て取れた。

あの山吹はどうであろう。もしや飛び火にでも焼かれてしまったりしてはいないであろうか。万が一切り倒されでもしていたら。

騒ぐ心を宥《なだ》めながら実朝は丑寅《うしとら》（北東）に向きなおった。

ところが視界はちょうど遠景の山を背負う形になってしまったらしく、はじめはそこにだけ一際《ひときわ》黒い闇が淀《よど》んでいるようにしか映らなかった。

けれどしばし見つめるうちにどうにか記憶に残る枝振りや夜風に揺れる葉の形が確かめられて、ようやく実朝の胸にも安堵が兆《きざ》した。

だがそこでふと背筋がざわめいた。ざわりとしたものが襟元《えりもと》から肩の下へとまとわりつくようにして撫《な》ぜていく。一つ身震いして背後を確かめ、それから山吹へと目を戻した。

茫《ぼう》とした光が揺らいでいた。螢《ほたる》のように儚《はかな》く蒼白《あおじろ》い灯《あか》りである。先刻までは確かになかったものだった。訝って目に力を込めると影は徐々に人の輪郭となった。

――見てはなりませぬ。

不意にそう声がした。脳裏に直接届くような響き方だ。あの童と同じである。息を呑み実朝は辺りを見回した。だが四囲にみしりと立ち込めるのはやはり丑三つの闇ばかりであった。

——お願いです。どうぞ御覧になられまするな。

言葉は再びはっきりと届いた。音など聞こえないのにその言葉の主が女であることもわかる。童よりもずいぶん年嵩《としかさ》であろう。ちょうど今の自分と同じくらいの齢《よわい》であろうか。

実朝がそんなことを考えたのは、立ち込めた気配にどこか己れと近しいものが感じられたからである。それはあの黄色い光に感じるものとよく似ていた。

声の意味を理解しながらもむしろ誘《いざな》われたように実朝はさらに目を凝《こ》らした。顔を背《そむ》けることができなかった。

どうかお止《や》め下さいませ。声がますます哀願の響きを帯びたその刹那《せつな》である。実朝はその影がゆっくりとこちらに向きなおるのを見た。

髪の長い女人《にょにん》であった。唐衣《からぎぬ》ともつかぬ柄の着物をまとっているようでもある。童の衣装に似ていなくもない。

その時ふと雲が割れ月が覗《のぞ》いた。光は木立《こだち》を抜け真上から女に降りそそぎ、宵闇にその造作を躊躇《ちゅうちょ》なく浮かび上がらせた。

女の顔の左半分があちこちで溶け出したかのように崩れていた。目のあるはずの場所には大きな洞《うろ》が口を開けている。頬《ほお》はなく、きっちりと並んだ歯が奥まで顕になっている。

思わず声を上げていた。二三歩後ずさりしたところで足がもつれて尻《しり》からその場に不様に落ちた。両膝《りようひざ》にまるで力が入らなかった。

気がつけば周囲が騒がしかった。思う間もなく実朝は駆け込んで来た数々の松明に四方から囲まれていた。

「この夜半に御所に忍び込むとは何者ぞ。さては和田の残党か」

いいながら男の一人が実朝の顔に火をかざした。御家人《ごけにん》の結城《ゆうき》朝光《ともみつ》である。朝光の方も即座に実朝を認め、ただちに片膝をついてそのまま深く頭を下げた。

「これは失礼仕《つかまつ》りました。よもや御所様とは思いもよらず」

実朝は腰や腿《もも》の辺りを払いながらやっとのことで立ち上がり、いや、悪いのは私の方だと苦笑した。どうにも寝つけずに此処まで歩いて来てしまった。そう繕《つくろ》うと朝光も漸《ようよ》う膝を持ち上げた。

「しかし今の御声はいったい如何《いかが》なされましたか。よもや賊でも襲ったのでは」

朝光のこの一言に従っていた兵らが再び殺気立った。慌てて実朝は手を忙しく振って否定した。

余計な詮議《せんぎ》などされてまた騒動にでもなろうものならたまらない。そうは思いこそするけれどすぐには上手《うま》い言い訳も浮かばなかった。思案の末仕方なく見たままを話すことにした。

骨の顕になった蒼い女の姿と聞いて朝光もまずは眉をひそめたが、それでもすぐ率いていた兵たちに改めて周囲の探索を指示した。灯りをかざす者どもの腰が心なしか引けていた。ざわめきながら揺れる松明の炎に照らされて、実朝には一瞬あの山吹が季節外れの花をつけでもしたかのように映った。

捜索は四半時《しはんとき》ほども続けられたが、もちろん不審な者など影も形も見つかりはしなかった。唇を噛む朝光をよいよいと宥め、実朝もとりあえずは母の居館に引き上げることとした。

おそらく先の乱では巻き添えを食って命を落とした女子もいたのであろう。あるいはこの前の地震のせいかもしれぬ。いずれにせよ、思いを残したその御霊《みたま》が鎌倉の長たる私に恨み言でも繰りに現れたのに違いない。

朝光にはそう嘯《うそぶ》いてこそみせたけれど、口から出る自身の言葉を心はまったく信じてなどいなかった。その我が身の有り様を何故だかおかしくも思った。

そのまま明け方までまんじりともせずに過ごした。脳裏からは女のことが一時たりとも離れなかった。

声こそ上げてしまったけれど、実朝にはあの青女《せいじょ》が忌まわしいものであるとはどうにも思えなかった。女の気配の手触りは夜毎《よごと》の悪夢に現れるものどもよりはむしろあの女童によほど近かった。ほとんど同じであるといってもよかった。

——気づいてしまえばそれで間違いはないように思われた。

月の光の下ではあの女童は昼とは違う姿を取るに違いない。だがおそらく、それらは等しく同じものなのだ。

実朝はそう納得していた。不思議なもので、一旦《いったん》そのように定めてみれば、あの幻の正体は日頃からよく知る相手であったかにも思えてくる。その証拠という訳でもないが、目を閉じずとも女の顔は容易に細部まで浮かべることができた。時が経《た》つに連れかえって鮮明になっていくようでもあった。

事実左側に見たはずの髑髏《どくろ》の形は徐々に気配を薄くして、わずかに垣間見ただけの右の瞳や口元の残像の方がむしろ刻々と際立っていき、ついには一つの顔を作り上げていた。それが己れの記憶の中にしかないとは重々知りながら、気づけば手を伸ばしてその頰に触れてみたいような心地さえ起きた。その気持ちは人を恋《こ》う想《おも》いによく似てもいた。

何故この心はあの幻にこれほどまでに惹《ひ》かれるのであろう。改めてそう訝ってすぐその答えに気がついた。

甦った女の顔の目鼻立ちにはひどく見慣れた印象があった。はて、であれば誰に似ているのだろうと御台やら女房の一人一人やらを思いつくまま順繰りに重ねてみたけれど、なかなか上手くはいかなかった。そうして実朝は最後に母にたどりついた。そこで実朝も得心《とくしん》した。

女の顔は母の若かりし頃に似ているはずに違いなかった。何となればこの相手は他の誰でもない実朝自身と瓜《うり》二つだったからである。

朝を迎えるなり義時が訪《おとの》うてきた。眉が険《けわ》しく寄っている。

「何やら昨夜騒ぎがあったと聞きましたが」

いいながらも執権はもう向かいで膝を折っている。お主《ぬし》が案ずるようなことではない。そう返しながら実朝も笑みを繕ってみせた。

「亡者《もうじゃ》に会った、のだと思う」

苦笑を崩さぬよう気をつけながら口にしてみた。笑い飛ばされるかと思ったが案に相違して義時は目を丸くした。ついぞ見たことのない顔だった。

「してそれはどのような」

けれどそう問いを返した相手はすでにいつもの固い表情を取り戻していた。声音《こわね》からも興味があるのかないのかさえ容易には察せられない。

「女人であった。面白いことに私とよく似た顔立ちをしていた」

応じると執権は腕を組み首を傾《かし》げた。

「私にはそのような経験は御座いませぬ故《ゆえ》なんと申し上げればよいものか、すぐには言葉も浮かびませぬが、まあかようなことも決してないとは申せぬでしょう」

口調はどこか不服げにも聞こえる。実朝は眉を寄せた。

「何か気に食わぬか」

「いえ。ただ果たして将軍家たるお方が大きな声でお話しになられても差し支えない中身かと、少々気になった次第で御座います。先の宿直の二人のことも、世間ではあれこれ申す者も御座いますから」

「相応《ふさわ》しくないと、お主はそう思うのか」

そう引き取ってみると義時は首をしかと縦に動かした。

「世の者どもの心には所詮現世《げんせ》のことどもが重きを占めるもので御座います。地所のこと租庸《そよう》のこと。あるいは立身出世のこと。それらを適宜《てきぎ》捌《さば》かれることこそ御身《おんみ》の御役目かと存じます。であれば御所様には毅然《きぜん》としてすべてを見通していていただきたい」

立身出世の語に引かれてか、二人の間には瞬時義盛の影が過《よぎ》った。だが両者は互いに気づかぬ振りをする。

「しかし世の中はそればかりで動く訳ではあるまい。神や仏があるのなら、亡者もまた世の物事を為《な》す理《ことわり》の一つであるかもしれぬではないか」

この時ばかりは実朝も相手をきっと睨《ね》めつけた。だが執権は怯《ひる》むこともなくむしろはっきりと左右の眉に力を込めた。

「御言葉ながら、神というも仏と申すも、所詮は人の心がそこにあると見つけているものでは御座いませぬか。世にほかのありようなどがあろうとは、この相州《そうしゅう》めには思えませせぬ」

義時のその返事に実朝は思わずはっと息を呑んだ。目の前の相手の瞳には信念よりもさらに強い何かがかぎろいで見えていた。

「相州、いやさ、叔父上殿」

ため息を一つ吐き出すと、実朝は常はほとんど使わぬその呼称で呼びかけた。義時の肩がかすかながらもはっきりと身構えた。

「そなたがそのように思うこと、いかな主従とはいえ私に止められるものでもあるまい。だがそれでももしかし私には、今この場でそなたに申しておくべきことがあるように思えてたまらぬのだ」

実朝はじっと叔父を見た。だがその表情には微塵《みじん》の動揺も読み取れない。不意に何故だか幼時より見慣れたはずの相手の顔が得体の知れぬ何者かにも思われた。

「なるほどそちの申すように、神も仏もあるいは物《もの》の怪《け》も、ただ我らの心がそこに見つけておるだけなのかもしれぬ」

耳に返った自分の声は掠《かす》れていた。それでも実朝は懸命にそこから先重ねるべき言葉を手繰《たぐ》り寄せた。

「しかし、そちは二度と今のような文言《もんごん》を口にするべきではない。余人の前では尚《なお》更《さら》である。ならばむしろ私が代わりに引き受ける。何となれば、今の言葉は決して我らのものではない。それどころか本来ならここにあってはいけないものだ。そんな気がする」

我らとは一体誰のことか、ここは何処を指しているのか。己れの口を衝《つ》いて出た音であるというのに実朝自身にもそれが判然とはしなかった。

ところが向かいの義時は常には見せたこともない得心とでも呼ぶべき表情を浮かべていた。実朝は慌てた。

「済まぬ。気に障《さわ》ったら許して欲しい」

遥《はる》かに年長の、しかもいわば幕府の一切を任せて頼みにしているこの相手に諫《いさ》めるような物言いをしてしまったことに少なからず気が引けていた。けれど義時はぎこちない笑みを浮かべて首を大きく左右に振った。

少しの間の後、その口が穏やかに開いた。

「いえ、我が身にはこの上なく有難き御言葉なので御座いましょう。何故とは申せませぬけれど義時にはそう思えます」

そういった相手はつと何かを迷うように視線を持ち上げ、次には改めて両の手を自身の膝に据《す》えなおすと実朝に向けて一礼した。長く慇懃《いんぎん》な礼だった。戸惑った実朝が言葉を継げずにいると、義時が、では、と腰を持ち上げかけた。

「相州」

思わず呼び止めていた。だが自分が何をいおうとしたつもりだったのかもわからなかった。仕方なく咄嗟《とっさ》に浮かんだ問いを口にした。

「お主、夢は見ないのか」

すると義時は一度唇を固く結んでからきっぱりと返事した。

「夢ならばこの義時、この鎌倉のほかの誰よりも篤《あつ》く抱いておりまする」

そう肯《うなず》いた相手に実朝も首を縦に動かして応じた。よろしいですかな、と相手が今度こそ膝を伸ばして立ち上がった。

そのまま去りかけた義時だったが、ところが部屋を出る間際でふと首を傾げて実朝の方に振り返った。

「上様、諫言《かんげん》の御礼という訳でも御座いませぬが、一つ御教えしておきましょう。あるいは余計なことかもしれませぬが――」

叔父はだがそこでめずらしくいい淀《よど》むような素振りを見せた。実朝が先を促すと相手は眉を一つ動かしてから続けた。

「上様のその目鼻立ち、もちろん頼朝《よりとも》殿と我が姉上とから譲り受けたもので御座いますれば、御二人のどちらにも大変よく似ておられます。ただ、ならば実のところ誰に一番似ているかと申し上げれば――」

そこで義時は再び言葉を切った。いい出したことを悔いるような表情さえかすかながら浮かべている。実朝は口を挟まず続きを待った。やがて執権は目を閉じながらまた首を振るとようやくもう一度唇を開いた。

「上様は、あの大姫《おおひめ》様に大層よく似ておいでです。あの御方が儚《はかな》くなられたのはちょうど今の上様と同じ御年頃で御座いましたかと存じます」

それだけいうと義時は、やはり余計なことでしたなと苦笑を繕《つくろ》って今度こそ部屋を辞していった。

――そうであったか。

一人になると実朝は宙を仰ぎ声には出さずに一人言《ひとりご》ちた。

すべてが腑《ふ》に落ちたような心地であった。あるいはそれも所詮己《おの》が心のうちのことに過ぎぬのかもしれぬ。片隅にはそんな声も響いている。けれどそれがなんであろう。気づくと唇の端から正体のわからぬいびつな笑いが漏《も》れていた。

正午にはまだ間があるというのに蟬《せみ》の声がずいぶんと大きくなっていた。背中に汗がにじみ出ていた。

この日の午後、実朝以下の一行は大事なく御所に戻ることが叶い、幕府はようやく正規の姿を取り戻した。


その翌々日のことである。

鎌倉に奇怪な変事が起きた。八幡宮の宝殿の屋根に黄金色《こがねいろ》の蝶《ちょう》が群れを為して舞い空一面を埋め尽したのである。

どこから訪れたのかも定かではない無数の蝶たちは閃《ひらめ》く鱗粉《りんぷん》を撒き散らしながら大気の色を染め変えて、海へと続く若宮大路を行きつ戻りつしいつまでも去ろうとはしなかったという。

古来より、死者の魂は蝶に化身して空へ還《かえ》るといわれている。

果たして鶴岡の上空を埋め尽くしたのは和田合戦で命を落とした義盛以下の武士たちの魂魄《こんぱく》が現世に別れを告げる姿であったのだろうか。あるいは鎌倉に仇為《あだな》すことを目的に留《とど》まり続けていた得体の知れぬものどもが望みを果たしようやく時を得て成仏する喜びの舞いであったのか。

いずれにせよ、その答えは人知の及ぶところではない。

蝶たちはあたかも風と戯《たわむ》れるようなあの独特の動きで思い思いに空の上に散っていた。禍《まが》々《まが》しくも美しいその光景を目の当たりにした人々には、すわこれは何かの凶兆《きょうちょう》に違いないと恐れ戦慄《おのの》くほか術がなかった。

三代将軍実朝もやはりこの光景を目撃していたであろうことはほぼ間違いがないだろう。当日実朝が鎌倉を離れていたはずのないことは、前後の経緯からして十分過ぎるほど明らかであると思われる。

花鳥風月を愛《め》でる嗜《たしな》みを持ち、折々目に触れた獣や花々の姿を歌に詠み込んだ実朝ではあるが、この出来事を扱った歌はどうやら残されていないようである。

おそらくは妖《あや》しく乱舞する蝶の様は彼の目に決して美とは映らなかったからだろう。だがその答えもやはり本当のところは余人にわかるはずがない。

夕刻を迎えようやく蝶たちが去った後である。実朝が庭に出てみるとあの女童が真正面に鎮座《ちんざ》していた。帰館して初めて目にする姿であった。

童女は実朝を見るなり小さな両手を前につき恭《うやうや》しげに頭を下げた。その仕草が容貌《ようぼう》とあまりに不釣合いで、実朝も苦笑がこぼれるのを禁じ得なかった。

「何のつもりだ」

笑みのまま問うと相手も小さく笑って寄越《よこ》した。

「先般はお見苦しいところをお目にかけてしまいました故、せめて御詫《おわ》びの気持だけでも受け取っていただきたいとお待ち申しておりました」

「あれはやはりそなたであったか」

童女は殊更ゆっくり首を縦に動かして立ち上がった。

「やはり御所様にはおわかりでございましたか。わらわもそうであろうとは思うておりました」

さしたる驚きもなく実朝も肯いて返した。

「問うてもよいか」

庭に進み出て石の一つに腰を下ろし実朝は目の高さになってまっすぐ童女と向き合った。女童も距離を置こうとはしなかった。

「あの蝶たちは凶兆なのか。いったいどのような縁《えにし》があのような怪異をこの地に生じせしめたのか、もしそなたが知っているのなら私に教えてはくれぬか」

だが相手は即座に首を左右に振った。

「わらわにも定かなことは申せませぬ。わかるのはただ――」

けれど童女はそこでしばしいい淀んだ。思い出したように蟬が鳴きつかの間その沈黙を埋めた。それが止むのを待ってからようやく童女は実朝の目から逃れるように俯《うつむ》いて、また私はおいていかれてしまったと独り言のように呟《つぶや》いた。

その言葉が届いた刹那だった。不意に相手の顔がひどく大人びて見えた。思い合わせるまでもなくその横顔は先日の蒼白い女人とそっくりだった。

否応《いやおう》なく義時に教えられた事実が胸中に甦り、実朝はふと気詰まりさに似たものを覚えた。確かめたい気持ちと怖気《おじけ》のごときものとがせめぎあい、そこから逃げ出すようにして脳裏をよぎった疑念とは違う台詞《せりふ》を絞り出した。

「おそらく以前より時折夜毎の夢魔《むま》から吾を助け出してくれたのも、そなたの仕業であったのだろう。違うか」

童女は顔を持ち上げて黙って実朝を見つめた。首こそ動かなかったけれど瞳には肯定の色が浮いていた。

「そなたを恋しく思うていた」

ぽつりと実朝が続けた。相手が深く肯いた。

「存じておりました」

「知っていたならば広元の屋敷にまでも会いに来てくれればよかったものを」

思わず急《せ》き込むと童女は悲しげに眉を寄せ小さな首を左右に振った。

「残念ながらわらわにはそれほど遠くこの庭を離れることが叶いませぬ。御所様の御寝所程度ならばともかく、広元様のお屋敷まではとても無理でございます。どうかお赦《ゆる》し下さいませ」

「そういうものなのか」

「はい、そういうものでございます。この樹《き》に残した未練がわらわを縛りつけ一日たりとも決して放してはくれぬのです」

笑みを繕った女童はけれどふとそこで目を一度しばたいて、それから振り向くとあの山吹の幹を見上げた。一つ置いた後にはもう童女の姿はいつもの根方に戻っていた。右の腕が持ち上げられ小さな手が慈しむように樹皮を撫《な》でている。

「そなたはひょっとして――」

追いかけて自身も立ち上がり二三歩進むと実朝は思い切って最前からの疑念を口にしかけた。けれどやはりその先はすぐには言葉にならなかった。確かめてしまうことが怖かった。

すると女童が促すように首を傾げた。その仕草に鼓舞《こぶ》されたような心地を覚え、実朝は一つ息を呑みついにその問いを相手にぶつけた。

「我が姉上、なのですか」

「さようでございます」

こともなげに童女が応じた。その一瞬だけ、切り揃《そろ》えた稚児髪《ちごがみ》の下の双眸《そうぼう》が不意に青味を増しても見えた。その目を伏せると此の世のものではないかたちはゆっくりと長い言葉を継いだ。

「けれど先にも申し上げました通り、わらわはかつてあなたの姉であった私とまったきに同じものでは決してありませぬ。有象無象《うぞうむぞう》のしがらみが絶えず四囲からまとわりつき、こうしている今もこの身を歪《ゆが》め蝕《むしば》んでいます。頬を溶かし髪を汚しあちらへと誘うことを止めぬのです。私の本当の姿は、あの夜あなたが目にしたあの忌まわしくも醜《みにく》いかたち――」

童女はそこで唇を噛んだ。

「けれど今はいとけない御姿をしておられる」

慌てて実朝は声を発した。慰めたい気持ちが起きていた。

「それはただそなたの心が見ているだけのこと」

間髪《かんはつ》を容《い》れず相手が応じた。言葉は鈍い楔《くさび》となって実朝の何処かに突き刺さった。心。それだけ胸で繰り返し我知らず顔をしかめていた。

「では何故貴女《あなた》は私に童の形《なり》をお見せになる」

童女がぎこちなく笑う。

「ならばこう問い返しましょうか。何ゆえ御所様はそのような目鼻立ちをしておられるのでありましょう。まるで在りし日の私と瓜《うり》二つではございませぬか」

「それは、互いにあの父と母との子だからでありましょう。もちろんもし貴女がまことに姉上ならばの話ではありますが」

「けれど御所様は、あの修禅寺で儚《はかな》くなった兄上殿とはあまり似てはおられない。であれば御所様は御自ら、兄上よりはむしろ私に似ることをこそ強く望んで下さったとでもいうのでしょうか」

「所詮人に過ぎぬこの身にそんなことが叶うはずもない。何より私の顔は、十七の時に患った疱瘡の痕《あと》を未《いま》だ忘れずこの通りあばただらけだ。いったい誰が好き好んでこのような面相を選ぶという」

童女は一瞬唇を尖《とが》らせもしたけれど、すぐ首を振り固い笑みを繕った。だがその瞳はやはり悲しげだった。

「まこと、己れの見目《みめ》形《かたち》すら人には選ぶこともできませぬ。何とも耐えがたきことでございます。我が意の決して及ばぬ力がそこにあることをまざまざと見せつけられねばならぬ。そしてそれは我らのような者らもまた同じなのでございます。

夜の明かりは私の真の姿を容赦なく照らし出してしまう。それが御所様が御覧になられたあの宵の私でございます。半ば顔の崩れ骨の顕になった恐ろしげな形相《ぎょうそう》を誰が好き好んで求めましょうか。女子であればなおさらであることは、御所様にもお察しいただけますでしょう」

童女がそういい終えた時だった。不意に相手の姿が揺らいで見えた。言葉だけが何事もないように続いた。

「けれど一つだけわかっていることがございます。この女童の姿、我が身がまさにこのような形《なり》をしていた頃こそが、私のさして長くもない生涯の中で一番幸せだったことばかりは決して間違いがないのです。

亡者と化した者どもは己れが一番己れらしい姿を選んで現れると、いつか在りし日に耳にした覚えもございます。あるいはこの身は、せめて御所様の前ではこの姿でありたいと我知らず願っていたのかもしれませぬ」

そこで童女は唇を結び彼方《かなた》を見上げた。その果てにいるはずの誰かの名を呼んでいるかのような素振りでもあった。声も言葉も届かないのに実朝にはそれがはっきりと察せられた。

我もまた、浄土を希《のぞ》み未だに辿《たど》りつけぬもの。私とあなたはよく似ている。だからこそ私はそなたの側に留まっている。

もし定められた行先が、たとえば黄泉路《よみじ》であったとしたら、私とて一人では恐ろしゅうございます。

童女のいる山吹の根方とは明らかに違う場所から届いた音のない声が実朝の脳裏にこだましていた。ふと己れのすべてが我が身を抜け出し広がって宙に散っていくような錯覚が襲い肩が勝手に身動《みじろ》いだ。その様に童女が気づき首を傾げ、それから小さく目を伏せた。

「源氏縁《ゆかり》のこの鎌倉の地に在りながら、そなたは常にあたかも一人きりであるかのよう。むしろ一時《いっとき》たりとて四囲のすべてに心を許すことが叶わない。あるいはそんな境遇が我が想い人の記憶を呼び覚ましたのかもしれませぬ。でも何より――」

そこで童女は瞳に一瞬浮いた冥《くら》い影を振り払うようにして笑みを作った。今までのどの笑顔とも異なる、明るさとでも呼ぶべきものを一杯にたたえた表情だった。

「千幡《せんまん》殿、そなたは私の弟ではございませぬか」

その名を呼ばれた刹那であった。己れの幼名《ようみょう》を綴《つづ》った聞こえぬはずの今の声音をこの耳は確かに覚えている。実朝もそのことに気がついた。するとようやくそれまでは半信半疑であった相手の正体が疑う余地のないものに思われた。

「姉上――」

初めてそう呼んでみた。童女の笑みがより一層華《はな》やいだ。花はとっくに終わっているのに山吹の黄色が見えた気がした。

けれどその先をどう続ければいいのかすぐには実朝にもわからなかった。気がつけば己れの頰を静かな涙が伝っていた。

「何故泣くのです？」

童女が問うた。わかりませぬと答えながら実朝は子供のように首を振った。

「悲しいのですか」

「違います、決してそんなことはない。断じて違う」

再び激しくかぶりを振った。いつのまにか自分は庭の中央にしゃがみ込み、両手が勝手に顔をすっかり覆っていた。ともすればひくつき始めようとする咽喉《のど》を懸命にこらえ実朝はどうにか言葉を継いだ。

「姉上が守って下さっていた。ずっと側にいて下さった。その一事がこの身にはたまらなく嬉《うれ》しいので御座います」

思い起こせば自分は実の母にさえそのように接してもらった例《ためし》がない。この姉が悪夢から守ってくれたように両肩を温かく包まれたことなど数えるほども覚えてはいない。脳裏に続いたその言葉を実朝はどうにか呑み込んだ。

けれどこの相手にはそんなすべてが伝わってしまうかのようだった。確かめずともそれがわかった。

実朝がようやく顔から手を離すと、知らぬ間に傍《かたわ》らに戻っていた童女の手がそっとその上に重ねられた。

人のものではないはずのそれはただほんのりと温かかった。己れが今この刹那、この手触りをこそ激しく求めていたことを実朝もついにはっきりと知った。

「母上もきっと姉上にお会いになりたいことでしょう。どうぞ御姿をお見せしてあげては下さいませぬか」

気を取りなおしそう切り出すと、ところが相手は童女のかたちのまま静かに首を左右に振った。

「おそらく今はあの方には私の姿は見えませぬ。けれどその方がよいのです」

そう小さく呟いた瞳にはかすかな憂《うれ》いが兆して見えた。だがその意味を訝ること もせず実朝は、では何故私には見えるのですかと問い返していた。

「察するにそれは、あなたが一度生者と死者との境を越えかけたからでしょう」

いわれて実朝もすぐに悟った。例の疱瘡の折りである。考えてみればあの柔らか な黄色い光に初めて包まれたのもこの時であった。

「あの折りも姉上が助けて下さったのですね。ああ、ではやはり姉上はよき御霊《みたま》に なられたのに違いない」

感極まってそう口にした。ところがこの一言に童女は悲しげに目を伏せた。

「決してそうではありませぬ」

重ねていた指から不意に冷たさが伝わった。

「では我らに災いを為すものなのだというのですか。そのために怨霊《おんりよう》と化し此岸《しがん》 に留まっておられると。私には決してそうは思えませぬが」

すると今度は女童の方が腕を持ち上げ両手で顔を覆ってしまった。小《ち》さな手がい いようもなく痛々しい。やがてその手を解くと童女は苦しげに言葉を継いだ。

「亡者のありようはどう望んでも所詮亡者でしかあり得ませぬ。よくありたいと願うことすら許されてはおらぬ」

「けれど姉上はことあるごとに私を」

「それは――」

反駁《はんばく》しかけた実朝を相手が激しく首を振り遮《さえぎ》った。だが童女はすぐには先を続けなかった。何かが強張る気配があった。

ようやく次の言葉がこぼれたのは重いため息が辺りを震わせた後だった。

「善も悪も正も邪も、実のところ一つのものの裏と表に過ぎませぬ。いえ、この言い方もまた決して正しくはない。何となれば何事にも本当は境目などないのでございます。境目を見つけているのはつまるところ人の心なのでございます」

童女のいう意味は実朝にはすぐには理解できかねるものだった。ただ心という語が最前と同じ鈍さで胸に切り込んだだけである。

此処ではない違う場面でつい最近似たような言い回しを聞いたはずだがと訝って、それが義時の物言いだったと思い出した。その符合を不思議に思いこそしたけれど、その意味するところはやはり実朝には測りかねた。

「あの御方は、人はもちろん我らともまるで違うやりようで来《こ》し方と行く末とをつかんでおられます」

実朝の疑念が通じたのか、童女がまた謎《なぞ》のような文言を重ねた。実朝はわからないと首を振り逃げるように違う言葉を口にした。

「姉上はひょっとして、成仏をお望みになられておられるのでしょうか」

だが童女はそれに応《こた》えなかった。実朝から視線を逸《そ》らし目の高さの虚空《こくう》を見つめるばかりである。取り返しのつかぬ失言をした気がして実朝は慌てた。

「何か私にして差し上げられることは御座いませぬか」

童女はやはり身動ぎすらしない。思案げに眉を寄せるばかりである。また蟬の声が両者の隙間に忍び込む。

「供養のほか、生者が死者に手向《たむ》けられるものなどありませぬ。でも――」

どれほどの間が過ぎた後だったか、ようやく女童がそう口を開いた。でも？と実朝は安堵を隠しながら促した。

「もし叶うなら、そなたの歌を私に捧《ささ》げては下さいませぬか」

お望みならば、と実朝はつとめて穏やかに応じた。

すると童女は、私はそなたの歌がとても好きでございますと呟きながら俯いて頬をほんのりと染めた。

「どのようにすればよろしいのでしょう」

実朝が問うと女童は微笑《ほほえ》んだまま首を左右に振りお任せしますと返事した。

気がつくといつのまにまた相手の姿が揺らいでいた。向こう側にあるはずの山吹の樹がはっきり透けて見えている。それでもなお、声ばかりは途切れることなく実朝の心に飛び込んでくることを止めなかった。

もしそなたがわらわの望みを叶えて下さるというのなら、こちらも一つお約束をお返し申し上げましょう。

千幡殿、そなたがいつか浄土に向かわれるその時は、この身が必ず御供をして差し上げますする。しかと手を取り決して行く先に迷うことなどのないよう道案内を致しますする。たとえそれがどのような道でも必ずやともに参りますする——。

童女の顔のまま相手が柔らかく微笑んでいた。

浄土とは、西の彼方にあるそうですね。

音のない言葉は続いた。いわれてみれば、あの蝶たちが消えたのは日の沈む方角であったようにも思われた。けれどつい先ほどのことだというのにその記憶はもうほとんど定かではなくなっていた。

いつしか宵闇が落ち始めていた。一瞬実朝には自身が四方の方位さえも見失ってしまったかのように思われた。

気づけばこの身は薄暮《はくぼ》にやはり一人きりだった。不意に不安に襲われて、実朝は慌てて立ち上がり山吹の位置を確かめた。

樹は変わらずに鬼門に聳《そび》えていたけれど、童女の姿はとうにどこかに失《う》せていた。

それきりしばし女童が姿を見せることはなかった。実朝はかつてにも増して淋《さび》しい思いで無人の庭に佇むことを虚《むな》しく重ねた。

まもなく月が改まった。

その長月《ながつき》もさらに半ばを過ぎた頃、また一つ坂東《ばんどう》に騒動が起きた。出家していた畠山の末子が謀反を企てたというのである。

幕命を受け同人を捕縛《ほばく》に向かった長沼宗政《むねまさ》なる御家人がこの首級を討ち取り揚々と鎌倉に帰参した。

だがこの報に実朝は労《ねぎら》うより先にまず怒りを顕にした。自分は捕らえるよう命じたのであれば、これを守らず詮議も済まぬうちに命をとるとは何事であるかとじかに宗政を叱《しか》りつけたのである。

ところがこの宗政は畏《かしこ》まるどころか憤然として開きなおった。

捕縛は容易だったが、どこぞの血縁の女房などが助命を嘆願でもすれば罪人が罰せられぬ恐れがあるので、かつて鎌倉殿より直々に海道十五カ国の非違《ひい》を糾《ただ》すことを許された自分がこの手で断罪したのだとまであえて将軍の前で嘯《うそぶ》いた。なるほど宗政は確かに在りし日の頼朝からそのような言葉を賜わっていた。

頰を膨《ふく》らませつつもさらに糾弾《きゅうだん》を重ねようとした実朝にこの男はさらに居丈高《いたけだか》に腕を組み、近頃は誰もが歌や蹴鞠《けまり》ばかりを有難がり地頭《じとう》職も女子供を選んで与えられるような有様で、鎌倉に武を重んじる空気がないのはまったく嘆かわしいばかりであるとまた一層の暴言を吐き捨てて席を立ったと伝わっている。

この一件は、なるほどこの時期に実朝の目が一際《ひときわ》和歌へと向けられていたことの一つの証左ではあるのであろう。だが宗政の非難はむしろ、頼家時代の風潮や北条の専横へとより強く向けられているようにも思える。実際女房の嘆願云々《うんぬん》というくだりは、あの和田義盛の失墜のきっかけとなった誤認逮捕の件への当てこすりのようにも読める。おそらくは義時の描いた幕府の目指す秩序と旧来の御家人らの求めるそれとの齟齬《そご》がこういった形で噴出したと見る解釈の方が、この顚末《てんまつ》にはよほど相応《ふさわ》しいのではないだろうか。

いずれにせよ事件はこの逸話を残しただけで、幕府の屋台骨を揺らがせるような事態にはもちろん至ることもなかった。

ちなみにこの宗政は本件の咎《とが》を受け一時出仕を止められはするが、やはり古参の御家人の一人でかつ同人の実兄でもあった小山朝政《おやまともまさ》の嘆願によりほどなく復帰が叶っている。余人に代わりのきかぬ将軍なればこそ、実朝はこの難詰《なんきつ》の矢面《やおもて》に立たされなければならなかったのだろう。

ただし、実朝が実際この年のうちに自身の和歌を非公式にまとめていたことはほぼ確かだろうと思われる。『金槐《きんかい》和《わ》歌《か》集《しゅう》』の名で後世に伝わる一冊である。歌集の題の一番はじめに冠された金の一字は金偏を指し鎌倉を意味しているといわれている。その次の槐の字はえんじゅという樹のことである。マメ科の広葉樹で夏の時期にほんのりと黄味がかった房を為す白い花を咲かせる。

周代の中国で宮廷の庭にこの槐《えんじゅ》が三本植えられており、役人の最高位の者らは常にこの樹に向かって座る形となっていたという故事から、本朝でも時にこの語は人臣の望み得る最も高い役職である大臣のことを示す言葉として用いられる場合が少なからずあるようになっていた。

ところが果たしてこの歌集、実際にはいつ誰がこのように名付けたものかも定かではない。だがもしそれが実朝自身だったとしたら少々おかしなことになる。

この時実朝はまだ大臣はおろか大納言にすらなっていないのである。彼が矢継ぎ早に昇進しついに右大臣にまで昇り詰めるまでにはまだ五年に近い時が要る。

にもかかわらず自らを槐に喩《たと》えたのだとしたら、いかに将軍の地位にあるとはいえこれは少々不遜《ふそん》なのではなかろうか。我にふたごころなどあるはずがないと、件《くだん》の歌集を朝廷への忠誠を高らかに宣する一首で締めくくった当人にはいささか似つかわしくないようにも思われる。

——ならば何故「槐」などという字が選ばれたのであろう。あるいは木の傍《かたわ》らに佇む鬼、すなわち人ならざるもののかたちがこの将軍の頭の中にあったとしたら。

おそらくその姿は山吹の黄金色を全身にまとっていたに違いない。表立って献じることの叶わぬ相手であればこそ標題にその意を込めたというのは、当時の風習からしてもどうやらありそうなことではある。

だがこれはいささか穿《うが》ち過ぎであるかもしれない。いずれにせよ、その真意を確かめることは最早《もはや》誰にも叶わない。

なお、この歌集には山吹を詠み込んだ歌が十首余りも見つけられる。春の季題の中では桜と梅に次ぐ数である。うち一首には、この花を散らす不意の風に自身の心が騒がせられる様が静謐《せいひつ》な調子で謳《うた》われている。

なるほど山吹の花がたわわな房を為すその満開の頃の様子は、そう思ってみれば槐のそれとどこか似ていなくもないのかもしれない。

師走《しわす》を迎え年号が建保《けんぽう》と改められた。改元はまとわりつく一切を振り払いたいという人心の願いを朝廷が汲《く》んだ結果なのかもしれなかった。そしておそらくは実朝自身もまた新たな区切りを切に望んでいた一人であったに違いない。

だが彼の祈りを嘲笑《あざわら》うかのように、翌建保二年の霜月《しもつき》には京において和田の残党による謀反の企てが発覚した。誅《ちゅう》された中にはあの朝盛の名こそなかったけれど、この事件で頼家の忘れ形見の一人がまた自害を余儀なくされた。源家に恨みを抱きこちら側に留まり続ける呪詛《じゅそ》たちは、未だ鎮《しず》まることなどまるで知らぬかのようだった。

四

最勝四天王院《さいしょうしてんのういん》なる寺が京都にあったと伝えられている。白河《しらかわ》御所のすぐ隣に位置していたらしい。

同寺の建立《こんりゅう》は承元《じょうげん》元年（一二〇七）、後鳥羽《ごとば》上皇の勅願によるものであった。落慶《らっけい》供養は同年の十一月に行われている。これは十七の実朝《さねとも》が疱瘡《ほうそう》を患《わずら》い生死の境を彷徨《さまよ》った、そのおよそ二月《ふたつき》余り前のできごととなる。

また、この造営に伴って障子《しょうじ》和歌というものが選ばれている。全国四十六ヶ国の名所を描いた襖絵《ふすまえ》に、それぞれ時の著名な歌人の手になるその景色を詠《よ》み込んだ和歌が認《したた》められているのである。

各々《おのおの》の画題にまず十人十首の歌が詠まれ、その中から最も優れた一首のみが障子に書かれる栄誉を得たというから、締めて実に四百六十に昇る数の和歌がこのために作られたことになる。なお、一般に障子和歌と称する時には候補までをも含めたこのすべてを指すことが多い。

ところがこの選定はどうやら歌の優劣のみを基準にしたものではなかったらしい。当代一の歌人であった定家《ていか》も選者に名を連ねてはいるのだが、上皇の命でともに作業に関《かか》わっていた秀能《ひでよし》なる人物と歌の評価を巡って揉《も》め事を起こし、やはり選に携わっていた当の上皇から叱責《しっせき》を受けたりもしているようである。

一説にはこの障子和歌、実は上皇の全国支配の野望を託した一種の呪《まじな》いであったらしいともまことしやかに囁《ささや》かれている。

ちなみに上皇がこの寺で夜を明かす際には、四囲にこの襖絵の幾枚かを巡らせた一室がもっぱら寝所とされていたことはどうやら間違いがないらしい。都から始まり西は肥前《ひぜん》から北は陸奥《むつ》に至る国内の要所を写した襖絵に取り囲まれて果たしてこの上皇は夜毎《よごと》何を思うていたのであろう。

さらに不可解なことには、この襖絵の中に鎌倉を擁する相模国《さがみのくに》を描いたものが見当たらない。その欠落が意味するところをどう察するべきなのか。だがこれもまた上皇の胸中と同じほど、軽々しくは断じられぬ内容であろう。

なお、この堂宇《どうう》において経供養等の大規模な法会《ほうえ》が執《と》り行われたことが史料により確認できるのは、建暦《けんりやく》元年（一二一一）の四月と建保《けんぽう》六年（一二一八）の十二月の少なくとも二回が数えられる。不思議なことに建暦元年の祭事の二ヶ月後には実朝は再び急な病を患《わずら》っている。試みに次の祭事の二ヶ月後を見てみると翌建保七年の一月となる。これはいうまでもなくあの鶴岡の惨劇の起きた月である。

この寺には時に夜半過ぎ、人目を忍ぶようにして牛車《ぎっしゃ》が到着し、中から僧形《そうぎょう》の者が人目を忍ぶようにして屋内へ入っていったという噂《うわさ》もあった。さらには件《くだん》の定家が完成した障子絵を見ようと同寺へ足を運んだところ、門は固く閉ざされて開こうとはせず、最後には素性《すじょう》もよくわからぬ者どもに足蹴《あしげ》にされ追い払われるといったような事件も起きているらしい。

あるいはこの場所では、決して公《おおやけ》にはできないような種類の加持祈禱《かじきとう》が行われていたのかもしれない。ひょっとすると幕府を快く思わぬ者たちが膝《ひざ》を詰めるような場面も少なからずあったのではないだろうか。

いずれにせよこの寺が上皇の様々な謀略の拠点となっていたことはおそらく九分九厘間違いのないところではあろう。本堂の建立と前後して西面《さいめん》の武士なるものが新たに置かれていることからも、同時期から上皇側が鎌倉への敵対意識に極めて自覚的であったことは明らかである。

ちなみに西面の武士とは、御所の警護を一応の目的とはしているけれど、その本質は上皇直属の武力集団であった。やがて来《きた》る世にいう承久《じょうきゅう》の乱の際、上皇勢の主力を担うのがこの一軍なのである。

たとえば先の建保二年霜月の騒動も、ひょっとして仔細に火元を辿《たど》ればこの界隈《かいわい》に行き着くのかもしれない。だがもちろん、朝廷と和田の残党との関連を示す証拠は史実には微塵《みじん》も残されてはいない。

余談にはなるが、後に承久の乱で義時を頂とする幕府軍に敗れたこの上皇は隠岐《おき》に配流《はいる》され同地で生涯を終えることとなる。当初は顕徳院《けんとくいん》と諡《おくりな》されていた。けれどこの諡号《しごう》は異例なことに死後数年を経て後鳥羽院へと改められている。徳の字は崇徳院《すとくいん》や安徳帝《あんとくてい》の例を引くまでもなく忌名《いみな》である。歴代の天皇のうちでも特に不遇な最期を迎え怨霊《おんりょう》と化す恐れのあった者に限って用いられていた。せめて一つでも多く徳を積み魂を慰め成仏を促さんという意図であったのだろう。とりわけ皇統に連なる者はその霊力の強さ故に容易に荒御霊《あらみたま》と化すと信じられていた時代であった。

もう一つだけつけ加えれば、あの和田朝盛《とももり》は結局上皇方としてこの承久の乱に加わっている。実朝の死から数えて二年の後の出来事である。もっともその前後のこの人物の動静については史書にはほとんど詳《つまび》らかではない。

建保年間を迎えた実朝は次第に政《まつりごと》に対する熱意を失っていったかのようにも見える。ではより一層和歌などの類に親しんでいたのかといえば決してそうでもなく、むしろ歌を詠むことすら少なくなり、興味はもっぱら仏事や神事へと向けられていたようでもある。

まず二所詣《にしょもうで》を毎年欠かさぬようになった。さらには寺社の建立や普請《ふしん》にそれまで以上に積極的に着手した。財源を巡って幕閣らと対立するようなこともしばしば起こっていたらしい。法会にかかる経費のすべてを私財で賄《まかな》ったりしたようなことも時にはあったようである。

ただし、この背景に鎌倉を襲う天変地異が年を追うごとに増えていたという事情があったことは申し添えておかれるべきであろう。台風は繰り返し坂東《ばんどう》を直撃し、時節を逸した雷雨や雹《ひょう》が降り注ぐようなことがしばしば起きた。地震《ない》も驚くほど頻《ひん》発《ぱつ》していた。原因こそ定かではないが、『吾妻鏡《あづまかがみ》』には深夜にわたり霊社が二度三度鳴動したといった記事も残されている。

同時期の記録にはほかにも幕府の西門に鷺《さぎ》の群れが舞い降りたり、あるいは金星の運行が乱れたりといった変事の記載が見つけられる。あたかもこの実朝の治世には人の手の及ばぬ力が鎌倉を標的と定め絶えず働いていたようにも思えてくる。

悪天候に苦しむ民らの姿に将軍自身もまた懊悩《おうのう》したのか、実朝の和歌の中には八《はち》大龍王《だいりゅうおう》に向け雨を止めるように懇願する祈りにも似た一首も残されている。

そもそもが、当時は天災もまた政のうちであった。天変地異は荒御霊の怒りの発露であれば国を挙げての供養の対象であったのだ。民の苦悩はそのまま治天《ちてん》の君への戒告であった。

だとすれば、鎌倉の長たる実朝が相も変わらずに眠れぬ夜を重ねていたであろうことはやはり想像に難くない。

御所《ごしょ》様と呼ぶ声がどこからか忍び込んでいた。だが人の気配はない。それどころか周囲はまったきの闇《やみ》だった。寒さが身を切るような霜月の夜である。

私は眠っていたはずだ。覚め切らぬ頭で実朝はそう考えた。

わざわざこの夜半に自分を起こそうとするからには、さてはまた何か変事でもあったか。俄《にわか》に立ち昇った不安に駆られまず身を起こそうと肘《ひじ》を曲げかけた。

だがそれだけの動作がたやすくは叶《かな》わなかった。腕のみならず四肢が微塵《みじん》もいうことをきかない。首筋の汗だけが悪寒《おかん》を催させるほどに際立っている。

どうやらこの身はまだ眠りの中にあるらしい。ならばこれはおそらく夢の続きであるに違いない。

眉《まゆ》をひそめてそう訝《いぶか》った時、再び呼ばわる声がした。御所様、御所様と繰り返す響きが次第にぶれて重なっていく。少なくない者どもが四方八方を取り巻いている感じがする。だがそれは決して生者《しょうじゃ》のものではない。実朝には瞬時にそれがわかった。あちらの者らの手触りにはもうずいぶんと慣れていた。

いつぞやと似ている。まるで悪夢が綻《ほころ》んで現世を侵《おか》しているかのようだ。

そう考えた時である。実朝はふと、音を得ぬまま重なった声の中に親しみのある響きを見つけた。忘れるはずのないしわがれた声だ。折り重なった唱和の上に一際重く載っている。

よもやとはっとしてようやく体が起きあがった。声は止《や》まない。それどころかかすかな歓喜の色を帯びさえもする。

目を凝らすとすぐ前に武者装束の一群が座していた。多くが体のあちこちに矢を突き立てたままでいる。目や額から血を流している者もある。その様はさながらあの合戦の直後に焼け残った御所で目にした地獄絵図のごとくであった。

その筆頭に白髪《はくはつ》の影が見つかった。思わず咽喉《のど》が勝手に動いた。

「そなた、義盛《よしもり》か――」

肯《うなず》いた影がゆっくりと面《おもて》を上げた。

「御所様、御久しゅう御座います」

込み上げる怖気《おじけ》を振り払いつつ、実朝はよう参ったなと肯いてみせた。亡者と化した老将は主《あるじ》の仕草に懐かしげに目を細めて返した。だが口元はどこかいびつに歪《ゆが》んでいる。

「侍所別当《さむらいどころべっとう》の責を担いながら一族を挙げ出仕を憚《はばか》り、あまつさえ御所に刃《やいば》を向けたこの身であれば、よもや再びお目通りが叶いますとは、この義盛も露とも思いませんでした」

実朝はじっと相手を見据《みす》えた。怯《おび》える思いはいつか去り、ただ目の前の者らを哀れに思う心持ちばかりが迫《せ》り上げていた。

「義盛、お主《ぬし》らはもう――」

けれどいいかけた実朝を相手が首を振って遮った。

「重々存じております。どうか皆まで仰《おお》せになるな」

亡者はそこで小さく俯《うつむ》くと膝の上で拳《こぶし》を握り、それからくいと顔を上げた。

「我ら和田の一党、決して御所様に謀反《むほん》など起こすつもりは毛頭なかった。こればかりは直々《じきじき》に申し開きを致さなければ我らはどこへも行けませぬ。どうぞこのことだけは覚えておいて下さいませ。それを申し上げたく、今宵《こよい》は一族を挙げこうしてまかりこした次第で御座います」

鋭い目でけれど縋《すが》るように見据《みす》えられ、実朝は唇を噛《か》み首を縦に動かした。

「わかっている。そんなことは最初から承知していた」

義盛は安堵《あんど》に頰《ほお》を緩《ゆる》ませ、けれどすぐ次には再び首を振った。

「かくも有り難きお言葉、恐縮至極に御座いまする。だが所詮《しょせん》この義盛は愚か者で御座いました。あの時は御所様の御敵は義時めであると思い込んでいた。己れの魂がかような有り様《よう》を得るまで、この鎌倉のまことの敵を見抜けなかった」

まことの敵か、と実朝は繰り返した。亡者が大きく肯いた。

「さよう、まことの敵で御座いまする」

亡霊たちはそこで揃《そろ》って項垂《うなだ》れた。気がつけばどこからか啜《すす》り泣きに似た音が忍び込んでもいる。あるいはそれはそちこちの隙間《すきま》を抜ける風の声だったのかもしれなかった。

「よもやこれほどの魑魅魍魎《ちみもうりょう》が鎌倉に災いを為《な》さんとあちこちの谷《やつ》に屯《たむろ》しておろうとは、生あるうちはこの義盛、思いも寄らずにおりました。されどこの身は元より、我が一族には最早《もはや》御所様のお力になる術《すべ》が御座いませぬ。ただ片瀬の浜に虚しくうつろっては消え去る時をば待ち続けるのみ」

そこで義盛の影はまた唇を嚙んで顔を伏せた。啜り泣きは今やひとしお大きくなって、嗚咽とも怒号ともつかぬ響きとなっている。やがて改めて意を決したように老侍の亡霊が首を持ち上げた。

「御所様、どうかお逃げ下さい。一刻も早くこの鎌倉をお離れになるならば、あるいは彼奴《きやつ》らにも手出しができぬのではないかと思われまする。我らが道を示しまする故、何卒《なにとぞ》、何卒」

「義盛――」

実朝は亡者の名を呼んだ。老将がはっと在りし日のままの様子で畏《かしこ》まった。

「私を案じてくれるそなたの気持ち、この身がどれほど有り難く思うておるかはわかって欲しい。この場だけではない。若くして将軍職を継ぎし日より、私は幾度となくそなたとそなたの一族に助けられてきた」

勿体《もったい》のう御座います。義盛に続けて亡霊たちが口々に唱和した。痛々しい歓喜が薄暗い一室に漂っては消えていく。

その間隙《かんげき》を縫《ぬ》うように実朝は続けた。

「だがこの身はどう足掻《あが》こうとも将軍家であることを止められぬ。止める訳にはいかぬのだ。将軍の身が鎌倉を離れるなどもってのほかであることは、そなたらにも容易に察しがつこう」

「しかしながら御所様」

諭《さと》そうとした実朝にだが亡者はただちに反駁《はんばく》した。

「御所様にはまだおわかりにならぬのだ。目に見える敵ならば武士《もののふ》どもが戦える。

たとえ我ら和田が潰《つい》えたとはいえ鎌倉にはまだ三浦も小山もある。北条にも泰時殿をはじめ武名を誇る者は少なくはない」

義盛が仇《かたき》であるはずの義時の息子を誉《ほ》めるのを不思議な思いで聞きながら、実朝は肯いて相手に続きを促した。

「けれどこの敵の手管《てくだ》は違う」

亡者は苦しげに眉を寄せる。

「あれらの刃は目には見えぬ。それが生者も死者も等しく厭《いと》わず隙あらば切り結ばんと待ち受けている。気づけばこれほど恐ろしいものはない。今こうしている間にも、あるいは我らも御所様も彼《か》の者らの呪詛《じゅそ》に刻々と蝕《むしば》まれているのかもしれぬ。いや、おそらくそうに違いない」

実朝は深く肯いた。

「承知している。なればこその和歌であった」

だがもうよいのだ。あるいは実朝はこの時、続くはずだったそんな言葉を呑《の》み込んだのかもしれなかった。

気がつくと義盛がまじまじとこちらを見つめていた。郎党《ろうとう》らの注視も今はすっかりこちらに注がれている。亡者の口から次の言葉がこぼれるまでにはそのまましばしの間があった。

「御所様にはすべてお見通しで御座いましたか」

　当惑に目を見開いた義盛の霊に実朝はもう一度肯いた。

「私はこの現世を貫く理《ことわり》を見極めたいと、この職を継ぎし日より、いや、源家《げんけ》の男子として生を享《う》けたその時から絶えることなく望んできた。であればこそ史書を貪《むさぼ》り歌集を繙《ひもと》いた。主上にふたごころなきことを誓う歌も詠んだ。けれど天変地異は止まぬ。民草《たみくさ》は苦しむばかりである。

　義盛、私にはもう何もかもがわからぬのだよ。現世の裏には生者の手の届かぬ世が拭《ぬぐ》い難く貼《は》りついている。だがその場所までも統《す》べることは、所詮人にしか過ぎぬこの身には到底無理なわざなのだ。この私の虚《むな》しさをもし上皇様が御理解下さるならば、京と鎌倉とが競《せ》り合うことの愚かさもまたわかりあうことができようと、かつてはそう思ったこともあった」

　言葉を切った実朝に、義盛の亡霊は承知しておりまするとでもいいたげな顔で肯いてみせた。

「だがその望みさえ儚《はかな》かった。上皇様にわからぬものであれば義時ではなおさらであろう。私はただこの身一つでこの鎌倉を支えるしかないのだよ」

「御所様、もう十分で御座います。あの義時めならば、御所様なくとも鎌倉を守り抜く術を必ずや見つけ出しましょう。あれはそういう男です。

ですが我らは是が非でも御所様御自身を御助け申し上げたいので御座います。このままではまたいつ何が、とりわけあの西の御方の、上皇様の呪詛が御身《おんみ》を襲わぬともわかりませぬ」

一人得心《とくしん》したように首を縦に動かしながら義盛の亡霊は居住まいを正した。

「訊《き》けば御所様は浄土に至ることをお望みとか」

さては姉上と話したか。互いに等しく亡者と化した者たちならば、どこともつかぬ場所で相見《あいまみ》えていたとしても不思議はないか。そうは思いもしたけれど口には出さず、実朝は諦《あきら》めたように首を振って義盛に答える言葉を探した。

「しかし、浄土とは生きながら訪《おとの》える場所でもあるまい。となれば所詮は叶わぬ望みでしかなかろう」

「それはこの身にはわかりませぬ。ただ義盛めにわかるのは、この鎌倉にわだかまるものらがこぞって御所様に仇《あだ》を為《な》そうと手薬煉《てぐすね》引いておるということばかりで御座います。何処《いずこ》へでもかまいませぬ。どうぞお逃げ下さいませ。我ら和田の一党が、何としてでも御所様に進むべき道を御示しして進ぜましょう」

そういうと義盛は膝を持ち上げ立ち上がった。平伏していた亡者らの一党がただちに続いて身を起こす。どこからともなく鬨《とき》の声が上がり、強風にも似たその響きが次第に大きくなっていく。気づくと戸障子が震えていた。

不意に目眩《めまい》を覚え実朝は右手を運び両目を覆った。だがその手をもう一度離した時には目の前の一群はすっかり失《う》せていた。

それだけではなかった。気づけば己れの身は床に横たわったままだった。目に映るのは黒々とした天井板ばかりである。

眉を寄せ改めて身を起こした。だがやはり義盛らの姿形は最早どこにも見つけられはしなかった。

すべてが夢であったのか。胸の中で呟《つぶや》いて実朝はふと深夜の冷気に肩を震わせた。まだ亡者たちの気配が部屋中に蒸せ返るほど漂っている気がしていた。

この霜月が押し詰まった二十五日、幕府は俄に大規模な法会を執り行った。夢想を得た実朝が和田一族の鎮魂《ちんこん》のために催したものだと伝わっている。

ところが明けて建保四年（一二一六）の正月、坂東にさらなる変事が起きた。今度の舞台は江ノ島である。

江ノ島は元々はその名の通り相模湾岸に浮く島であった。ところが一夜にして海底が隆起しこの島と陸とを一筋の道で繋《つな》いだというのである。界隈《かいわい》は大変な騒動となり、幕府からもただちにあの三浦義村が検分のため現地へと派遣された。

もちろんことの真偽は定かではない。今となっては確かめる術もない。

ただ一つつけ加えることができるとすれば、海上に忽然《こつぜん》と現れたこのまっすぐな道の陸側の一端が、和田の一族の首級《くび》が晒《さら》されたあの片瀬の浜であったということだけであろうか。

義村の報告からほどなくして、今度は実朝の御台《みだい》が彼の名代《みょうだい》として同地に足を運んでもいる。海上に忽然と現れた道は、岸から見ればあたかも躊躇《ちゅうちょ》なく海の彼方を目指しているようにも見えたに違いない。その光景はおそらく御台の口から実朝にも知らされていたことだろう。

春を迎えた御所の庭先は実朝の気分とは裏腹に華やか過ぎるほどであった。梅もまだ残るうちから桜の花が咲き誇り、小手毬《こでまり》も山吹も時節を迎えた喜びに身を捩《よじ》るかのようにそちこちで綻びかけている。

その山吹の枝垂《しだ》れた蕾《つぼみ》の作り出した淡い黄色の霧の中には、決して余人の目には映ることのない童女の姿が戯《たわむ》れている。童《わらわ》の周りには同じ色をした蝶《ちょう》が数匹、揶揄《からか》うように近寄っては逃げることを繰り返している。

庭石に腰を下ろし実朝はその童女に声をかける。

「果たして義盛はこの私に何を示したかったのでしょうか。いや、あれはまことに義盛であったのかさえ、今となっては私にもよくわからぬのです」

一度はそう呼ぶことこそしたけれど、この相手に姉上と呼びかけるのは実朝にも何故《なぜ》だかやや躊躇《ためら》われていた。かといって以前のように目下の者に対するような物言いを続けることもどこか座りが悪く、あれ以来この童女と話す際には言葉に戸惑うことが常だった。

けれど童女はそんな実朝の懊悩など意にかける素振りも見せず、ただ一心に蝶を追うことを重ねたままでいる。

「鎌倉から出て海を目指せと、あるいは義盛は私にそういいたかったのか」

仕方なく独り言のように呟くと、空に伸ばしていた手を止めてようやく童女が振り向いた。次の刹那《せつな》には童のかたちはたちまち己れの傍《かたわ》らにいた。

「わらわに答えを御求めか」

気紛《きまぐ》れな相手を腹立たしいような同時にいとおしいような気分で見下ろしながら実朝は静かに肯いた。女童《めのわらわ》もまた同じ仕草で応えた。

「なるほど義盛殿は今なお辺りを彷徨《さまよ》っておられる。けれど天寿を全《まっと》うできなかった魂の行く末とは得てしてそのようなもの。いずれ時が訪れればすべてのよすがを振り切っていよいよ新たな地に召されまする」

「彼岸《ひがん》ということでありますか」

すると童女は首を傾《かし》げてぎこちなく笑った。

「それをわらわにお尋ねになるとは御所様にはいささか意地が悪うございます。この身もなお義盛様と等しく未《いま》だあちらに運ばれぬ身であればどうしてその先を知ることが叶いましょうか」

童女はそこでかすかに顔をしかめて続けた。

「けれど御所様があの者どもの正体を御疑いなさるのもあながち的《まと》を外れたことでは決してない」

気づけばまだいたいけなはずの瞳《ひとみ》に鋭利さに似た気配が差している。

「かたちを失った亡者らはいともたやすく他と交わりまする」

「それは果たしてどういうことでありましょう」

今度は実朝が眉根を寄せる番だった。童女も言葉に迷うように唇をすぼめた。

「たとえば御所様は義盛殿の忠誠を露ほども御疑いではありますまい。彼の者が決して御身を怨《うら》むはずはないと、どこかでそう信じておられましょう」

「いかにも」

実朝が首を縦に動かすと童女もまた同じことをする。

「しかしながら、では義盛殿の御子息らはいかがでしょうか。あるいはあの戦《いくさ》で討ち滅ぼされた、たとえば横山の一党らは。でなければ御所様に末路を明かされた宿直《とのい》の二人でもよろしゅう御座います。

いずれにせよ皆あの戦で討らずも命を落としてしまったことには大差ない。

果たして御所様はこれらの者もまた、義盛様と同様何があっても鎌倉を、ひいては御所様を怨みに思うことなどないと、そういい切ることが叶いますでしょうか」

いわれて実朝は和田の息子らの顔を思い浮かべてみた。なるほど武勇の誉《ほま》れ高かった義秀などは、和歌や神事ばかりを重んずる実朝を時に不遜《ふそん》な目で見るようなことも決して皆無ではなかった。

そんなことを思い出してしまえば相手の問いに肯くことはできなくなった。その表情に童女は当《とう》を得たりという顔になった。

「たとえ義盛様の形《なり》をしていても、それが在りし日とまったき同じ義盛様と断ずることは決して叶わぬのでございます。亡卒《ぼうそつ》らが群を為して現れたのがある意味ではその証左でありましょう。

あるいは義盛様自身も気づかぬままに、義盛様のかたちには有象無象《うぞうむぞう》が入り込んでおったのかもしれませぬ。それはいつぞや、わらわが貴方《あなた》の姉であった在りし日の私とは決して同じものではないと申し上げたのと似ています」

「ではあの者の物言いを鵜《う》呑《の》みにする訳にもいかぬということですか」

問い返して実朝はふと、今の己れの言葉がまさに等しく目の前の相手にも当てはまるのだと気づく。その思いを察したように童もいびつな笑いを返す。

「いかにも。すべては所詮御所様の心が見ているだけのこと。何が真《まこと》で何が偽りかを決めるのもまた御所様よりほかないのでございます。

しかしながら嘘《うそ》と真との関わりもまた、いつぞやお話しした正と邪のありようにとてもよく似ています。偽りとはそもそも真のない場所には決して生まれることができませぬ。いわばこれは形と影のようなもの。ですから嘘の中にはすべからく、わずかながらは真の名残《なごり》が拾えるものでございます」

そこで童女は首を傾げると思いついたように片方の手を伸ばした。その先には一匹の蝶がいた。

目はその蝶を追いかけたまま童女が先を続けた。

「ただ一つ申し添えるならば、血の繋がりなるものは現《うつ》し身を失った後も人と無縁ではないということでございましょうか。それどころか生死を問わずより強く呼び合うようでございます」

だがこれには実朝もさすがに首を捻《ひね》るよりなかった。

「つまりはどういうことであろう。姉上は何を申されたい」

もとより女童の言葉には時に摑《つか》み難いところがありはしたが、ふとぶれた話題にまず戸惑いが起きていた。けれど女童はすぐには返事をしなかった。不意にその双《そう》眸《ぼう》に暗い影が差したようにも見えた。

「なべて生とは不思議なもの。なるほど義盛殿の亡霊が申したように、死すればこそ見えるものどもというのもこの世には確かにあるのでございましょう。

たとえば御所様の一部はかつて唐《から》の国にあり、数多《あまた》の僧侶《そうりょ》を従えて人里を離れた深山《しんざん》に暮らしておられたと申し上げたら、御所様はお信じになられますでしょうか。けれどその僧の在りし日のすべてが御所様となられた訳では決してない。御霊《みたま》のそういう有り様を、御所様には思い描くことが叶いますでしょうか」

実朝は首を傾げて応じた。だがかまわずに童女は続けた。

「人は境目の内と外とを求めまする。けれど御霊には境に捕らわれることなど本来ないのでございます。よし御所様がその境目を越えるならばその時すべてが見えましょう。そしていずれそれは必ず訪れるのでございます。わらわはその日まで御所様の傍らにおりまする」

その言葉をやはり嬉《うれ》しくは聞きながら実朝はふと思いついて己れの奥底を覗《のぞ》いてみた。すると不思議なことに見たはずもない山中の様子が甦《よみがえ》るような心地がした。霧に煙るその景色の只中《ただなか》に我が身はあった。その己れが少なくない僧侶らに慕われていたような感覚さえ懐かしさを伴って湧《わ》き起こってくるようだった。

「面白いものだな。とするとこの身に宿り吾をなす御霊がかつて宋国《そうこく》の山中で薪《たきぎ》を樵《きこ》っていたとはこの鎌倉の誰も知らぬという訳か」

だがなるほど、人の生とはなべてそういうものかもしれぬ。声には出さずそう胸中で続けながら実朝は小さく笑った。どこか諦めたような笑みだった。

女童も同じ笑みを浮かべていたのだが、やがてそのまま少しずつ宙に溶け出した。声をかけたが答えはなかった。やがて童女の姿が消えたその先には、山吹の蕾《つぼみ》が一つ、最前よりほんのわずかに綻んでいた。

陳和卿《ちんなけい》という男が鎌倉を訪れたのはこの年の水無月《みなづき》のことである。名から明らかでもある通りこの男はそもそもは宋の生まれであった。遡《さかのぼ》ること三十六年前、朝廷が平重衡《たいらのしげひら》の手によって焼失した東大寺を再建した際に鋳造の技術者としてちょうど来日していたこの陳を雇い入れた。以来男はこの国にいた。

その東大寺の落慶供養の折のことである。当時存命だった頼朝が奈良の地を訪れて思いつき陳和卿との面会を望んだ。ところが和卿はこの申し出に、頼朝は数多の犠牲の上に今の地位を築いた身であれば、その気配は血と怨みとに塗《まみ》れているとして頑《かたく》なに会うことを拒んだという。そういう経緯がある相手であったから鎌倉側にしてみれば決して歓待できる客ではなかった。

とはいえ要人は要人である。和卿はひとまずあの広元《ひろもと》の差配で八田なる者の屋敷に留め置かれた。すると今度は陳の方から将軍実朝との面会を強く求めてきた。

先の頼朝との挿話からも明らかなように、この陳和卿という男、どうやら一筋縄では扱い切れぬ性格の持ち主ではあったらしい。この気質が災いし都の辺りで食い詰めて、仕方なく職を求めて坂東に流れてきたというのがこの来訪の真意であったのだろうとも窺《うかが》える。

陳は建築のみならず造船にも通じていた。これが実朝の興味を引き、やはり広元の執り成しもあってほどなく面会が実現した。

この対面の席でところが和卿は実朝の顔を目にするなり突然はらはらと泣き出した。いわく、自分はかつて医王山《いおうさん》なる聖地で修行したことがあり、その折りに仕えていた高僧が実は実朝であったというのである。よもやこんな場所で再会が叶うとは、と次第に声を震《ふる》わせたこの宋人は、最後には感極まったとばかりにその場で身を捩ることまでもした。

もちろんこれは今生《こんじょう》の話ではない。何より実朝は生まれてから今まで箱根より西には足を踏み入れたことがないのである。ところが義時や広元といった列席していた面々が鼻白《はなじろ》んだその時だった。さようであるか、と静かな声で実朝がいった。

将軍の目が宋人を見据えた。何かを見極めんとでもしているようだった。

なるほどその山の景色なら幾度も夢に見た。吾はそこで多くの弟子らに囲まれていた。いわれてみればその方《ほう》の顔にも見覚えがある気がしないでもない。

そう言葉をかけた実朝の鼻からは、だが、余人には意味のつかめぬ小さな吐息が漏《も》れていた。

この地を逃れよ、と義盛の亡霊は囁いて海の彼方を示した。我が身はかつて唐の国にあったと童は教えた。

そして今その国の者が、大海を渡るに足る船を造れるだけの技を携えこの鎌倉に訪れた。しかも男は我が前世を知っているとまで口にする。

庭石に座り頬杖《ほおづえ》をつき実朝は一人思い悩む。

浄土とはいずれ西の彼方にあるのであったな。だとすれば、つまりはそういうことなのか――。

気がつけば傍らにはいつのまにか童女がいる。

どうかここから逃れて欲しい。

ふと童女がそういった気もした。だがそれは義盛の亡霊の言葉の残滓《ざんし》なのかもしれなかった。

「私はどうすればよいというのだ。海に出ればいつか浄土に辿りつけるのか」

意を決し問いかけるが女童はすぐには応えない。しばしの沈黙の後、ようやく小さな唇が動いたかと思うと苦しげに言葉を吐き出した。

「わらわに申し上げることのできるのは所詮谷《やつ》にわだかまるものどものことばかりでございます。入道（清盛）や大天狗《おおてんぐ》（後白河院《ごしらかわいん》）、その他諸々《もろもろ》の有象無象の怨念《おんねん》が父上のみでは飽き足らずそなたの首までをも篤《あつ》く求めておりまする。このままでは決して御所様の心が休まることはない」

「では貴女《あなた》も海に逃れよと申されるのか」

問い返した実朝に童女は再び口を閉ざす。次の言葉まではまた短い間があった。

「わらわは浄土を希《のぞ》みこそすれそれがどのようなものであるかも知らぬ」

そこでもう一度女童は間を置いた。

「けれどもし、その御霊がこちら側に思いを残すのであれば決してそこに辿りつけることはない。そう聞いたことはございます」

「思いを残すと申されたか」

「すなわち未練ということでございます。後ろ髪を引かれればどこへ逃れようといずれは今いる場所へと引き戻される。これは明らかな道理でございましょう」

そこでふと実朝の脳裏には別の疑問が湧いてきた。一瞬の躊躇こそしたけれど、実朝は結局その問いを口にした。

「ならば姉上、貴女が今なおかたちを私に見せられるほど、それほど強く未練を残された思いとは、果たしていったい何なのでございましょう」

するとくと女童ははっと目を見開いて実朝の瞳を覗《のぞ》き込んだ。何かを探すような眼差《まなざ》しだった。それから童女は立ち上がると、あの山吹の根方に進んで枝の一本に手を添えた。

「この樹《き》が私を捕らえていると、いつぞやそのように申し上げました」

御記憶ですかと問いかけて、その時だけ童女の瞳は実朝に向いた。肯いて返すと相手は再びいとおしそうに山吹の幹へと視線を戻した。

「かつて我が想い人はこの山吹を橘《たちばな》に見立て、一枝を折り、約束の証《あかし》にと私に下さったのでございます。この国の行く末を、あの方の父君が蒔《ま》いた種がどのような花を咲かせるかを見届けて欲しいと、それが済んだらその時に再び相見《あいまみ》えましょう、あの世とやらで真の夫婦となりましょうと、あのお方はそういわれた」

聞きながら腰を持ち上げて童女の後を追いかけていた。実朝もこの姉と清水冠者《しみずかじゃ》義高《よしたか》との経緯は義盛の昔語りに聞いていた。気づいた相手が振り仰いだ。

「それが姉上の未練なのですね」

肯いて応じた童女の瞳にはいつしか涙がたまっていた。何ものをも濡《ぬ》らすことのない雫《しずく》が頬から袖《そで》を伝って絶え間なく地に落ちていく。

「どうすればよいのでしょう。あの方を御供養すればよろしいですか」

すると今度は童女は首を左右に振った。

そうではないのです。答えて相手は再び実朝の目を覗き込んだ。

どうぞたった今御心に浮かんだ御言葉を賜《たま》わりたく。どこからともなく言葉がそう響いた。実朝は身構えて無心を願った。

すると言葉が淀《よど》むことなく舞い降りてきた。歌を詠む時、それも会心の一首が生まれる時ととてもよく似た具合だった。

わかれじの今はゆくへをしらぬかな。

唇が勝手にそう動いていた。まるで己れの内側にいる見知らぬ誰かが口ずさんだかのごとくであった。

あふせもしらぬ袖のうへかな。

童女がそう呟いたようにも思われた。

見ると相手の顔には満足げな笑みが浮かんでいた。実朝が膝を曲げ目の高さを合わせると童女の手がそっと頬に伸びた。

「そなたが生を享けしちょうどその頃宙をたゆたっていた魂のかけらがそなたの一部となりました。あるいはそれは、見るべきものを見届けて空へと還《かえ》ったあの方の最後の名残であったのかもしれませぬ。

けれど計らずもそれが私をこの地に留《とど》めてしまった。役目を終え肉体も潰《つい》えたというのに立ち去ることができなくなった。

無論わらわを為しているものはそればかりではないのだけれど、私の未練はただその一事。これぱかりは決して他と交わらぬ私だけのもの。

だからこそ、でございました。

あの約束がこの口からこぼれた。そなたと手を取り合って参れるのなら、たとえ黄泉路《よみじ》でも私は決して怖くはありませぬ」

そこまでいうと首を振り童女は両の手を差し出して実朝に抱き上げられることをせがんだ。そんなことは初めてだった。

実朝は腕を伸ばしてその体を持ち上げた。

確かにそこに見えるのに童女の体には重さと呼べるものがほとんどなかった。ただ外気とは明らかに異なる仄《ほの》かな熱がその場所にはしっかりとあった。気がつくと童女はうっとりと目を閉じていた。

この建保四年の七月に実朝は不意に相模橋へと出向いている。頼朝の落命のきっかけとなったあの落馬事故の現場である。除咒息災《じよしゆそくさい》を願う六字河臨法《ろくじかりんほう》を修《ず》する目的であったと伝わっているが、その真意は定かではない。

あるいはすでに実朝の目は、死者も生者も、あるいはそれらにまとわりつくよすがのすべてをも見通すだけの力を得ていたのかもしれない。

だとすればかつて父に災いを為し、ひいては今なお鎌倉の地に留まって祟《たた》りを為さんとする荒御霊の正体を是が非でも見極めんと欲し、自らの足で彼の地に出向くことを決めたのかもしれない。

少し前に姓を大江と改めた広元が、折り入って申し上げたき儀が御座いますと実朝に面会を求めて来たのは長月のことであった。

先だって権中納言《ごんちゅうなごん》となり間を置かず中将の位を得たばかりだというのに、実朝はさらに右大将への任官を求める書状を朝廷に奏していた。

だがこの性急さを訝しく思い、同時に都に伝わるという官打《かんう》ちなるわざを懸念した執権義時が、実朝に現職の辞退を打診するため広元を派遣したというのがこの時の次第であったようである。

官打ちとはいうなれば朝廷の行う呪詛だということであった。分不相応の冠位を与えることで呪うべき相手の肉体を害することができるとされていた。

広元は実朝に一礼すると、亡き頼朝を引き合いに出し、まるで自ら相手の呪術を誘うような実朝の行為を穏やかに諌《いさ》めた。なるほど頼朝は念願の征夷大将軍を得た後は他の官職のすべてを辞していた。鎌倉に君臨するには将軍でさえあればそれで十分だったからである。

この諫言《かんげん》を聞き終えた実朝はしばし静かに目を閉じた後、ため息に似たけれど静かな決意をはっきりと秘めた声音で広元に答えた。

広元よ。源氏の血は私で絶えるのだ。これはそなたもすでに察しておることであろう。残念ながら私には子ができぬ。あの疱瘡の折りよりすでにわかっていたことだった。思い起こせば実はあれが最初の呪いであった。もっとも当時のこの身は疑うことさえ知らなかった。

無論私とて人の子である。亡き父やでなければ母の胸中を思えば彼らの血を残してやれぬことが心苦しくない訳がない。

だからこそなのだよ、広元。ならばせめてこの命あるうちに望み得る限りの地位を求め源氏の家名を高めたい。私は心底そう願っているのだ。それゆえの右大将であり、いずれは大臣をとまで望むのだ。広元、それでもお主は私を諫めるか。

常に物腰の穏やかだった実朝にはついぞないほどめずらしく、言葉は先へ行けば行くほど急ぎ足となった。そこに潜《ひそ》んだものを察して広元も声を失った。

それきりしばし沈黙した主従は、やがてどちらからともなく互いに首を左右に振った。そのまま広元は主の前に平伏して長いこと頭を持ち上げずにいた。鎌倉開府より一貫して政の中枢を担ってきたこの老賢者にも、さすがにこの時ばかりは返す言葉が見つけられなかったのであろう。

その実朝が突然例の陳和卿に宋船の建造を命じたのはこの年の霜月が押し詰まった頃である。目的は将軍自らが宋に渡るためであった。

実朝は少し前からこの望みを胸中に温めていたらしく、供として連れて行く六十人余りの人選までをも済ませていた。造船の奉行《ぶぎょう》には結城朝光《ゆうきともみつ》が任じられた。寂寞《せきばく》とした肌寒い砂浜にたちまち木材が堆《うずたか》く積み上げられた。由比ヶ浜には陽《ひ》のあるうちは人足らの姿が絶えることはなく、風向きによっては時に御所にまで鎚《つち》の響きが届くようなこともあるようになった。

実朝当人はともかくとして、果たして義時や広元ら幕府の重臣たちはどんな思いでこの工事を見守っていたのであろう。

一旦《いったん》宋に渡ったならば二年や三年という単位では到底戻って来られるはずもない。穿《うが》って見れば、この所業はいわば将軍が自ら鎌倉を捨てると声高に世間に宣したにも等しいものなのである。源家将軍の持つ意味を誰よりもよく知る義時であればその懊悩は察して余りある。

尼御台《あまみだい》こと母政子や、あるいは渡宋計画の人選に加えられることのなかった実朝の御台なども、決して諸手《もろて》を上げて賛成し刻々と形を為していく船の姿を高揚とともに見守っていた訳ではなかったであろう。ひょっとすると実朝自身でさえかすかな躊躇を抱えながらの日々であったのかもしれない。

重く垂れ込めた空の下、人々の思いは宙に霧散し木造の巨大な形の回りを右往左往していたに違いない。あるいははじめからそこにわだかまっていたものたちとも交わっていつか渾然《こんぜん》と相模湾を臨む浜にうつろっていたのかもしれない。

工事は年が変わり真冬が終わってもなお続いた。ようやく卯月《うづき》を迎えた頃になってついに唐船《からふね》がその雄姿を現した。後は水に浮かべるだけという段階となり、進水が十七日と定められた。

ところがその当日である。百人を超える人足が正午から四時間あまりをかけ綱を引いたにもかかわらず、この船が浜から動くことはとうとうなかった。変わったものといえば陣頭を指揮した朝光の顔が時を追うごとに青ざめていったのみという有り様である。やがて陽が落ちてついに作業は断念された。

遠浅の由比ヶ浜が大きさのある船の進水に適していなかったとか、あるいは建造に携わった船大工らの中に何者かの意を受け船が動かぬよう細工を施した者がいたとか、この顚末《てんまつ》の原因については後世にわたり様々な推測が為されてもいる。

実朝もまた牛車に乗り浜に出てこの一連を見届けていた。

渡宋の日を誰よりも心待ちにしていたはずだったものが、作業が放棄された後も将軍はさして落胆した様子を見せることもしなかった。唇を嚙み項垂《うなだ》れた朝光を宥《なだ》めた声はむしろ慈《いつく》しみさえ帯びていた。

あるいは実朝の目には終始、巨大な唐船を浜に押し留めんと軍勢を為し襲いかかる亡者らの幻が映っていたのかもしれない。その正体がなんであれ、もし亡者らに一夜にして陸と島とを結べるだけの力があるのなら、たとえそれがどれほどの大きさであったとしても、船一艘《そう》を浜に釘付《くぎづ》けにするくらいはたやすいことであったのかもしれない。

この日の夕陽はあたかも血潮のごとく、殊《こと》の外《ほか》赤かったと伝わっている。

その夜である。実朝は眠りに身を任せることが叶わずにそっと床を抜け出していた。そんな振舞いに及んだのはあの青女と見《まみ》えた折り以来であった。

息を殺し人目を忍び実朝は御所をも後にした。目指す先は由比ヶ浜である。若宮大路を下るうち波の音が近づくほどに四肢は勝手に先を急《せ》いた。足元が砂地に変わる頃にはいつしか駆け足になっていた。春だというのに汗を掻《か》いた。

浜辺にはそうあるべく定められていたはずの役割を果たすことができなかった巨大な建造物が昼間と寸分変わらぬ姿を月明かりに晒《さら》していた。

砂の上に立ち尽くし実朝は船を凝視《ぎょうし》した。

この方法ではないということか。やはり浄土へ至る道は――。

胸に浮かんだその問いを誰に向ければよいものか。義盛なのかあの童か。

それともまるで違うほかの何ものかなのか。それが実朝にはわからなかった。なるほどそれしかないのであろう。だが不意に答えの方が向こうから進んで降りてきた心地がして思わず実朝は苦笑した。気づいてみれば今更言葉になどせずとも昔からわかりきっていたことだった。

思いを残さずに滅するほか、浄土に迎えられる術など有り得はしない。その途端だった。実朝には不意にすべてが見えた気がした。

己れの中に流れるあらゆる生と死とがまざまざと感じられていた。そればかりではなかった。そこには肉体の境を越え綿々《めんめん》と流れる何かがあった。それが四囲から押し寄せてこの身を押し潰《つぶ》さんと迫ってくる気がした。

肉の内に留まったまま己れは散り散りとなり、ある者は黄色い花の下で稚児髪《ちごがみ》の童女と戯れていた。別の己れは霧深い山中を薪を求めて彷徨っていた。戦場《いくさば》に立つ己れもいた。深山の湯に身を浸し寒さを耐える己れがいた。来《こ》し方も行く末もかかわりなく、それらのすべてがこの身の中で渦を巻いていた。あの童女の言葉と同じ手触りで、その記憶とすら呼べぬ何かは脳裏を駆け回って止まなかった。

そしてこの時おそらく彼は己れの死に様を知ったのに違いない。あの和田合戦の前夜宿直の二人の背に見つけたものと同質の何かがしっかりと自身の首にまとわりつき機を窺っていることをひしと感じとったに違いない。

無人の浜に立ち尽くし実朝は突然叫び出した。決して言葉にはならない種類の声だった。嗚咽《おえつ》とも哄笑《こうしょう》とも違う。己れの咽喉はこのますべてが割れて砕けて裂けてしまえばよいのにとさえ思った。

やがて膝がゆっくりと折れた。両の手が静かに砂の上に置かれる。かすかに湿った地面が手のひらの下から貼りついてくる。その砂地を必死で握り締め実朝はなおも叫び続けた。けれど深夜の波が轟音《ごうおん》とともに押し寄せては去ることを繰り返し将軍の悲鳴を掻き消していた。この夜の彼の声は何処にも届くことはなかった。

皐月《さつき》になり、鶴岡八幡宮の別当を務めていた定暁《ていぎょう》なる僧侶《そうりょ》が腫瘍《しゅよう》を患い亡くなった。これに伴い近江《おうみ》は三井寺《みいでら》にあった頼家の遺児公暁《くぎょう》が呼び戻され同職を継ぐ次第となった。

この一連に差配を振るったのは尼御台こと政子であった。

政子にとって修禅寺に横死《おうし》した頼家はこの上なく不憫《ふびん》であったに違いない。しかもこの時に至るまで彼の遺児たちは次々と不慮の最期を遂げているのである。残された頼朝の血を受け継ぐ数少ない孫の一人を自身の目の届く場所に置いて見守りたいというのは人として当然の情であったと思われる。

だがこの公暁が三井寺で果たして何を修めて来たのかは余人の知るところではなかった。六月にはもう公暁は鎌倉に帰参し別当職を拝命した。そして十月、この前《さきの》将軍の忘れ形見は宿願成就の祈願と称して千日の行《ぎょう》に入ることを宣言した。ほどなく彼は剃髪《ていはつ》も止めた。そのうえ髭《ひげ》も伸ばし放題という有様で、次第に僧侶にはあるまじき風体《ふうてい》となっていった。青年期を迎えたこの破戒僧《はかいそう》には父親の面影《おもかげ》が驚くほど色濃くあった。

公暁の変貌《へんぼう》の間にも実朝の昇進は続いた。明くる建保六年（一二一八）一月には権大納言《ごんだいなごん》となり三月には左近衛大将《さこのえのだいしょう》に任ぜられ、十月には内大臣を拝命した。そして念願であった右大臣推挙の報《しら》せが届いたのはその翌月のことであった。

「時が近づいて参りましたようでございます」

冬枯れの御所の庭である。童女はまるで幼児を気遣う母親のような風情で実朝の手を引いている。夕刻の陽射《ひざ》しが二人の濃淡の異なる影を地に長く引いている。

「そのようだな」

「これで思い残されることはないのでございますね」

童女の言葉に実朝が肯く。それから二人は揃って西の彼方を見やる。その先に何ものにも替え難い何かを見つけたような表情でうっとりと陽の沈む様を見つめる。

風が静かに吹き抜ける。童女のかたちを揺らがせて、その隣にいる実朝の輪郭《りんかく》さえをも一緒に歪めてしまいそうになる。

「よし我が首を捧《ささ》げることで、それが何であれこの鎌倉に留まったまま災いを為すことを止めぬ荒御霊どもを鎮《しず》めることができるならそれもよかろう。むしろ将軍家としては本望である。いかな苦行も、心のありよう一つで悟りの契機とすることが叶うのだろう」

一人実朝が肯いた。言いながらも彼は童女を向くこともしない。童女もまた返す言葉を継ごうとはしなかった。

やがて陽が角度を変え並んでいた両者の影を一つに溶かした。二人の間には最早それ以上のやりとりが交わされることもなかった。


右大臣拝賀の式典は建保七年（一二一九）正月二十七日酉《とり》ノ刻（午後六時ごろ）よりと定められた。真冬であればすっかり暗い刻限である。慶事にはそもそもどこか似つかわしくない次第ではあった。

実朝が御台の寝所を訪《おとの》うたのはこの前夜のことである。薄絹の帷子《かたびら》に身を包んだ御台は両手をついて夫を出迎えた。

御台の酌《しゃく》で久し振りの酒を嗜《たしな》んだ実朝はつと手を伸ばし相手の頬に触れた。

済まなかったな、と小さな呟きが将軍家の口から漏《も》れた。御台はただ首を横に振って応じた。

男女の契《ちぎ》りこそ絶えて久しくなかったとはいえ二人はやはり夫婦であった。それだけで何かが伝わった。

静かに床をともにしながら目を開き天井を眺めていた実朝がふと漏らした。

許して欲しい。だが私には、この身が現《うつつ》を生きているのかそれとも夢を生きているのかさえついに定かとはわからなかったのだ——。

きっと私も似たようなものなのでございましょう。御台は実朝の胸に縋《すが》り目を閉じたままそのように応じた。

妻にならって実朝もまぶたを閉じてみた。そうすると己れがただ漆黒《しっこく》ばかりの中に漂っているようにも思えた。昔からずっとそうしていたようでもあった。

それでも御台と添い寝していれば不思議に悪夢の気配は感じなかった。むしろ傍らに寄り添った人肌の柔かい温《ぬく》もりだけがこの世界で唯一確かなものであるようにも錯覚された。

深く重い息が実朝の口からこぼれた。けれど御台は気づかぬ振りをした。あるいは眠ってしまっていたのかもしれなかった。

当日は折り悪《あ》しく朝からの雪となった。おぼろげな重たい雪は吹雪《ふぶ》くというほどでもなく、かといって止むことはすっかり忘れてしまったかのように降り続け、やがては二尺を超えようかという積雪となった。

正午を過ぎ、御所には三々五々御家人《ごけにん》らが祝辞を述べに現れた。

この右大臣昇進により実朝は衣冠の上ではついに父を凌駕《りようが》したこととなった。武門に限れば彼の入道清盛《か》の太政大臣《だじようだいじん》に次ぐ地位である。鎌倉にあったままでの任官であれば、ここより先を望むことはほとんど無理だといってよかった。

つまりはこのような催しは次にいつあるかもわからないということである。御家人らからしてみれば、家名のためにもこの拝賀には是が非でも参列したいところであったのだが、この時は何故か境内《けいだい》にまで供をできる人数が極めて制限されていた。仕方なく彼らは、せめて御所から出発する将軍家の姿だけでも間近に見ようとこぞって足を運んだのである。

先般より長らく患っていた病の床からようやく起き上がったばかりの大江広元もこの日御所に馳せ参じた一人であった。幸い命こそどうにか取り留めたものの広元はすっかり視力を失っていた。

実朝は式典に備え満座の眼前で髪を結いなおさせていた。一同には声を発することも躊躇《ためら》われ、場には座りの悪い沈黙が満ちていた。

ふと鬢《びん》の一筋が櫛《くし》にほつれて実朝の顔の前に落ちた。将軍が手を動かしてこれをつまむと、気づいた従者が慌てて失礼致しましたと畏まった。

これしきのこと何を謝ることがある。実朝は小さく苦笑を漏らし、それから思いついたように首を動かし相手の方を振り仰いだ。

そなたには今日まで幾度となく髪を結うてもろうた。その礼という訳でもないがついてはこの一本をそなたに進ぜることにしよう。

続けられた将軍家の言葉の意図を測りかね、当の従者ばかりでなく居合わせた誰もが何やら重苦しい空気にとらわれた。

恐れながら御所様、と声を発したのは広元だった。

人々がそちらに目を遣《や》ると広元が肩を震わせ泣き出していた。この忠臣が人前で涙を見せることなど、かつて頼朝に請われ都よりこの鎌倉に下って以来まさしく初めての事態であった。

いかがした、と問うた実朝に広元はゆっくりとかぶりを振った。

我が身にも何故とはわかりませぬが、最早ものを見る役にも立たぬというのにこの目が勝手に涙を零《こぼ》し如何様《いかよう》にしても止められませぬ。齢《よわい》七十を越した我が身にもかつて覚えのないことで御座います。であれば広元めには御身が気懸かりでたまらぬ心地が致します。

かつて東大寺落慶供養の折り、頼朝殿は装束の下に腹巻を一枚余分に召され万が一の事態に備えられ申した。どうか今宵《こよい》も、この広元の見えぬ目の涙に免じてそのようにしては下さいませぬか。

白く濁《にご》った瞳からはらはらと雫《しずく》をあふれさせながら広元が懇願した。

実朝はこれを訊きしばし黙ったが、傍らに控えていた源 仲章《みなもとのなかあきら》を側《そば》に呼び寄せると、右大臣拝賀の際にそういった備えをとっていた事例はあるかと訊ねた。仲章は間髪《かんはつ》を容《い》れず首を横に振って応じた。肯いた実朝は、ならば仕方あるまいとこちらは広元に返事した。

この仲章を北条義時が呼び寄せて式典での太刀持《たちも》ちの役割を代わってくれるよう頼み込むのは、少なくともこのやり取りの後、拝賀の一行が拝殿に至るまでの間であったと思われる。都より招かれ実朝の側近として京風の挙措《きょそ》の師となっていたこの人物は、この夜将軍家とともに凶刃に倒れその生涯を閉じることとなる。

やがていよいよ出立《しゅったつ》と相なった。

だが立ち上がり廻廊《かいろう》を渡ってあの内庭にさしかかった実朝はいつぞやの梅に目を止めるとそのままそこで足も止め、辞世としか思えぬ一首を詠んでいる。

出《いで》ていなば主なき宿となりぬとも軒端《のきば》の梅よ春を忘るな

あたかも己れを待ち受ける運命のすべてを知っていたかのような歌である。

この日まだ三十にもならなかった将軍が果たして何を思いどのような心地で式典の開始を迎えていたか。それればかりは決して誰にもわからない。

御所の門前には牛車が一台待っていた。この車はもちろんのこと、拝賀のための装束一式が朝廷つまりは後鳥羽上皇から贈られたものであった。

見送りには御家人らのほか、尼御台政子も実朝の御台所も降りしきる雪を押して並んだ。日暮れを迎え今や寒さもひとしおだった。

門を潜った実朝は刹那《せつな》はらはらと舞い落ちる雪を見上げた後、ふと誰も居《お》らぬ場所へ向けちょうど腿の高さの中程辺りに手を差し伸べて、ほとんど聞こえぬほどの声で、では参りましょうかと呟いた。けれど余人が訝る間もなく将軍家を乗せた車の御簾《みす》が下り、牛車は二本の轍《わだち》を残して八幡宮の方角へと消えた。

惨劇は、拝賀を終えた一行が本殿を出て石段を降りている最中に起きた。

宵闇《よいやみ》と雪に紛れて潜んでいた僧形の賊が瞬《また》く間に一行に襲いかかり実朝と仲章とを亡き者にした。この時賊は親の仇はかく討つぞと叫び、斬り落とした実朝の首を拾うと右手で高々と宙に差し上げたという。

一命を取り止めた者どもが、賊は他でもない八幡宮別当の公暁その人であったと気づいた頃にはすでに僧たちの姿は実朝の首級とともに消えていた。

辺りは終始変わらぬ雪であった。

夜の明けぬうちに公暁とその一味とは、急を聞き市中に馳《は》せた幕府の一軍によって誅《ちゅう》された。この追手のほとんどは北条と三浦の配下であった。

けれど甥《おい》公暁に斬り落とされたはずの実朝の首級が見つかることはついになかった。出立間際に従者に託したあの一本の鬢《びん》が頭部の欠けた遺骸《いがい》とともに頭の代わりに埋葬された。

この三代将軍の首を真に求めたのが果たしていったい何ものであったのか。史書は黙して語らない。


式典に向かう実朝の一行を見送った後そのまま自室でまどろんでいた尼御台政子は、何故だか不意に胸騒ぎを覚えて目を覚ました。

室内の空気は冷たかった。つけ放したままの燈炉《とうろ》がぼんやりと四囲を照らしている。揺らめく炎がふと部屋の大きさを錯誤させもする。

見回して異常のないことを確かめて尼御台は再び身を横たえた。だが眠気が戻りそうな気配はなかった。むしろ焦燥《しょうそう》とも悲しみともつかぬ何かが迫り上がり、脳裏には御所を出かけていく際の愛息の姿ばかりが今眼前にあるかのごとくに甦って止まなかった。

そこで政子はぎこちなく眉をひそめた。車に乗り込む実朝の前に誰かほかの影があったように覚えたことを思い出したからである。

あたかも稚児のように背の低い姿であった。その時は目の迷いに違いないと己れの胸ばかりに留めていたのだけれど、何故だか今になってその童が確かにそこにいたのは疑いのないことのように思われてきたのである。そういえば車に乗り込む実朝が誰かに手を差し伸べていたかのようにも思い出された。

胸騒ぎは一層激しくなっていた。諦めて政子は床の上に体を起こした。辺りは雪の降る音さえ聞こえそうなほどの静けさだった。

ふと誰かに呼ばれたような気がした。

思わず咽喉が動いていた。傍らの燈炉の炎が不意にいびつに揺らめいた。

母上様――。

今度こそはっきりと声が届いた。言葉はそのように聞き取れた。

政子は目の前の虚空に目を凝らした。一旦《いったん》は実朝のものかとも考えたけれど、音のない声はむしろ娘のもののようでもあった。

ざらついた何かが冷たく背筋を行き過ぎた。

燈炉の作る灯《あか》りの向こうに茫《ぼう》とした白い影が浮かび上がっていた。見ている間に影はたちまち女人の形をとっていった。

白の装束に身を包み頭《こうべ》を重くずっしりと垂れ、ちらりと垣間見《かいまみ》える頰はさらに一層仄白《ほのじろ》く見える。前に下りた髪ばかりが宵闇のごとく黒かった。

影がゆっくりと顔を上げた。政子は思わず息を呑んだ。間髪を容れず浮かんだその名を、だが声に出すことはできなかった。

おひさしゅうございます。

そうゆっくりと口にして相手は冷たい笑みを浮かべた。一瞬顔の左半分の皮膚が透け髑髏《どくろ》の形が覗いて見えた。

そなたは――。

引き攣《つ》る咽喉を無理矢理動かしどうにかそれだけ口にした。誰も居ぬはずのその場所に現れたのは決して忘れたことのない顔だった。その通りだとでもいいたげに影の首が縦に動いた。

このような姿をお見せすることなど、できれば私もしたくはなかった。ですが母上、どうぞこの身の不憫を御憐《あわ》れみ下さいませ。死してなお、いえ、想い人を奪われてよりこちら、私の心はどこへも行けずただ空《くう》をたゆたうことよりできなくなっておりましたのでございます。

かたちを失ったこの身はいともたやすく万寿《まんじゅ》の残した呪詛《じゅそ》と交わりました。

ええ、貴女のもう一人の息子です。修禅寺にて誅された――。

声を上げようとしてできなかった。影が静かに首を振った。

いいえ、けれどそれもまた正しくはない。元はといえばこの怨みはやはり私自身のもの。それが彼《か》の者の怨念までをも呼び寄せたのでございます。

のう、母上。

そこで聞こえぬ声音《こわね》は不意に男のような色を帯びた。髪の長い輪郭が幾重にもぶれては再び重なることを繰り返している。

ええ、私とてお怨みなどしたくなかった。けれどどうしようもなかった。

わらわに巣食ったのは万寿ばかりではありませぬ。かくも強き西の御方《おんかた》の呪詛をはじめ、清盛以下の平氏の一族、義仲《よしなか》様義経様ら源氏の面々、梶原比企《ひき》畠山といった幕府に怨みを残した御家人たち、戦場《いくさば》にて命を落とした名もなき者ども。

それらが後先となって押し寄せてはわらわを作り上げました。息を殺しこの身に潜み今か今かとじっと機会を窺っていたのでございます。

同じわらわが千幡の夢に忍び込み、彼の者を奪い守ろうとしてせめぎ合う。その繰り返しでございました。ついには己れの望みすら、我が身にも最早いっかな定かではなくなりました。

それがどれほど苦しきものかは、まだ肉のある貴女には決しておわかりにはならぬことでしょう。

それでも私は千幡にこの身と同じ道を辿らせたくはなかったのです。この鎌倉に迷うことなど決してないようにしたかった。ですから、あの子が怨みつらみや未練など一切合財無縁《いっさいがっさい》となる、その時を待ち続けていたのです。

けれど今宵ようやくそのすべてが終わります——。

その時だった。女の顔が不意に揺らいで次には男の様子に変じた。苦悶に歪むような表情ではあったけれどこちらも見紛《みまご》うはずはなかった。何よりそれは三井寺から呼び戻した公暁の面相とそっくりだった。

母上、いやさ尼御台殿。

そういって影はいびつに唇を歪めた。

ひどく恐ろしげな笑みだった。

貴様の一番大切なものを——。

見ている間にも顔は女の形へ戻ろうとする。だが男の容貌《ようぼう》が抗《あらが》うように再び輪郭を甦らせて、やがて二つの面《おもて》は一つに溶けて最後には見知らぬ顔となった。稚児のような様相だった。

そちに残された唯一の宝を、我らがこの手で奪い去って進ぜよう。

憐れむような、それでいて勝ち誇ったような視線が政子を刺した。

ええ母上様、ちょうど貴女がかつて私たちにそうしたように。

どれほどこの時を待ち続けていたことか。今宵誰よりも篤く我が血を受け継いだ手が我らの願いを成就する。

感極まったかのような声を上げ、誰ともつかぬ面相と化した影はそこで静かに天を仰いだ。白い咽喉の奥に同じ色をした骨のかたちが透けて見えた。

ああ、これで私もようやっと成仏できまする——。

その一言はたちまち一陣の風と化した。風は聞こえぬ音を立てながら縦横に室内を駆けついには燈炉の炎を掻き消した。

漆黒の中政子は身動きできずにいた。白いかたちはもう消えていた。

しばし茫然《ぼうぜん》としていた尼御台はやがて首を振ると立ち上がり、戸障子を開け庭を臨んだ廊下へと出た。雪はまだ止んではいなかった。一層勢いを増したかのようにも見えた。

悲鳴が一つどこか遠くで聞こえた気がした。だがそれは己《おの》が胸中にだけ谺《こだま》したようにも思われた。

見上げると、宵闇に篝火《かがりび》が鏃《やじり》に似た細長い形を切り取っていた。切っ先が高く彼方《かなた》にまで伸びている。あたかもそれ自体が天上を求めて止まぬようにも映る。その鋭く淡い光の中には降りしきる雪がただ儚《はかな》げに浮いている。

その時だった。

彼女はその仄《ほの》かな光の遥か先に雪に逆らうようにして舞い上がる二匹の蝶の幻を見た。蝶たちはほんの刹那だけ互いに戯《たわむ》れるように揺れたかと思うと何処ともしれぬ闇の中へと消えていった。

遠くに人のざわめきが起きていた。

悲鬼《ひき》の娘《むすめ》

その二つは相次いで館を訪れた。

一つ目は当主の横死《おうし》を告げる早馬である。娘婿《むこ》である鎌倉殿の病気平癒《へいゆ》を祈願するため薬師供養《やくしくよう》へと出かけた先での変事であった。

一族は俄《にわか》に殺気だった。謀略《ぼうりゃく》の匂《にお》いがしたからだ。

疑念を裏付けるように表から鬨《とき》の声が届いた。仇敵《きゅうてき》北条の意を受けた幕府の軍勢に違いなかった。男たちは慌《あわ》てて刀を取り戦装束《いくさしょうぞく》に手を伸ばしたが、押し寄せた兵はたちまち屋敷を取り囲んだ。門を閉ざす暇《いとま》さえなく一群の武士が敷地の中へとなだれ込む。そこここで悲鳴と血飛沫《ちしぶき》が起きた。

当主の息子らを中心に郎党《ろうとう》らは必死に応戦した。奥には将軍の寵愛《ちょうあい》を得た一族の娘と世継《よつ》ぎたるべき童子《どうじ》がいる。むざむざ殺させる訳にはいかなかった。

だがいかに奮迅《ふんじん》しても先に虚を衝《つ》かれた劣勢は撥《は》ね返すことができなかった。

男たちは一人二人と敵の刃《やいば》に倒れ、まもなく敷地のあちこちから火の手が上がった。炎は見る間に館を舐《な》め上げた。

背後に山を控えた地の利がこの時ばかりはかえって仇《あだ》となってしまった。

女子供らは屋敷の奥へ奥へと逃《のが》れるうちついには行き場を失った。ある者は焼かれある者は煙に巻かれて息絶えた。

もっとも、その頃までには味方はほぼ壊滅《かいめつ》していた。

守り切れなかった女たちの断末魔《だんまつま》を彼らが聞かずに済んだであろうことは、果たして幸いだったといえるのかどうか。それは誰にもわからない。

建物が燃え上がるのを確認すると、攻め寄せた一団は事得たりとばかりに表へと引き上げた。血飛沫をまとった男たちはそのまま館を遠巻きにする。

逃げようとする者があればすべて斬《き》れ。女子供とて容赦《ようしゃ》は無用。特に嫡男《ちゃくなん》は決して逃してはならぬ。それが彼らが受けていた命《めい》であった。

だがすでにその必要もなかった。一族はことごとく屋敷と当主とに殉《じゅん》じていた。

兵たちの見つめる中柿葺《こけらぶ》きの屋根が黒々と煙を吐《は》き音を立てて爆《は》ぜた。やがて一際《ひときわ》高い火柱が上がり、地鳴りにも似た響きとともに屋敷が崩れ落ちた。

そこかしこから火花が散り真昼の螢《ほたる》に化ける。それを避けてもなお赤い光は恨《うら》みがましく彼らの頰《ほお》に焼きついた。

秋も盛りを過ぎようという季節であった。煙の先、はるか上空の空だけが何事もなかったかのように高かった。

火は夜半過ぎまで燃え続けた。

翌日の検分では、わずかに燃え残った件《くだん》の童子の袖《そで》の切れ端が見つかったほかは黒焦げて誰ともわからぬ遺体ばかりであったという。

一

出家せよと命じられ六つの善哉《ぜんざい》はまず当惑した。意味がわからなかったのだ。父とも慕う三浦義村《よしむら》の屋敷である。蔀戸《しとみど》は開け放たれ内庭では気の早い梅がもうあちこちで綻《ほころ》んで、その向こうにはかすかに海が覗《のぞ》いている。

だが表の陽気を他所《よそ》に室内の空気は重かった。いつもなら緩《ゆる》みがちな義村の頰《ほお》も今は微動だにもしない。縋《すが》る思いで見上げても気色《けしき》は一向に変わらなかった。

善哉は前《さきの》将軍頼家《よりいえ》の遺児であった。あの放埓《ほうらつ》な若者が義村の遠い縁者の者の娘に産ませた男子である。

幕府すなわち北条氏もこの庶子《しょし》の処遇には頭を痛めたに違いない。

そもそもあの清盛《きよもり》が若き日の頼朝に情けをかけたからこそ平家は滅び鎌倉が成った。頼朝自身その事実を骨身に染みて知っていた。木曾義仲《きそよしなか》の一子清水冠者義高《しみずかじゃよしたか》や静御前《しずかごぜん》の産んだ嬰児《みどりご》が辿《たど》った運命を思えばそれが知れる。その例に拠《よ》れば実は善哉も一刻も早く誅《ちゅう》されて然《しか》るべき存在だった。

だが頼家の母は尼御台政子《あまみだいまさこ》である。

つまり善哉は彼女の孫であり、とりもなおさず開幕の祖頼朝の血を引く存在であれば無碍《むげ》に命を奪う訳にはいかなかった。

時政義時《ときまさよしとき》の北条親子を中心とした合議の末、長ずれば仏門に入ること、それまで本人には自らの出自、とりわけ父親の廃位にかかる一連は特に慎重に伏せられることを条件に善哉は一命を取り留《と》められた。かねてより縁のあった三浦義村がこの後見を務めたのはいわば必然の成り行きだった。

物心ついた時には善哉は義村の領下にある海辺の家で寝起きしていた。三浦半島のつけ根である。母親とその両親との四人暮らしだった。

祖父はしばしば善哉を連れ義村の屋敷を訪れた。

家では近寄り難《がた》いほどの祖父がこの義村の前では途端にひどく畏《かしこ》まる。だがその義村がこと善哉には下へも置かぬ扱いで、膝《ひざ》に抱き上げてはこぼれんばかりの笑みを浮かべる。その光景が不思議で同時にこそばゆく、善哉は三浦屋敷に来ることが嫌いではなかった。

だがこの日は朝から気配が異なっていた。祖父母の顔色も優《すぐ》れず母の目は赤く腫《は》れていた。迎えの使者の常とは違う身なりを面白がることも憚《はばか》られ、ただ取り巻いた空気に身を固くするよりできなかった。

そして通されたのがこの一室である。

義村が上座から見下ろしている。善哉の後ろには祖父が身を縮め正座している。

「若、聞き分けていただくより御座らぬ」

出家を命じた義村はそのまま静かに先を続けた。先代の忘れ形見たるそなたがこの鎌倉で生きていくには仏門に入るより道はないのだ。独り言のように首を振った口調が重々しかった。

つまりはどういうことか。善哉は訊《き》き返した。すると相手はいい淀《よど》むように目を閉じた。答えを待つ間も善哉は早くこの場から逃れたくてたまらなかった。

やがて義村の口が開いた。

「善哉殿も六つとなれば幾らかの分別も知ろう。そなたはまもなく八幡宮へと居を移し御仏《みほとけ》に御仕えする身となるのだ。これはかねてからの約束であった。いずれは俗世《ぞくせ》と交わることも控えていただくことになる」

八幡宮も俗世も善哉には初めて耳にする言葉である。首を傾《かし》げた彼に義村が、つまりは母御《ははご》とは別れて暮らしていただくということだと説いた。

驚いて顔を上げると義村の目がまっすぐこちらを睨《ね》めつけていた。

その眼光にこぼれかけた泣き声が引っ込んだ。黙るほかない。瞬時にそう悟ったのである。有無をいわさぬというのはああいう物腰のことであるのだなと、長じて後にこの日の義村を思い出し彼はそう理解した。

仕方なく萎《しお》れて肯《うなず》くと、よろしいな、と義村が念を押した。はい、とどうにか声に出して返事した。すると義村は立ち上がり、では尼御台様にも御報告していただきましょうと手を伸べた。善哉はさらに体が強張《こわば》るのを感じた。

義村が尼御台と呼ぶ相手とは幾度かこの屋敷で対面していた。いつも紫の頭巾《ずきん》をかぶり体からは香の匂いが立ち込めていた。決して楽しい時間ではなかった。

連れて行かれた別の間にはすでに頭巾の主が待っていた。

義村は善哉を横に座らせると一際《ひときわ》低く頭を下げた。善哉殿には出家の件、快く肯《がえ》んじていただきました。顔も上げずに義村がいう。頰を膨《ふく》らませた善哉に尼御台がふと眉《まゆ》を寄せた。だが彼女はすぐに笑顔を繕《つくろ》った。

「よくぞ聞き分けてくれました」

そして尼御台は義村に顔を上げるよう促《うなが》してから改めて善哉に向きなおった。

「そなたが僧籍を全《まっと》うしてくれるならこれ以上はない父君の供養となりましょう。私からも重ねてお願いいたします」

いわれても善哉にはやはり意味がつかめない。むしろいつもの不満がまた首をもたげてくるだけである。

目の前の相手が自分の祖母に当たることは以前に教えられていた。だが父については問うことすら許されなかった。ただ死んだものとだけ聞かされていた。

子には二親《ふたおや》がいるものだという道理を知った時から、せめて自分の父という男がどんな人となりであったかを知りたいと思った。母や祖父母はもちろん、義村にもその屋敷の者どもにも繰り返し尋ねた。だが答えてくれる者はおらず終《しま》いには義村に叱《しか》られた。

時が参りましたらお教えすることも御座いましょうが今はいけませぬ。父君のことをみだりに口に出すことはお慎《つつし》み下さい。今日と同じ目でそういわれた。

善哉がそんなことを思い出していると尼御台が手招きをした。横目で義村を盗み見て渋々ながら従った。祖母は彼を膝に抱えるとゆっくりと髪を撫《な》でた。だが母とは違う。安心よりも居心地悪さが先に立ち善哉は黙って身を固くしたままでいた。

「辛《つら》いこともあるでしょうが、どうぞ歯を食いしばり耐えるのです。寺社であれば世俗の手は及びませぬ。さすれば人の道具となるようなこともない」

囁《ささや》くように耳元でそう告げられた。祖母の目が一瞬義村に注がれたようにも思えた。だがこの時の尼御台の言葉の意味を善哉が理解することはついになかった。

初めて通る若宮大路《わかみやおおじ》は息を呑《の》むほど広かった。

春の終わりかけた頃である。鶴岡《つるがおか》へと移り住むその日、義村はわざわざ自ら同伴を買って出て、善哉を膝に馬を運んでくれた。

従者の数も常より多く一行の仰々《ぎょうぎょう》しさはむしろ面映《おもはゆ》いほどで、しかも自分はその先頭である。馬上から見下ろす景色がまた誇らしく、最前まではただ母との別れが悲しかったはずなのにいつのまにかはしゃいだ気持ちが誘われていた。

名越《なごえ》の切通しを抜ける時、義村が耳元で、ここより先は我らの所領では御座らぬ、鎌倉で御座います、と囁いた。

その切り立った岩山のような箇所を過ぎるといきなり視界が左右に開けた。馬四頭、いや五頭でも悠々《ゆうゆう》と並べられるに違いない。それほどの道幅なのである。思わず感嘆の声が漏《も》れた。何といっても善哉はまだ子供である。次第にそんなことばかりが頭を占めたとしても致《いた》し方《かた》のないことではあった。

目を輝かせた善哉に、義村が、正面に見えるのがこれから若の暮らす八幡宮で御座いますと再び耳打ちして寄越《よこ》した。なるほど遠目にもはっきりと朱塗りの門が聳《そび》えている。しかも門だけですでにこの威容である。少年はいつか不思議な期待感さえ覚えていた。

赤い柱が刻一刻と大きくなる。背後に映るのは銀杏《いちょう》であろうか。あれほどの丈《たけ》ならば秋には手に余るほど実が拾えるに違いない。善哉がそう考えた時だった。

異質な色彩が彼の右の目の端を捕らえた。両脇《りょうわき》には新芽の力強い緑ばかりが映《は》えていたのだが、その一画だけ日陰にしても黒味が過ぎるのである。

首を伸ばして窺《うかが》うとどうやら炭の色である。火事でもあったか焼け焦げた木ぎれが乱雑に積み上げられ夥《おびただ》しい量だ。けれど雑草の繁《しげ》り具合を見れば昨日今日のものではないとわかる。人の手が入らぬまま数年は放りおかれている様子だ。

その時である。廃墟《はいきょ》の傍《かたわ》らで人の目を盗むようにして手を合わせていた女が立ち上がり善哉の方へと振り向いた。色の白さが際立っている。だが裏腹に髪も着ている物もひどく汚れた印象だ。炭の色に紛《まぎ》れてしまいそうなほどである。

女は顔を逸《そ》らさなかった。そのまま食い入るような眼差しで善哉の顔を見つめてくる。よく見ると女は右手に童《わらべ》の手を引いていた。女童《めのわらわ》である。幼女も女と同じくこちらに視線を向けており、四つの目は不躾《ぶしつけ》でさえあった。

気づいた従者の一人が追い払うまで女たちはじっと善哉の馬を凝視していた。だが母娘《おやこ》の姿が消え廃墟が後ろに過ぎてもなお、善哉には最前の視線が自分にそのまま纏《まと》わりついているような気持ちがいつまで経《た》っても拭《ぬぐ》えなかった。

つかの間の期待に反し八幡宮での暮らしはまるで面白みのないものだった。日々は経と労働とに埋められたからである。源家の血筋とはいえ事情が事情であったから僧たちも彼を甘やかすことはせず、敷地から出ることは厳しく諌《いさ》められ、すぐそこに見えている由比ヶ浜へと足を運ぶことさえ容易には許されなかった。

早朝から本殿や伽藍《がらん》、あるいは庭を掃き清める。鳴り物が鳴ると一旦《いったん》掃除を止《や》め朝餉《あさげ》の粥《かゆ》を煮る。食事が済めば写経が始まる。だが長々と畳《たた》まれた原本は幾ら写しても終わる気配を見せてはくれない。文字など書いたことのなかった善哉にはこれはまさしく苦行であった。

朝よりも一品だけ献立の多い昼餉《ひるげ》を済ますと読経《どきょう》する僧らの末席に連なるよう命じられた。もちろん意味などわからない。ただ低い声が本堂にこだまするのを膝を固くしながら聞いた。じっとしているとたちまち眠気が襲ってきた。だが目を閉じれば間髪《かんはつ》を容《い》れず叩《たた》かれた。仏門を志す者がそんなことではいかぬという。けれど誰が仏門を志したのか、そもそも仏門とはいったい何か。善哉には皆目《かいもく》わからない。自分がここにいるのは義村のいいつけだからである。それでも口答えは一層の叱責《しっせき》を招く気がして慌てて背筋を伸ばし居住《いず》まいを正した。だが頭が冴《さ》えれば今度はそわそわと居心地悪く四肢《しし》が騒いだ。

読経の後はまた掃除が待っていた。僧坊ばかりでなく今度は境内のすべてである。実際門の威容に相応《ふさわ》しく敷地はとても広かった。はじめのうちこそはずむような心地もあったが、駆《か》け回ることも禁じられてしまえばただ恨めしいのみである。しかも掃いても拭《ふ》いても終わらない。疲れ切って朝と同じ食事を口に運ぶとそれでたちまち一日が過ぎた。

加えて周囲ともなかなか打ち解けられずにいた善哉だったが、一人栄達《えいたつ》という兄弟子だけが時折声をかけてくれた。

この栄達は善哉よりも五つばかり年長だった。遊び相手になることこそ決して肯かなかったが、どうにも写せぬ文字の書き方を教え、経の覚え具合を確かめ、時に善哉が水仕事であかぎれなどこさえれば内緒で膏薬《こうやく》を塗ることもした。

ここへ送られたばかりの頃は俺《おれ》も辛かったものだからな。そんなふうにいいながら彼は何かにつけて善哉を気にかけてくれるようだった。いつしか善哉もこの相手を慕うようになっていた。

それでも夜ともなれば決まって海辺の家が思い出された。勝手気ままに振る舞うことが許されていた日々が懐かしく、朝目が覚めて自分の目尻《めじり》にたまった涙に気づくようなこともしばしばだった。

将軍家夫妻の八幡宮参拝が定められたのは善哉の出家からちょうど一年ほどが過ぎた頃だった。どうにか僧坊の暮らしにも慣れたと思い始めた矢先である。

時の将軍実朝《さねとも》は遡《さかのぼ》ること三年前都から御台を迎えていた。実朝は当時十三歳、姫もほぼ同い年であれば、これは形ばかりの婚儀であった。

だがこれだけの月日が経《た》てば夫婦ともどうにか体もできてくる。

ここに至れば周囲が二人に望むことは一つだった。もちろん嫡子《ちゃくし》の誕生である。夫妻の参詣《さんけい》はこの祈願のためであり準備もいささかものものしいものだった。しかも実朝はともかくこの姫が鶴岡を訪れるのは婚儀の時以来であった。学僧とはいえ僧坊に暮らすのはまだ少年の域を出ない者らが多かったから、都から来たというこの御台所《みだいどころ》が間近を通るとあってはさすがに落ち着いてはいられなかった。日が近づくにつれ境内は口を開けばこの相手の噂《うわさ》という空気になった。

善哉も彼らの話に興味深く耳を傾けた。中でも都という語は初めて耳にする言葉であった。栄達に訊《たず》ねると、この鎌倉よりもさらに大きな町が西にあり、そこでは帝《みかど》の一族と彼らを取り巻く止《や》ん事《ごと》なき血筋の男女が自分たちなど思いも及ばぬ贅《ぜい》沢《たく》な暮らしをしているのだという。

そこで栄達は、だが血筋ならばお前も、といいかけて、慌ててその口を噤《つぐ》んだ。問い返そうかとも思ったが心はすでに都という一語にすっかり占められていた。

三浦の領下から鶴岡へ出て来ただけで驚かされた善哉である。この鎌倉でさえ比べものにならぬ都とはいったいどんな場所なのか。その響きは憧《あこが》れに似た気持ちと結びつき彼の心に刻まれた。

桜の終わりかけた春の日、将軍夫妻は鶴岡に姿を見せた。風もないのに散る花びらが静かに舞う花曇《はなぐもり》の午後だった。

大勢の従者らに前後を固められ厳《おごそ》かに歩《ほ》を進めるはずの二人を、学僧らは僧坊の陰から今や遅しと待ちかねた。式典への列席などもちろん許されてはいない。上の者からは堂にこもり写経に打ち込むよう命じられている。だが誰もが都から下ったという女人《にょにん》への興味を押さえ切れなかった。善哉もやはりその輪に加わっていた。

門前に輿《こし》が止まりついに二人が現れた。桜の散る中を本殿へと向かう将軍と奥方の姿はまるで一葉《いちよう》の絵のようだった。

少女の着物に縫《ぬ》い取られた華やかな糸が木漏《こも》れ日を返してきらめきを見せる。見慣れた境内がたちまち浄土の趣《おもむき》を呈する。自分らとさして年の違わない二人の姿に学僧たちはため息さえ漏らした。

行列はすぐに行き過ぎた。最後尾が廻廊《かいろう》の内へ消えてしまうと仲間たちは慌てて各自の持ち場へと取って返した。善哉だけがしばしその場を動けずにいた。

二人は確かに光っていた。その輝きは善哉が胸に描いた都のそれと同じ種類のものだった。

おいと呼ばれて振り向くと声の主は栄達だった。戻らぬとまた叱られるぞ。兄弟子の言葉に渋々と肯く。だが栄達もすぐには足を動かそうとはしなかった。

まったく仏の御心《みこころ》とは不思議なものよ。相手がそんな声を漏らした。意を汲《く》めずに見上げた善哉の目をじっと見つめて栄達が続けた。

「今少し巡り合わせが違っていたならば、あるいはあそこにはいたのはお前だったかもしれなかったのにな」

皮肉にも聞こえなかったがそこには同情の響きもなかった。栄達は言葉通りただ不可解に思っているだけのようだった。だが善哉にはそうは聞こえなかった。

何故《なぜ》自分とあの年若い将軍とを置き換えることをしてみるのか。その理由がまずわからなかったのである。思い切ってそれを尋ねると、兄弟子は少したじろぎ、お前本当にまだ誰にも知らされていないのか、と今度こそ憐憫《れんびん》の色を浮かべた。

「お前の父は前《さきの》将軍頼家公だ。長子一幡《いちまん》殿も儚《はかな》くなった今、お前が世継ぎになっていてもおかしくはなかった。だが実際は今の将軍家実朝殿、つまり頼家公の弟君が後を継がれた訳だ」

善哉の脳裏に出家を命じた際の義村の言葉が甦《よみがえ》った。あの時は忘れ形見という意味もわからなかったが今は違った。ではあれは、最前のまばゆいような少年は我が叔父《おじ》であったのか。彼我《ひが》のあまりの隔《へだ》たりに善哉はただ愕然《がくぜん》とした。

「俺から聞いたこと、誰にもいうなよ」

辺《わ》りを見回した栄達が声をひそめて念を押した。肯きながらも善哉は初めて心中に湧いた苦い思いに身を焼いていた。

その気になって耳をそば立ててみると父に関する噂はなお巷間《こうかん》にあふれていた。一幡という腹違いの兄がいたこと、その兄が御家人《ごけにん》同士の諍《いさか》いに紛れて落命したこと。父が存命中からすでに今の実朝が将軍職に就いていたこと、しかも朝廷へは前後して父が死んだという偽りの書状が一度は届いていたこと。

折り返し実朝の将軍職就任を認める宣旨《せんじ》が届き、父はそのまま修禅寺《しゅぜんじ》という土地に幽閉《ゆうへい》されたこと。そしてそこで誰に見取られることもなく怒りのうちに生涯を閉じたこと。それらのすべてが善哉がまだ片言しか話せぬうちに終わっていた。

どう贔屓目《ひいきめ》に見ても父への悪意が働いているとしか思えなかった。その意志の主《ぬし》が北条という執権《しっけん》職を握る御家人であり、それが祖母政子の実家であることを善哉が知るまでさほどの時間はかからなかった。


善哉がついに意を決し改めて尼御台への面会を申し入れたのはこの出来事から四年余りが過ぎた後《のち》である。齢《よわい》十二の時だった。

幼児《おさなご》から少年の域へと歩を進めるその間、彼が叔父と己れのあまりに違う行く末を思い悶々《もんもん》としていたであろうことは想像に難《かた》くない。

この席で善哉は拙《つたな》い言葉ながら懸命に還俗《げんぞく》を願い出た。僧坊の暮らしがいかに自分に向かないものか。どれほど母や海辺の日々が恋しいか。

五年の月日もその思いを消してはくれぬのだと縋らんばかりに掻《か》き口説《くど》いた。だが祖母の首は頑《かたく》なに動かなかった。善哉は焦《じ》れ、ついにいってはならぬ一言を口にした。

「しかし、本来ならば父の血を享《う》けたこの私こそが将軍家であったのではないのですか。それを覆《くつがえ》したのは――」

「お黙りなさい。善哉殿、いささか言葉が過ぎまする」

皆までいわせてはもらえずむしろきつく睨《ね》めつけられて、善哉もさすがに口を閉じた。凍るような沈黙が過ぎると尼はため息をつきそっと眦《まなじり》を拭った。

「そなたが僧籍に身を置くことは鎌倉中の御家人の総意なのです。これが翻《ひるがえ》ることはありません。私にもどうにもできないし、何よりもそのようには望まぬのです。御所に纏わりつくしがらみの渦中《かちゅう》に身を置くよりは、よほど貴方《あなた》のためにもなるはずなのです」

穏やかな口調の背後には明らかな拒絶があった。取りつく島も見当たらない。

「ならば私を都へやって下さい」

しばし考えた末善哉はそう詰め寄った。

するとと祖母はふと悲しげな顔を浮かべた。あるいは先立たせてしまった我が子頼家の面影《おもかげ》を、彼女は瞬時この孫の上に認めていたのかもしれなかった。

園城寺《おんじょうじ》に身を寄せること、そして決して勝手には動かないこと。この二つを条件に善哉の願いは聞き入れられた。形ばかりではあったが祖母は将軍の猶子《ゆうし》という扱いも用意してくれていた。猶子《なおこ》の猶《ごと》し。すなわち養子である。だがそれも僧籍に身を置く限りのものであった。

出立《しゅったつ》は春と定まった。

その朝もやはり桜は散っていた。

都行きを機に善哉は名を公暁《くぎょう》と改めた。あのきらびやかに違いない場所で今までのすべてを捨て去ってしまいたい。あるいはそんな思いが働いたか、でなければ己れの生に思うところをそのままその響きに託したのであろうか。

見送りは栄達をはじめとする数人の学僧たちだけだった。

頼朝の血に連なるとはいえ幕府にとって彼はすでに叛逆者《はんぎやくしゃ》の子でしかない。加えて還俗を迫った一件が公暁の立場を悪くしていた。都行きの希望はむしろ体《てい》のよい厄介《やっかい》払いの口実となったのである。

であるから護衛の武者はもちろん馬さえ与えられなかった。あの義村までもが旅路を気遣う書状を寄越すに留《とど》めていた。さらには八幡宮の高僧らも大っぴらに彼を送ることをよしとしなかった。侘《わ》びしいといえばこれ以上はない旅立ちだった。

それでも祖母が道案内を兼ねた従者を一人つけてくれた。その男だけを供に公暁はあの朱塗りの門を潜《くぐ》った。徒歩《かち》である。背に負った草鞋《わらじ》の替えがひどく重い。これがなくなる頃あの都とやらが自分の前に姿を現すのだ。公暁はそう自らを勇気付ける。それよりほか気持ちを奮《ふる》い起《お》こす術《すべ》を知らなかった。何より少年はこの時まだ数えで十二であった。

学僧らの姿が見えなくなり若宮大路もそろそろ終わろうかという場所だった。もし、と声をかけてくる女があった。目を上げて見つけた声の主の顔形に、ふとどこかで見覚えがある気がした。だがすぐには心当たりも浮かばない。

「善哉殿――いえ、公暁殿であらせられますな」

辺りを憚るような声で女が続けた。従者が訝《いぶか》しげに顔を背《そむ》ける。面倒なことには関《かか》わりたくはないという風情《ふぜい》である。呼ばれるまま公暁は相手に一歩近寄った。

いきなり声をおかけしました無礼をお許し下さいませ。女はそう頭を下げると傍らに連れていた娘を彼の前へと押し出した。

「緋紗《ひさ》、公暁殿に御挨拶《ごあいさつ》なさい」

娘が黙ったまま一礼した。年の頃はさして自分と違わなかった。

そこで公暁は思い出した。親子はかつて鶴岡に移り住んだあの日、廃墟からこちらを無遠慮に見つめていた二人に違いなかった。

だがそれがわかっても訝しさには変わりがなかった。いったい何の用があるというのだ。そもそも何故この母親は我が名を知っている。鎌倉を離れ遠路都へと旅立つにもかかわらず、輿はおろか馬の一頭も与えられぬ身であるというのに。

そう考えて、ふとこの淋《さび》しい出立を我がことながら哀《あわ》れに感じた。片隅には十数人の供に前後を守られたあの日の叔父の姿が過《よぎ》っていた。

そんな公暁の思いなど構うふうもなく女が続けた。

「この娘と公暁殿とはいささか似た運命《さだめ》を背負っておりまする。いずれまたお会いすることも必ずやございましょう。どうぞ今のうちお見知り置き願いたくお声をかけさせていただきました」

公暁はあっけに取られるばかりであった。それはどういう意味か、何を以《もっ》て似た運命と申すのか。

だが口を衝《つ》きかけた公暁の問いも待たず、女は、では、と踵《きびす》を返した。間髪《かんはつ》を容《い》れず手を引かれた娘が倣《なら》った。

その刹那《せつな》だった。緋紗と呼ばれた少女の顔に引きつるような笑みが走った。幼さには不似合いな、人懐《ひとなつ》こいところの少しもない笑みだった。かえって冷たささえ感じさせる。

背筋に何か這《は》うような感覚に公暁は言葉を失った。見る間に二人が遠ざかる。

桜が音もなく散っていた。やがて母娘の影が花びらの奥へと消えぬうち、公暁もまた従者に急《せ》かされ西へと向かって歩き出していた。

二

園城寺《おんじようじ》は別名を三井寺《みいでら》という。

琵琶湖《びわこ》のほとりに位置するが都とは山並みに隔《へだ》てられている。ここから京へ向かうのであれば小関峠や比叡《ひえい》を抜けるか、あるいは逢坂《おうさか》の関越えをしなければならない。いずれにせよ気軽に行き来できる地の利ではなかった。

三井寺についた公暁《くぎよう》を落胆させたものはそればかりではなかった。彼を迎えたのは、周囲の景色こそ多少違えど相も変わらぬ僧たちの衣装と読経《どきよう》の声だったのである。きらびやかさなど欠片《かけら》も見つけられなかった。

だが一つだけ鶴岡《つるがおか》にはなかったものがあった。剣や薙刀《なぎなた》の鍛錬《たんれん》である。

体に流れる武士の血の故《ゆえ》か公暁はこれに夢中になった。彼はただ自らを木刀や薙刀と一体化させることに喜びを求め園城寺での日々を送った。

三井寺はかつて比叡と並ぶ僧兵の本拠であった。事実この寺は清盛の治世には北《ほく》面《めん》の武士らからも恐れられるほどの存在だった。

だがあの源平の合戦に先立って起きた以仁王《もちひとおう》と源頼政《よりまさ》とによる反乱の際、園城寺はこれに味方した咎《とが》で南都興福寺《こうふくじ》とともに処罰を受ける次第となった。私兵の規模も縮小せざるを得なかった。

その後興福寺は平家により焼き払われたが、この時は園城寺は無事だった。以来細々とではあったが僧兵の伝統は絶やされずに受け継がれていた。

頼朝の存命中にはさほどでもなかったのだけれど、彼の死後、幕府が東の地で主要豪族間の内紛を繰り返すうち、近畿以西の荘園の中には公然と地頭《じとう》制度に反発するものが出始めていた。必然的に小規模の私闘が増え私兵の重みがいや増した。かくて兵を持つ者はその鍛錬に時間を割くこととなっていた。公暁が園城寺に預けられた頃、この寺にもやはりそういう空気が兆《きざ》していた。

もちろん幕府も畿内の経営及び朝廷対策に手を抜いた訳では決してない。京都守護が置かれ、御家人《ごけにん》の内でも武力や政治力に長《た》けた者がその任に当たった。だがこの時期、彼らでは押さえ切れない存在が朝廷を握っていた。後鳥羽《ごとば》上皇である。

後鳥羽はかつて頼朝《よりとも》をして日本一の大天狗《おおてんぐ》といわしめた、あの後白河《ごしらかわ》法皇の孫に当たる人物であった。

源平の合戦の際に安徳《あんとく》と並立する形で幼時から帝位についていた彼は、木曾義仲《きそよしなか》や源義経らの盛衰を目の当《ま》たりにしてきた。無論その背後には常に後白河がいて院政を敷いていた。

この祖父は自身の存命中はついに頼朝が将軍職につくことを認めなかったほど武士憎しの思いに凝《こ》り固まっていた。後鳥羽はその男に後見され続けたのである。彼が幕府への憎悪を継承していたことは疑うべくもないだろう。

その後鳥羽の耳に、将軍家の血を引く少年がまるで配流《はいる》されたかのごとく園城寺に預けられていることを知らせたのは、果たして市井《しせい》の噂《うわさ》だけであったろうか。

やがて月日は流れた。

少年の時期を過ぎた公暁は、武芸においては園城寺に比肩《ひけん》する者なしとまでの評判を得るようになっていた。技や力はいうに及ばない。何よりもたぎるような闘志が対峙した相手を怯《ひる》ませるのである。鬱屈《うっくつ》した瞳《ひとみ》にはただ敵を打ち負かすことへの執念のみが光っていた。

おそらく彼の脳裏にはあの春の日にきらめいていた二人の姿があった。華美な衣装に身を包みたおやかな少女を従えた実朝《さねとも》がいた。

だがあるいはそこに立っていたのは己れ自身であったかも知れぬのだ。その思いは長ずるにつれ彼の内部で鈍く淀《よど》んでいたに違いない。

ではこの時期からもう公暁の胸にいずれ自らが実朝にとって代わろうというような野心が兆《きざ》していたのかといえば、それは当たらなかったろう。

彼の道はすでに僧籍に定められていた。幕府の総意と聞かされもした。それを覆《くつがえ》すだけの天命が己れにあるとはさすがに信じがたかった。諦《あきら》めといって差し支えない境地である。自他の違いを呪《のろ》いこそすれ、公暁自身はそれを従容《しょうよう》と受け入れるべく努めていたに違いない。だからこそ、ともすれば湧《わ》き起こる憤懣《ふんまん》を忘れるため渾身《こんしん》剣を振るい続けたのであろう。


その公暁の元へ奇態《きたい》な来訪者があったのは夏の盛りのことだった。丑《うし》の刻にもならんとする深夜である。燈炉《とうろ》もとうに消え生憎《あいにく》月も新月だった。辺りは彼我《ひが》の境もあやふやな闇《やみ》また闇。鳴き始めた虫の声ばかりがまだそこが現《うつ》し世《よ》であることを教える。そんな刻限であった。

公暁殿――。

夢さえ忘れた彼の眠りを妨げたのは虫の音《ね》に混じった細い声色だった。

公暁殿、お起きなさられよ――。

この夜半に俺《おれ》を呼ぶそなたは何者か。声を潜《ひそ》めて誰何《すいか》した公暁に、だが声の主は答えず代わりにそっと手を取った。柔らかで驚くほど冷たい指だった。

　こちらへと促《うなが》され公暁は魅入られたように身体を起こした。

　気がつくと引かれるまま境内を抜け山門を潜《くぐ》っていた。表には輿《こし》が待っていた。宵闇《よいやみ》の中一層黒く模《かたど》られたその形に押し込まれた。

「あるお方が内密に公暁殿とお会いしたいとお望みです。お連れします故少しばかりの御辛抱《ごしんぼう》をいただきたく」

　声がそう告げ手が離された。惜しむ気持ちが起きたけれど、公暁はそれを押し殺して動き出した輿に身を預けた。

　けれど怯むような思いもまたなかった。生来が剛毅《ごうき》な性質《たち》である。加えて先刻まで右の手をつつんでいた温《ぬく》もりが抗《あらが》いがたい何かを伝えていた。

　これは夢か。あるいは物《もの》の怪《け》の仕業《しわざ》であろうか。

　そんな疑念が過りもするが、だからといってどうだというのだ。このまま異界に連れ去られたとして、あの寺になど何の未練もないではないか。

　胆《はら》を決め公暁は再び目を閉じた。闇のほか何も見えぬ夜である。まぶたなど開いていようがいまいが同じことだった。勾配《こうばい》があるのか揺れも決して小さくはなかったけれど、それでも公暁はつかの間また浅い眠りを貪《むさぼ》った。

　起こされた時にはすでに輿は止まっていた。目を開けると男の顔が覗《のぞ》き込んでいる。上様がお待ちです。そう聞こえた言葉は連れ出した声とはまた別の音だった。

そのまま広間へと案内された。欄間《らんま》の辺りから忍び込んだ光がすでに夜明けの近いことを教えている。

目が慣れて正面に御簾《みす》が下りているのに気がついた。その向こうには燈台が灯《とも》り大きく影を映し出している。輪郭こそはっきりしないがこちらを圧する空気がある。さらによくよく目を凝らしてみれば、相手の背後に和歌と思しき文字を載せた襖絵《ふすまえ》が幾枚か垣間見《かいまみ》えていることもわかった。

「そちが公暁、すなわち頼家の一子であるな」

影が口を開いた。それまでの誰とも似ていないくぐもった声音《こわね》である。居丈高《いたけだか》な響きに、さてはこいつが物の怪の親玉か、と考え、おうよ、と応じた。すると影は押し殺した笑いを漏《も》らし、失敬な男じゃと独り言《ご》ちた。

「まあそのくらいの方がよい。よろしい。衒《てら》いなく申そうか。我らはそちと同じく鎌倉に恨《うら》みを抱《いだ》く者である」

鎌倉に恨み。いきなり聞かされたその語に公暁はまず戸惑《とまど》った。恨んでいるなどと考えたこともなかったが、いないといえば明らかに嘘《うそ》である気がしたからだ。反応できずにいると男が声を和《やわ》らげた。

「そちは将軍を望まぬのか。いやさ、このまま一介の僧侶《そうりょ》として命を終えても満足か。望むに値する血を享《う》けているというのに。わしには信じられぬがな」

一つ間《ま》が空《あ》くがそれでもこちらの反応を待った訳ではないらしく、相手はすぐに先を続けた。

「そうでないはずはなかろう。そちは叔父《おじ》を妬《ねた》んでいる。前将軍《さきの》の嫡子《ちやくし》たる己れを差し置いて実朝を将軍職につけた鎌倉を呪っているはずだ。相違ないであろう。己れの心を偽るでない」

威圧的な物言いこそ気に障《さわ》ったが、声の吐き出した言葉は不思議なほど公暁の胸に染みていった。そうであるかもしれぬ、いや、そうでない方が尋常ではない。それで間違っていない気がした。さすが物の怪の親玉よ、人の心を読むらしい。思わず苦笑がこぼれていた。

「聞けばそちは童《わらべ》の時分に一度還俗《げんぞく》を願い出て退《しりぞ》けられているという。まさにそれこそ証《あかし》であろう。そちは仏など望んではおらぬ。違うか」

公暁は唇《くちびる》を結び正面を見据《みす》えた。といって目に映るのはやはり御簾の上の影ばかりである。だが公暁にはその奥から注ぐ睨《ね》めつけるような眼差《まなざ》しが感じられた。

「いかにも」

長い間の後でようやく答えた。影の頭部が満足げに揺れた。

「名こそ明かせぬがわしは朝廷に力を持つ者である。そちがいずれ鎌倉と戦うならば、その時は帝《みかど》をもそちの味方につけてやること、このわしが請け合おう」

「馬鹿な」

間髪《かんはつ》を容《い》れず言葉は口を衝《つ》いていた。

鎌倉と戦うなど笑止《しょうし》である。幕府はいざとなれば十万からの兵を動員できる。翻《ひるがえ》って公暁は一介の僧に過ぎない。はじめから勝負にもならないではないか。

相手はだが含むように笑って言葉を継いだ。

「公暁よ、まあ聞くがよい。戦《いくさ》を挑むばかりが戦いではない。幕府とて所詮《しょせん》人の集まり。いざとなればそれぞれの私利私欲に流れるものである。嘘ではない。思い出してもみよ。そちの父も御家人とか称す輩《やから》どもの鍔《つば》迫《ぜ》り合いの駒《こま》と化し命を落としたようなものであろう。知らぬことではあるまいて」

ねっとりとした声がかすかな熱を帯び公暁の体に絡《から》み付いてくるようだった。

「だが今はその烏合《うごう》の衆を束ねる力が働いておる。いわばそれが鎌倉じゃ。わしの敵、そしてそなたにとっては親の仇《かたき》。皆までいうか」

「おう、この際はっきりといってもらおう」

「三代将軍実朝と執権北条四郎義時。この二人さえ亡き者にすればたがは必ずすっかり緩《ゆる》む。そこで朝廷が味方するならそなたが将軍職を継ぐことなどたやすい」

いつのまにか光が床を這《は》っていた。表には曙光《しょこう》が射《さ》しているらしい。だが裏腹に部屋の空気は淀んだままだ。

公暁はゆっくりと首を横に動かすとそれから声を上げて笑い出した。ようやく相手の意図を察したからである。

「さすがは物の怪の親玉である。法螺《ほら》とはいえ感服 仕《つかまつ》る大風呂敷《おおぶろしき》じゃ」

思わず膝《ひざ》がにじり出る。馬鹿馬鹿しさと思えていたものが腹立ちに変わる。

「黙って聞いておれば好き放題を申すものよ。なるほどこの身は源家に縁《ゆかり》を持つかもしれぬ。だが配下の一人もいない。隠す爪《つめ》はおろか羽さえ持たぬようなもの。その身を頼らねばならぬなど、むしろそちらの底が知れよう。先ほどは朝廷に力などともたわけたことも申していたが、そもそもお主いったい——」

「公暁殿、お言葉を慎《つつし》みなされ」

だが皆までいわぬうちに諫《いさ》められた。今度の声は女のものだ。闇の中 誘《いざな》った声と似ているようでも違うようでもある。しかも最前までの男の言葉と同じ場所から響いている。

訝《いぶか》って目を凝《こ》らすと御簾に映る影が二つに分かれていた。どうやら女ははじめからそこにいたらしい。おそらくは男の膝に身を投げ出してでもいたのだろう。

「よいよい。なるほどわしは物の怪の親玉かもしれぬ。いい得て妙とはこのことだな。さて公暁よ。今日のところはこの辺りでよかろう。今宵《こよい》の言葉、園城寺に戻ってじっくり考えてみるがよい。ところでな、わしからそちに贈りたいものがある。

固めの杯《さかづき》とでもいいたいところだが、わしのはちと変わった杯での」

そういって相手が一つ手を打ち鳴らした。背後で板戸の滑る音がした。

振り返ると狩衣《かりぎぬ》に身を包んだ姿が近づいて来るところだった。薄明かりの下ではほっそりとした面立《おもだ》ちであることしかわからない。

相手は足音も立てず公暁の横に座るとまず御簾に向かって平伏《ひれふ》した。

「これはわしとこの女房、そしてそなたとも仇を同じうする者じゃ。そちの一の臣下とでもするがよい。このように男の形《なり》をしておるが、武士《もののふ》の装束《しょうぞく》に身を包めば武士の、僧衣をまとえば僧の立ち居振舞いを器用にこなす。女房がそのように育ておった。しかして真実は女子《おなご》である。お主とはまんざら知らぬ仲でもない筈《はず》なのだが。ほれ、顔を見せてやらぬか」

影が頭を持ち上げて公暁の方へと向きなおった。

「お久《ひさ》しゅうございます、公暁殿」

その声こそ闇の中で呼びかけたそれであった。公暁の手を取って寺の外へと導いたあの声音である。ちょうど射し込んだ光が相手の顔を照らしていた。そこには固い笑みが浮いていた。ぞくりとするほど冷たい笑みである。瞬時にかつて八幡宮の門前で同じ笑みを見た記憶が甦《よみがえ》った。

「緋紗《ひさ》でございます。鶴岡御出立《しゅったつ》の日以来でございますわね」

目を逸《そ》らすこともできぬまま公暁はあの日の少女を思い起こそうとした。だが似ているのは笑みばかりだった。背丈《せたけ》も体つきもまるで違う。公暁の上に積もった五年の月日と同じ時間が相手にも降り注いだのだからこれは道理である。

だがこの時公暁は初めての思いに捕らわれていた。

年が経《ふ》るとはいかなることか。あの童女《どうじょ》をこれほど変貌《へんぼう》させる力に畏怖《いふ》の念をも感じたのである。千秋一日《せんしゅういちじつ》のごとき寺の暮らしでは気づきもしなかったことだった。それは彼のどこかに己れの命にも限りがあるのだという思いを芽生えさせずにはいなかった。よし明確に意識に上るまではなかったとしてもである。

緋紗は笑っていた。唇の端だけをかすかに引いたような笑みだった。七歳にあがる頃より僧籍に身を置く公暁である。妙齢の女とこれほど近く座したことなどかつてない。闇の中触れた手の感触が奇妙な火照《ほて》りとともに生々しく甦っていた。

「さて、昔語りも積もるほどあろう。この一室厭《あ》きるまでいて構わぬ。あるいは寺に戻りたいならばすぐにでも輿を用立てるが、しかしここでしばしの間思案していくのも悪くはないぞ」

御簾の向こうの男が下卑《げび》た笑いとともに立ち上がった。二つに分かれた影がまた重なっていずこへともなく消えていく。

音もなく一室に満ちた朝日が公暁と緋紗とを白く照らした。

さあ。娘がいい再び公暁の手を取った。意志と裏腹に咽喉《のど》が鳴る。細い腕が静かに動き公暁の右手を自らの懐《ふところ》へと誘う。冷たく柔らかなものが触れる。公暁が初めて知る女であった。

公暁の不在が三日に及んでは、さすがの三井寺もついに重い腰を上げざるを得なくなった。

これは出奔《しゅっぽん》に違いない。されば鎌倉に知らせぬ訳には行かぬであろう。だがそんな空気が大勢《たいせい》となった払暁《ふつぎょう》、当の公暁が門の辺りにふらふらと現れた。

高僧らは公暁を本堂に運び取り囲んだ。何処《いずこ》にいたのかと質《ただ》せば物の怪に攫《さら》われていたという。なるほど体は幾ばくか痩《や》せ顔色もどうやら優れない。

神隠しなどというものがこの身に起きようとは思いもじなかった。それでも無事に戻れて何よりである。そう不敵な顔で続けた公暁は憐《あわ》れみとも嘲《あざけ》りともつかない色を瞳に浮かべて周囲を睥睨《へいげい》した。

そもそも園城寺は幕府よりこの男への厳重な監視を申しつけられていた。それが三日も姿を消したことがわかれば詮議《せんぎ》はどうあっても避けられない。咎めが寺に及ぶこともまた必至である。まかり間違えば荘園に地頭など置かれかねない。当然ながらそれは決して甘受できるような事態ではない。

高僧らは合議の末、物の怪の仕業では致し方あるまいと、鎌倉にはこの一連を秘することと定めた。あるいはどこか止《や》ん事《ごと》なき筋からそのような指示があったのかも知れないが、そこまではさすがに明らかではない。

その後も公暁の神隠しは度々起きた。回を重ねる毎《ごと》にその期間は長くなり、ついには十日余りも寺を空けることもあるようになった。

だが長老格にも物の怪に魅入《みい》られたならば詮無《せんな》きことと嘯《うそぶ》く者が多くあり、結局事実は最後まで隠し通された。鎌倉にはただ彼の文武にわたる精進《しょうじん》ぶりばかりが報告された。

待ち侘《わ》びた手がそっと触れる。公暁殿、参りましょう。擽《くすぐ》るような声が囁《ささや》く。

辺りは最初の時と同じ漆黒《しっこく》の闇である。

幾度招かれることを重ねても館がどこにあるのかすら教えられはしなかった。自ら出向くことは叶《かな》わずただ迎えが来るのを待つよりない。少しも経《た》たぬうち公暁も自分が女の声を待ち焦がれているのだと認めざるを得なくなった。

館では緋紗と二人、まずは御簾を挟んであの男と向かい合った。男の横に例の女がいる時もあったしそうでない時もあった。もっとも暗がりでは御簾一枚隔てた先の気配は常にはっきりとはしなかった。

男は執拗《しつよう》に公暁を説いた。

曰《いわ》く、義時こそ私欲のために将軍家を操《あやつ》らんとする奸物《かんぶつ》であること、そのためには主筋に叛《そむ》くことも朝廷をないがしろにすることも厭《いと》わない仁を欠いた男であること、幕府などすでに名ばかりで実体は北条氏一門に統《す》べられた巨大な荘園にも似ていること、等々である。

彼はだが決して声を荒らげることをしなかった。ただ淡々と執権の非を並べるのである。その口調が公暁をして男の言葉に耳を傾けさせた。あるいは理はこの男にあるのではないか。いつしかそんな気もし始めていた。

確かに父はその男に将軍職を追われたようなものだった。だが仇とまで見なすほどには自分は義時という相手を知らない。

なるほど非道ぶりは目に余るようでもある。誅《ちゅう》されて然《しか》るべき人物なのかも知れない。けれどたとえ首尾よく実朝と義時を討ったとして、その後の物事が男のいうように運ぶとは公暁には到底思えなかった。朝廷に力があるという言葉にもなお疑念が拭《ぬぐ》えなかった。

それでもはっきり否《いな》やを告げることができなかったのは、ひとえに会見の後与えられる緋紗との時間の故だった。女は彼の腕の中で昇り詰めながら耳元で執拗《しつよう》に繰り返した。

「公暁殿と緋紗とは固い縁《えにし》で結ばれております。同じ仇を定められた身の上は分かちようにも分かち難い。仇討《あだう》ちのなるその日まで、いえそれよりもなお永く、やがては互いの命の果てるまで、そなたとこの緋紗とは一心同体。ゆめ、裏切ることなど許しませぬ――」

男の鷹揚《おうよう》な物言いと緋紗の甘い囁きとがやがて公暁の内に実朝暗殺という決意を醸成《じょうせい》した。高められ、導かれ、いずれは辿《たど》りつくはずの場所だった。

「相手は将軍、こちらは僧侶。平素なら近寄ることさえ難しい。無論御所に押し入るなど最初《はな》から無理だ。どうすればよい」

「鶴岡の別当《べっとう》でも所望《しょもう》すればよかろう。神仏に仕える者の長《おさ》となれば如何《いか》な将軍でも会わずには済ませられまい」

「だが向こうは刀を持っている。三井寺ならともかくとして、八幡宮では坊主は一切刃物は持てぬ」

「小刀《しょうとう》ぐらいならば僧衣に隠せぬこともあるまいて。こちらの得物《えもの》はどうとでもなる。問題は実朝らだが、たとえば神前での礼典の際なら帯刀は許されまい」

「そう都合よく実朝と義時とを同時に丸腰にできるものか」

「せねばならぬ。二人一緒に亡き者にせねば意味はない」

「無論である。よいか公暁、鎌倉に戻り手筈《てはず》を整え頃合良しとなったなら千日の修行に入ると宣言せよ。報《しら》せが京に届いたら手を回して実朝に官位などくれてやる。さすればあの都かぶれの実朝のことだ、嬉々《きき》として大仰《おおぎょう》な儀式を行い八幡宮に報告することは間違いがない。されば当然執権も同席せざるを得ないはず。位など死ぬとわかっているなら幾らでもくれてやる。もっとも正一位《しょういちい》より先はないがそこまでにはまだ大分ある。すなわち機会は幾らも作れるということ。最初でとはいわぬ。好機を見定めるがよい。だが仕掛けた時は必ずそこで仕留めよ」

「そういうものか」

「なるほど。ではことが成った後の我らはどうなる。俺と緋紗だ」

「一日だけは逃げ延びよ。その日のうちに斬《き》られては手の打ちようもないが、実朝の死が広まれば御家人の内からもそちを世継ぎに押す動きが出るのは必至。義時は皇子《みこ》を実朝の猶子《ゆうし》になどとも謀《はか》っておるらしいが、これは肯《がえ》んぜねばよいだけのこと。良い報せが届き次第、朝廷からもそちを将軍に推《お》させよう」

「だが都と鎌倉だ。早馬でも十日では行って戻っては来られない。それまではどうすればよいというのだ」

「三浦を頼るがよいであろう。無論こちらからも手を回すが、あの義村の信頼はおそらくそちの方が厚いはず」

「三浦が俺につくか。いやさ、北条に歯向かうか」

「つく。三浦は義時に、ひいては北条の専横ぶりに不満を持っておる」

「なぜそう思う」

「わしとてここに座してばかりいる訳ではない。知るべきことは然るべき手を尽くして調べさせてある」

「果たしてそう上手《うま》く行くものか」

「行かせるのだ。そちならできる。でなければわしが直々《じきじき》に会いはせぬ」

今なお名乗りこそしなかったが、その頃には公暁にも御簾の向こうにいる相手が誰であるのかおおよその察しはついていた。

「公暁殿、いざ、ともに仇を」

やりとりが途切れると傍《かたわ》らの緋紗がそういいながらしなだれかかった。含むように笑ういつもの声を残して御簾の向こうの人影が消える。逃げ場はなかった。

俺はやるだろう。そう思いながらも公暁はまだ、果たしてそれが自分の意志であるのか否かも判然とはせずにいた。

三

公暁《くぎょう》は鎌倉への帰参を願い出た。建保《けんぽう》四年（一二一六）のことである。

三井寺《みいでら》にしてみればようやく肩の荷が下りるといったところであったから、早速尼御台《あまみだい》に宛《あ》て運ばれた公暁の書状には、彼の勤勉ぶりを手放しで賞する寺からの報告も添えられていた。願いはただちに聞き入れられ、折り返し幕府からは然《しか》るべき日を選び迎えを遣《つか》わす旨《むね》が伝えられた。だが公暁はこれを辞退した。

園城寺《おんじょうじ》が申し出た従者も等しく断り彼は単身寺を後にした。琵琶湖《びわこ》を回り切らぬうち大津の辺りで緋紗《ひさ》と合流する次第をすでに打ち合わせてあったからである。供はかえって邪魔だった。

初秋であった。女は約束の場所に雑兵《ぞうひょう》の形《なり》で現れた。線こそ細いがなるほど立ち居振舞いは若武者に見えぬこともない。もっともそれは昼のうち、辺りに人目のある時に限られて、夜ともなれば緋紗はたちまち女に返った。

思えば館で会う折りは互いを求めることばかりに忙しかった。陽《ひ》の光の下で相手の面立ちを十分確かめる機会もほとんど初めてといってよい。

改めて緋紗は美しかった。旅とはいえ四六時中をこの相手とともに過ごせることに公暁は己れのどこかが満たされていくのを覚えた。この男がかつては知らなかった種類の感情だった。

愛《いと》しさとも知らぬまま公暁は緋紗にその想いを抱いていた。ついに実朝《さねとも》暗殺の計画に肯《うなず》いたのも結局はそれがこの女の望みなのだと信じたからである。

もちろん彼らの関《かか》わりは普通の男女のそれとは異なっていた。互いに好意を口にすることもなければふざけ合い笑い合いするようなことも皆無である。それでも二人は――いや、だからこそというべきか――常ならざるほど強く結ばれていた。

このまま鎌倉になど着かねばよい。そんな思いが公暁の胸に兆《きざ》したのは墨俣《すのまた》を過ぎた辺りであった。緋紗を連れ、どこか誰も自分たちを知らぬような場所で暮らすことは叶《かな》わぬのか。三浦も北条も鎌倉もすべて忘れただ今この時のごとき日々を重ねることは許されぬものなのか。

翻《ひるがえ》れば実朝のことも俺にしてみれば是が非でも討ちたい仇《かたき》ではない。なるほどこの身は源家の血に連なっているのかもしれぬ。だがそれが如何《いか》に無意味であったかは己れが誰より知っている。

そのうえ憧《あこが》れたはずの都のことさえ、この目の前に姿を見せたのは結局はあの闇の中の襖絵に囲まれた一室だけだった。

血筋などその程度のものだ。俗世を離れてもつきまとうそれはむしろ重荷とでも呼ぶ方こそ相応《ふさわ》しい。

実朝を亡き者にするということは、そして将軍を望むということは、つまりは捨て去りたいはずのそれを再び振りかざすことである。

俺はそれを欲しているのか――。

だがその逡巡《しゅんじゅん》が公暁の口からこぼれることはない。緋紗が首を縦に振るはずもないとわかりきっているからである。

枯草や岩肌の褥《しとね》の上で緋紗はなおうっとりと計画の成就を口にした。我らは同じ運命《さだめ》に結ばれております。体を繋《つな》いだ耳元でそう繰り返し、義時をこの手で亡き者にできたその時にはこの歓喜も一層のものとなりましょうと夜目にも妖《あや》しく微笑《ほほえ》むのである。肯くほか術《すべ》はなかった。

それにしても――緋紗とは一体《いったい》何者か。

何故《なぜ》この女はこれほどあの執権を仇と恨《うら》むのか。気づけばそれさえも定かではない。だが問おうとしてもその都度あの薄い笑みに気後《きおく》れがして叶わなかった。

駿河《するが》の海を過ぎた辺りである。緋紗が寄らねばならぬところがあるといい出した。どこかと問えば修禅寺《しゅぜんじ》だと答える。顔にはいつもの笑みが浮いたままである。

「公暁殿は此処《ここ》に至ってもまだ迷っておられます。そんなことがわからぬ緋紗とお思いですか。すでにそなたの思いは私の思い。夜毎《よごと》体を重ねておれば肌から咽喉《のど》から伝わりまする。だがそれでは困る。お父上の前でその迷い、是が非でも振り切っていただかなければなりませぬ」

それだけいうと緋紗は先に立って南へと折れた。見透かされた気まずさに公暁も黙ってその後を追うよりなくなった。

街道を外れると道幅は途端に狭まった。やがて緋紗はその狭い道をも踏み出して山を縫《ぬ》う獣道《けものみち》へと分け入った。この辺りは北条の領国であれば決して人目に触れる訳にはいきませぬ。いわれてみればその通りである。

女の背を見つめながら公暁の胸にはまたぞろあの逡巡が甦《よみがえ》っていた。

実朝と義時こそ我らの共通の敵である。男はいった。この二人こそ俺の父の仇なのだとも続けた。武士たる者、親の仇を討つは当然であろう。薄笑いしながらそうもつけ加えた。

だが俺は武士か。最早《もはや》そうではないだろう。所詮《しょせん》一介の坊主に過ぎぬ。だいたいこの身は父の顔さえ知らぬのだ。その仇とは俺にとって一体なんだ。それよりもまず父は憤死と聞いている。二人のどちらかが直接手を下した訳ではないだろう。

そもそも俺に人が斬《き》れるか。

なるほど確かに太刀《たち》は振る。だが人はおろか犬一匹この手にかけたことさえないではないか。その俺が実朝を刺せるとあの男は本当に考えたのか。刺せるか。刺せるだろう。決意さえ揺るがなければ――本当にそうか。

計画は綿密だったはずである。だがそれはあの薄暗い灯《あか》りの中でこそ信じられたものだった。

日を重ね陽光の下緋紗と歩くうち、その手足の細さを見つめるうち、公暁にはすべてがつくりごとめいて思われてきた。

いずれ限りある命なら還俗《げんぞく》してこの女と一つ屋根の下に暮らすという道もあるのではないか。だがいい出せば途端に緋紗を失うかも知れぬ。

公暁は確かに迷っていた。せめぎあいは日毎《ひごと》に激しくなっていたのである。まもなく道らしい道もなくなった。灌木《かんぼく》を潜《くぐ》り一人分の幅もない藪《やぶ》を抜けていく。迷わぬのかと訊《き》くと大丈夫ですとの返事である。何故こんな場所を熟知しているのか。そう訝《いぶか》れば改めてこの相手の得体の知れなさに思いが及んだ。

陽射しが真上から照りつけていた。気づけばあちこちが汗ばんでいる。足を止め額や首筋を袖《そで》で拭《ぬぐ》った。

ふと連なる山並みに目が行った。だが動く影はない。鳥の姿さえ見当たらず時折の風に樹々《きぎ》が身を揺するのみである。

ここが父の終焉《しゅうえん》の地か。不意にそう思いついた。だとしたら何と寂しい最期であったことだろう。

世に比する者のない将軍の地位から追い落とされこのような場所への蟄居《ちっきょ》を余儀なくされたのならば、なるほど怒りの余り死んだとしてもおかしくはないか。そんなことさえ考えた。それほど道は険《けわ》しかった。

翌日の昼近くようやく行く手の藪が開けた。といって辺りが山中であることには変わりはない。それでもわずかに人の手が感じられることもまた確かだった。

あそこに塚が。緋紗が指した先を見るとなるほど石塔がそびえていた。だが周囲は草が生い茂り目を凝《こ》らさなければすぐにはそれとはわからない。近寄ってみても表はすっかり苔《こけ》むしている。侘びしさもここに極まれりという風情である。

公暁は墓の前に膝《ひざ》を折ると両手を合わせた。我知らず口から経がこぼれていた。ここに父が眠っている。そう思えばただ哀《あわ》れだった。無言の墓標がかえって強く父を感じさせるようでもある。傍《かたわ》らの緋紗も黙ったままだ。

立ち上がった公暁の目を緋紗が見上げた。二人はしばし互いを凝視した。だが望むものを見つけられなかったのか、相手が先に諦《あきら》めに似た色を過《よぎ》らせてそのまま顔を俯《うつむ》けた。

「近くに湯がありまする。今宵《こよい》はそこで旅の疲れなど癒《いや》しましょう」

墓にも父にも触れることはせず女がいった。声を出さずに肯いた。

陽の傾く頃その湯についた。墓と同じく人が通うとも思えない佇《たたず》まいである。四囲に巡らされた木の柵《さく》もすっかり朽ちている。あるいは父はこの寂しい湯ばかりを慰めにしていたか。否応《いやおう》なくそんな想像が起きてきた。

「お背中など流しましょうか」

いいながら緋紗は腕を伸ばし躊躇《ためらい》もなく公暁の装束《しょうぞく》を脱がせ始めた。公暁はされるがままになった。

「緋紗、やはり訊かずにはおれぬ」

白い湯に身を沈めると公暁はいいあぐねていた問いを切り出した。

「そなたは一体何者か。何故執権を仇《と》と仰ぐ」

自分の着衣を解いていた緋紗の手が止まった。けれどそれも一瞬で、緋紗はそのまま脱衣を続け公暁の前に裸身を晒《さら》した。そしてゆっくりと白い身体を湯に沈めそれから一つ息を吐く。腕が動き指先が髪へと伸びる。湯煙が小さく騒いだ。

「知りとうございますか」

しばしの間を置きようやく緋紗が口を開いた。うむと首だけで肯いた。

「話せばその迷いをお断ち下さると約束していただけますか。この緋紗とともに北条義時を討つと、そう誓って下さいますか」

それまで常に沈着だった緋紗がこの時初めて声を荒らげた。追い詰められた獣を思わせる響きである。気圧《けお》されてすぐには返事ができなかった。

ところがまさにその時だった。遠くの草むらが大きく揺れた。慌てて音のした方に目を向けながら片隅にここが北条の本領なのだという意識が過った。

「そこにいるのは何者であるか。たとえ誰であれ執権義時様を討つとの声がすれば、さすがにこれは聞き捨てならー―」

威勢よく藪から顔を出した男は、ところが皆までいわずにそこで大きく息を呑《の》んだ。目は公暁に注いだまま動かない。見る間に肩が震え出し、そんな、そんな、と怯《おび》えたような声が続く。訳がわからずあっけに取られた公暁を他所《よそ》に、緋紗は湯から跳ね出ると太刀を取って男へと走った。

「よ、頼家公――」

男はだが緋紗の動きすらまるで目に入らない様子で、ただ腰から地に落ちて激しく震えたままである。

「そんなはずはない。公は確かに我らがこの手で――ならば、そこにおわすは、ぼ、亡霊か」

背後に回り込んだ緋紗が男の首に腕を回し咽喉もとに刃《やいば》を突きつけた。

「お主、北条の郎党だな」

ひっと男が声を上げた。どうやら相手は単身である。こちらの優位がはっきりすると公暁も落ち着きを取り戻した。

「おいお前、今妙なことを口走ったな」

立ち上がり近づきながらそう問うと男はさらに身を縮めた。

「確かに我らが、とはどういう意味だ。父を――頼家公をどうしたという」

「よ、頼家様、お許しを、あれは時政様と義時様との御命令でございました。なにとぞ成仏して下さいませ。恨むなら御領主様をお恨み下さい」

男は錯乱しているようだった。緋紗に抱えられたまま激しく首を振るものだから咽喉に幾筋か刃の痕《あと》が浮いている。

「緋紗、刀を離してやれ」

いわれた通り緋紗が刃を退《ど》けると男はその場に平伏《ひれふ》した。口から泡を吹く勢いで許しを請《こ》う言葉を聞くうちどうにか公暁もその意味するところを理解した。

男はかつて義時から頼家暗殺の命を受けまさにこの湯で裸の彼を襲撃した一軍の一人であった。思わぬ抵抗にてこずりこそしたけれど、最後には数人で取り囲み滅《めっ》多《た》刺しにした。相手は完全に公暁を頼家の怨霊《おんりょう》とでも思い込んでいるらしく、合間合間にはしっかと左右の手を合わせ、お許し下さい、成仏されて下さいませ、と拝《おが》むことを止《や》めなかった。

「では憤死ではなかったのか――」

怒りが湧《わ》いていた。相手が自分を頼家と見間違えたことが自分の中に流れる父親の血を一層強く感じさせてもいた。まるで父自身が己れの中にいるようだ。かくして頼家の無念は今そのまま公暁のものとなった。

「公暁殿――」

声に向きなおると緋紗が刀を差し出していた。

「お斬りなさい。話が真《まこと》ならばこの者もまたそなたの仇」

我知らず深く肯いていた。手を伸ばし得物《えもの》を受け取って大きく一つ横に払う。ひっと声を上げ男がじたばたと後退《あとじさ》る。だがすでに緋紗がそちらに回り込み相手の退路を断っている。いつのまにか女の手にも今一振りの太刀が握られていた。

身動きもできぬかに思われた男だったがやはり武士の端くれであった。気配を察すると突然跳ねて緋紗から刀を奪い、体《たい》を返すと雄叫《おたけ》びを上げながら公暁に襲いかかってきたのである。

刃が閃《ひらめ》いた。斬られるか。一瞬の恐怖が襲い、それが何かに火をつけた。

実戦こそ初めてだったが公暁の腕は三井寺で鍛え上げられていた。男の太刀はこちらの肩を掠《かす》めるに留《とど》まったが公暁のそれは深々と相手の胸を貫いた。

音を立て男の体が湯に落ちた。飛沫《しぶき》が上がりやがて湯に血が広がっていく。

朱の色が見ている間に水面《みなも》をすっかり染め変えた。

気づけば肩が苦しげに喘《あえ》いでいた。体の芯《しん》が疼《うず》くように熱い。足元に広がる湯のごとく脳裏がじわじわと緋に塗り変えられていく。

裸形《らぎょう》のままの緋紗が寄って来た。心配げな面持《おもも》ちである。

公暁は太刀をその場に落とすと空いた手で乳房を鷲掴《わしづか》みにした。短い音が女の口から漏《も》れる。顔を寄せその口を塞《ふさ》ぐと公暁はそのまま背後から緋紗を貫いた。


その夜のことである。公暁の腕に頭を預けたまま緋紗が咄々《とつとつ》と切り出した。

「公暁殿に一幡《いちまん》様とおっしゃる兄上がおられたことは御存知《ごぞんじ》であらせられますな」

肯いて公暁は女の髪をまさぐった。

「私は比企《ひき》の娘でございます」


あの激しい交わりの後、二人は湯に浮かぶ男の死体もそのままに山中へと取って返した。杉の枯れ葉が柔らかく積もった場所を見つけてこの夜の床《とこ》と定めると、どちらからともなく再び求め合い体を重ねた。一度では収まらず公暁は繰り返し女の体に分け入った。その度に緋紗はまるで泣いているような声を上げた。

いつしか日は落ちていた。頭上には高い枝が繁《しげ》っている。穂先のような梢《こずえ》が夜目にもはっきりと屹立《きつりつ》している。

頬《ほお》の辺りに緋紗の声を感じながら公暁はその隙間《すきま》に垣間《かいま》見える星を見ていた。

「父の名は比企弥四郎《やしろう》、一幡様の母親たる若狭局《わかさのつぼね》の弟に当たります。一族はかつて北条の奸計《かんけい》にかかり滅ぼされました。当主能員《よしかず》様は御祈禱《きとう》にと招かれた時政の館で刀も持たぬまま斬られたのでございます。しかも北条は能員様を亡き者とするとただちに兵を比企の屋敷に向けました。敷地には一幡様の御座所《ござしょ》もございましたから、万一に備え一族はそこに集まっておりました。私もまた母とともにその日その地にあったのです。見る間に兵が押し寄せました。口々に比企殿御謀反《むほん》と叫びながら。ええ、あの声は決して忘れはいたしませぬ。

けれど何故比企が謀反など企《くわだ》てましょう。そもそも謀反とは主筋に刃を向けること。時の鎌倉の主は頼家公、比企には大事な娘婿《むこ》でございます。しかも一幡様は御世継ぎです。ならば比企を攻めることこそ謀反ではございませぬか。あの時謀反したのは疑いなく北条の方でございます。

無論我らにも心積もりはございました。ですがこの日ばかりは見事虚を衝《つ》かれてしまったのです。戦《いくさ》こそあり得てもまさか一幡様の御座所に攻め寄せては来まい。そんな油断もあったのでしょう。門が破られ兵がなだれ込んでしまえばそれで終わりでした。幕府の者どもは館に火を放ち女子供さえ容赦《ようしゃ》なく斬り捨てました。

母は私を抱《かか》えたまま炎に追われ、ついには裏手の山に追い詰められました。父の無事を案じながらも所詮女の身には為《な》す術《すべ》などありません。火の手は迫ります。山は高くとても登り切れるとも思えない。おそらくは山頂にも待ち伏せする兵が幾人かはあったことでしょう。

けれどそこで御仏《みほとけ》は母に味方したのです。

爪《つめ》に土を食《は》みながら必死で這《は》い登っていた母は、突然斜面に穿《うが》たれていた洞《うろ》に落ちたのでございます。表は枯れ枝に覆われておりましたが、中は母一人子一人ならば十分隠れられるだけの広さがございました。

自分の落ち込んだ穴を裏側から繕《つくろ》うと母はそこでじっと息を殺しました。ともすれば泣き出しそうになる私を懸命に宥《なだ》めながらそれから五日余りを体を屈《かが》めて身動《みじろ》ぎもせず過ごしたのです。

兵のすっかり退《ひ》いたことを確かめて這い出した母と私が見たものは、焼け落ちた屋敷と、供養もされずに放り出された数多《あまた》の御遺体でございました。あの若宮大路《わかみやおおじ》にほど近い焼け跡、あれが比企の館のなれの果てでございます。

母は弥四郎殿と固く結ばれておりました。幼児《おさなご》であった私には父の記憶もおぼろげですが、剛毅《ごうき》さを隠さぬ顔や肌の匂《にお》いと、それとは不似合いにたいそう柔らかだった掌《てのひら》の感触はいつまでもこの頬に消えませぬ。

母の恨み、比企の恨みはすべてそのまま私の恨みでございます。そなたが男《おのこ》であれば仇《あだ》討ちを頼みもできように。以来その言葉が私の子守唄でございました。男にならねば。いつしかそう考えておりました。

我ら母娘のそれからはただ北条憎しの一念に支えられた日々でありました。母は白拍子《しらびょうし》に身を窶《やつ》し後ろ盾《だて》となられるお方を求め、私は男並みに太刀を使えるための修練ばかりを重ねたのです。我らの命はただ義時を斬るためにのみございます。そのためにこそ御仏はあの日我らを助けられたのでありましょう。

縁あって公暁様という心強いお味方を得ることもできました。いえ、はじめからそのように定まっていたのでございます。でなければどうしてあの日鶴岡に入られる貴方《あなた》様のお姿を我らが目にすることがありましょう。馬上の貴方様はまさに一幡様と瓜《うり》二つ。声も出せずに見入ったものだと母は繰り返し申しておりました。

義時をこの手にかけるためだけにこの緋紗は生きております。でなければこの身に何の意味がございましょう。そう聞かされ、育てられたのが、今公暁殿の傍らに眠るこの緋紗という女でございます」

長い話を終えた緋紗は身を起こすと静かに公暁を見下ろした。どこから拾ったのか瞳《ひとみ》が星の光を映しているようにも見えた。

「これで御満足ですか。もう迷わぬと、そう仰せになられて下さいますか」

今度こそ公暁は力強く肯いた。迷いなどとうに消えていた。振りかかる太刀を払いのけ男の胸に刃を突き立てた時すでにそれは断ち切られていた。できるはずだ。いや、この身にはたやすくさえあろう。気がつけばそんな自信さえしかと兆している。それが女の宿願であるならすなわち俺の宿願でもある。その思いには最早微塵《みじん》の曇りもなかった。

だが公暁は気づかなかった。傍らで物語る女の胸に、ふとかつて彼女自身思いも及ばなかった疑念が芽生えていたことに。

緋紗は幼少より母に繰り返し聞かされた言葉を再現しているだけの自分に気がついていた。果たしてそれが我が身自身の思いであるのか。語りながら彼女にはそれがわからなくなっていた。実際そのようなことは彼女にとっても初めてだった。この時までこれほど長く母親と離れたことがなかったせいもあったのだろう。

あの日よりすでにそちは女ではない。その身はただ弥四郎様、延《ひ》いては比企の一族の恨みを晴らすためにこそ永らえた。ゆめ、忘れてはならぬ。

幼き日から幾度も聞かされてきた言葉が十重二十重《とえはたえ》に渦《うず》を巻き我が身を搦《から》め捕《と》る様《さま》が目に見えるようだった。

母の教えを己れの声でなぞりながら緋紗は心のどこかが軋《きし》むのを感じた。我が身とはぶれた場所にいるもう一人の自分が懸命に異を唱えているかのようだった。

だが緋紗が公暁にその胸のうちを打ち明けることはない。代わりにただしっかりと男の肌に顔を埋め湧《うず》き起こる嗚咽《おえつ》をどうにか噛《か》み殺すのみである。

母親の呪詛《じゆそ》は鎧《よろい》となり彼女の身を固く包んでいた。

義時の首級《くび》。それを取ることができなければこの生には意味などない。

その言葉は公暁にではなく緋紗自身にこそ向けて改めて放たれたものであった。

――確かに二人は同じ縁《えにし》に結ばれていた。

彼らはだがそこから目を背《そむ》け合っていた。思いを捨てただ体とともに互いの運命を重ねた。もとより二人ともその縁をいい表す言葉を持たなかった。

その縁、後の世の者ならば傀儡《くぐつ》と呼んだに違いない。


翌日、緋紗は長かった髪をすっぱりと剃《そ》り落とすと武者の装束を捨て、携《たずさ》えていた僧衣に着替えた。

腰越《こしごえ》より先はもう鎌倉でございます。武士《もののふ》の姿であればどんなことから見咎《みとが》められぬとも知れませぬ。たった今よりこの緋紗は、三井寺より遣わされた公暁殿の小姓でございます。

そう告げた女の顔にはいつもと同じあの笑みが甦っていた。

四

緋紗《ひさ》とともに八幡宮に戻った公暁《くぎょう》はまず、栄達《えいたつ》を中心に年若い僧を選び己れの意のままになる一派を作り上げることに腐心した。何といっても将軍家に連なる身である。大樹に擦《す》り寄る者は多かった。

彼の傍《かたわ》らには常に緋紗がいた。僧の中にはこの者の出自を訝《いぶか》る向きもあるにはあったが、公暁は三井寺《みいでら》で得た小姓だといい張ってねじ伏せた。実際緋紗の立ち居振舞いはまさしく僧侶《そうりょ》のもので、公暁の身辺を世話しながらほとんど女を感じさせることさえなかった。

当然ながら公暁も最初から一味に加えた者たちに計画のすべてを打ち明けていた訳ではない。実朝と義時の暗殺が公暁の目的であることを知っていたのは、緋紗を除けばこの頃は僧のうちではまだ栄達一人であった。これほどの大事を告げられたにもかかわらず栄達はにやりと笑い、面白そうだなとこともなげに嘯《うそぶ》いた。

同時に公暁は非公式ながら幕府に別当職《べっとうしき》への就任を打診した。折り返し尼御台《あまみだい》がこれをひどく喜びただちに各方面への準備に入ったことが伝わってきた。

おそらく政子は神仏に傾ける公暁の思いの深さの表れとでもとったのであろう。実朝にはまだ一人の子もなかったから彼女にしてみれば公暁は今やただ一人の孫息子である。目の曇りを責めることは酷だろう。

そしてもう一人、鎌倉にあって彼の計画を聞かされていた者があった。もちろんあの三浦義村である。

義村は頼朝旗揚げの当初からの御家人のうちでは、今や北条を除いた唯一の生き残りという立場であった。その意味で彼我《ひが》は対等であり、これを返せば北条にとって三浦は最後に残された目の上の瘤《こぶ》ということになる。

義村もこの危うさを十分承知していた。

梶原、比企《ひき》をはじめとし、畠山、和田といった古参の御家人らが次々と北条と対立し廃されるのを目《ま》の当たりにしてきた義村である。さすがに迂闊《うかつ》な返事を口にすることはしなかった。だが同時に諫《いさ》めもしなかったのは、そこに一縷《いちる》の可能性を見《み》出《いだ》したからか、あるいはほかの筋からの口添えがあったためであったか。

いずれにせよ秘事を打ち明けた公暁に義村はあの男と同じ言葉を口にした。

将軍家と義時とを一時《いちどき》に仕留めること。でなければ何の意味もありませぬ。

そう告げた義村はだが決して公暁の目を見ようとはせず、それどころか両のまぶたをしっかりと閉じたままだった。

それでも数日の後、義村は嫡子《ちゃくし》駒若《こまわか》を公暁の小姓として八幡宮に遣わして寄越した。目端の効きそうな少年であった。

緋紗と栄達にこの駒若を加えた三人が公暁の最も近しい側近となった。彼らは夜《よ》毎《ごと》を計画の細部を練り上げることに費やした。そして一派の中から口の固そうな者、従順な者を選んでは密議の輪を広げていった。

やがて公暁の別当就任が正式に予定された。これを受け彼が千日の行《ぎょう》に入る旨《むね》奏上したのは鎌倉への帰還からすでに半年では足らぬ時が過ぎて後であった。

実朝の昇進は矢継《やつ》ぎ早《ばや》だった。一つ位が上がり八幡宮への報告が滞《とどこお》りなく済むと次の季節にはもうその上の官位がちらついた。果たして建保《けんぽう》六年の冬には彼はついに右大臣にまで昇ることになったのである。まだ三十にも届かない実朝の年齢からいえばまったく異例のことであった。この任官に伴う八幡宮への拝賀は翌年の一月二十七日と定められた。

市中には少し前から奇怪な風説《ふうせつ》が流れていた。

鶴岡《つるがおか》の境内で鳩《はと》が変死しているのが度々見つかっているというのである。これは近々鎌倉に何らかの変事がある先触れである。朝廷や主筋源家をないがしろにする北条に神罰が下るに違いない。噂《うわさ》はそんな尾鰭《おひれ》をつけて広まった。

初めのうちこそ意にも介さなかった幕府であったが、時を同じくして伊豆に隠居していた義時の父北条時政の死が実は呪殺《じゅさつ》であったとの風聞までもが起こるに及び、ようやく重い腰を上げてこれらの流言《るげん》を取り締まった。

だが所詮《しょせん》は噂である。出所を突き止めることも難しく、兵たちは時折八幡宮の学僧らと小競《こぜ》り合《あ》いを起こす程度しかできなかった。

あるいは境内に鳩の死体を放ったのは栄達や駒若の仕業であったかも知れないし、件《くだん》の流言は義村辺りが入れ知恵し、ことの後、将軍と執権とは天に誅《ちゅう》されたのだという世論を形成するために打たれた布石であるのかも知れなかった。

ただいずれにせよ、八幡宮の学僧たちがこの一件に関《かか》わっていたことだけはおそらく疑問の余地もないだろう。

鳩の死骸《しがい》がそこにあればまず目にするのは境内を清める彼らでなければならないし、見つかればその場でつつがなく片付けられて然《しか》るべき種類のものである。それが表に流布《るふ》したからにはそこに何らかの作意が働いていたはずだ。あるいは晴れて別当に就任していた公暁の指示であったのかも知れない。

そのような喧騒《けんそう》のうち年が明けた。

その日は朝から重い雪が降り注いだ。

式は夜からと定められていた。おそらくは陽《ひ》がそろそろ落ちただろうと思われる頃、拝賀の一行が鶴岡の朱《あか》い鳥居の下を潜《くぐ》った。将軍実朝と太刀持ちを務める執権北条義時、その補佐として源仲章《なかあきら》、ほか数名の公卿《くぎょう》という陣容である。

神前では帯刀は許されなかったから警護の兵らは門外での待機を命じられた。執権の携《たずさ》えた太刀《たち》も儀式のための作り物である。

だが雪であった。寒さのため兵たちは門につききりでいることもしなかった。式次第がすべて終わるまでには一時《いっとき》の間はあるだろう。それまでは特にすることはない。そんなことを勝手に決め込むと、護衛の武者《むしゃ》らは幾つかに分かれ暖を取りに近隣の民家へと散っていった。

その様子を僧坊の陰から確かめると、緋紗は身を翻《ひるがえ》し公暁の元へと馳せ参じた。

「今宵《こよい》より望ましい機会はありませぬ。境内の変事が御所に伝わるまでには少しの間が要《い》りましょう。すなわち我らが三浦に逃げ込む暇《いとま》があるということ。公暁殿、御決断を」

うむと肯《うなず》いた公暁の顔は一面髭《ひげ》と蓬髪《ほうはつ》とに覆《おお》われている。対して緋紗は修禅寺で丸めたままの頭であった。

公暁が実朝を、緋紗が義時を手にかけることはすでに打ち合わせてあった。ことが成ったら栄達以下の僧たちが二人の逃走を助けてくれる手筈《てはず》である。

攻め寄せる者があれば戦うことも折り込み済みで、彼らは武具も準備している。三浦には駒若が報告に走る。

まさしく緋紗のいう通り、後は心を定めるだけだった。だが彼らはそこでそれきり黙り込んだ。じっと互いの目を覗《のぞ》き合ったまましばし微動だにしなかった。

その時二人の間に交わされたものは果たして何であったのだろうか。

あるいは将軍として俗世に君臨する未来が垣間《かいま》見えていたのかもしれないが、それよりはむしろ、互いに僧衣に身を包みながら殺生《せっしょう》に赴《おもむ》くことへの皮肉であり、このような形でしか相手と関わり合えなかったことへのいいようのない思いであったようでもある。いずれにせよ、二人はそれを言葉にして確かめることさえしなかった。できなかった。

やがて公暁の首が今一度縦に動き同じ仕草で緋紗が応じた。

「拝賀はどれくらいで終わる」

「あと半時《はんとき》ほどかと」

「ならばもう廻廊《かいろう》の辺りに潜《ひそ》むか」

「それがよろしいかと存じます」

緋紗よ、寒くはないか。口を衝《つ》きかけた言葉をけれど公暁は呑み込んだ。互いの身を案じることなど自分たちにはやはり不似合いに思われたからである。

だがこの束《つか》の間《ま》、拝殿では二人が予測だにしなかったことが起きていた。

標的の一方である執権北条義時が、その太刀持ちの役を源仲章に預けひそかに八幡宮を辞去してしまっていたのである。急な病というのが理由であったとされてはいるが真偽のほどは定かではない。

後世伝わるところによれば、この前夜彼の夢枕に戌神将《いぬしんしょう》が現れて変事を予言したのだともいわれている。どうやら義時は戊年の生まれであったらしい。

それはそれとしても、いずれこの男が動物的な嗅覚《きゅうかく》で周囲のただならぬ気配を察したことは少なくとも確かである。

しかもその後の対応も素早かった。屋敷に取って返した義時はこの時点ですでに配下の兵に戦支度《いくさじたく》を指示しているのである。あたかも何が起きつつあるのかすべてを見通していたかのような行動である。

ともあれこの義時という男、なるほど一種超人的な存在であったのだろう。

彼なくしては果たして二百年にわたる鎌倉という時代そのものがこの国の歴史にあり得たかどうか。だがそれはまた別の話である。

降りしきる雪が茫《ぼう》とした光を放ち境内は青く明るかった。

公暁と緋紗は左右に分かれて廊下の下に身を潜めた。互いの視線がどうにか届くかどうかという距離である。夜気が襟元《えりもと》を刺し口からは白い息が漏《も》れる。裏腹に体の芯《しん》には消えない熱が騒いでいた。

まもなく灯《あか》りを持した従者を先頭に拝賀の一行が姿を見せた。公暁の位置からは背中しかわからないが、中央で一人装束《しょうぞく》の異なるのが実朝であり、太刀を捧《ささ》げて彼に従っているのが義時であるはずだった。

公暁は緋紗に目をやった。女が目顔で肯いた。

行列が目前に来た。

「叔父《おじ》上、御覚悟っ」

咆哮《ほうこう》とともに斬《き》りつけた。灯火皿《とうけざら》が飛び雪の上で一瞬だけ燃え上がる。悲鳴ともつかぬ緋紗の声が響いて飛び出した姿が次の人影に斬りかかった。血飛沫《ちしぶき》、そして断末魔。行列のほかの者どもが声にもならぬ声を上げその場で次々にへたり込む。反撃の気配もなさそうである。

終わった。そう思った。

「親の仇《かたき》はかく討つぞ」

公暁は実朝の首を刎《は》ね高々とかざした。血が雪の上に滴《したた》り落ちる。青い暗がりの中でなお彼はその赤さをはっきりと見た。

笑みが漏れた。会心の笑みであるはずだった。だが己れの顔に浮かんだそれが泣き顔にも似たものであることをその時彼は知っていた。

蛮行《ばんこう》に恐れをなしたらしく男どもは不様《ぶざま》に腰を抜かしたまま右往左往するばかりである。この分なら逃げることもたやすかろう。そう小さく安堵《あんど》して振り仰ぐとすでに栄達らが駆け寄って来るところだった。後は彼らが三浦の屋敷まで手引きしてくれる。すべては計画通りである。

「違う——違うっ」

緋紗の声が上がったのはその時だった。絶叫にも聞こえる音だった。

「どうしたっ」

「これは、これは義時ではありませぬっ。そんな、そんな」

「まさか」

だが駆け寄って仰向けた遺体の顔は確かに狙《ねら》っていた男のものではなかった。

「緋紗っ」

「公暁殿っ」

互いに名だけを呼ぶとそれ以上言葉が出なかった。見つからなかった。そのつかの間に僧たちがそばまで来て二人を囲んだ。

「何故《なぜ》、何ゆえじゃ」

「わかりませぬ。だがこれでは、これでは緋紗は」

緋紗の目はすでにうつろである。公暁は己れの肩が震え出すのを感じた。気がつけば先刻まで燻《くすぶ》っていた身中の疼《うず》きが消えていた。

「別当殿、急ぎお逃げ下さい。すでにこの場より一人駆けていくのが見えました。追わせてはおりますが、まもなく追っ手がかかることは止《や》むなしかと存じます」

栄達の言葉に公暁もどうにか肯いた。

「緋紗、行くぞ」

茫然《ぼうぜん》としたままの緋紗の腕を強くつかんだ。唇《くちびる》を噛《か》んだ緋紗も肯き、二人は僧らに守られて築地《ついじ》の隙間《すきま》から境内を離れた。三浦の屋敷まで半時もかからない。そこで夜明けを待てば義村が公暁を第四代将軍として推し追捕《ついぶ》の手から守り通してくれる約束だった。けれどそこで突然に緋紗が叫び声を上げた。

「義時を、義時を討たねば」

悲鳴にも似たその音に一行の足が止まってしまう。

「緋紗、もういけぬ。あやつにはもう手が届かぬ」

「いえ、あの男、我らの目を欺《あざむ》き屋敷に戻ったに違いない。公暁殿、義時こそがこの緋紗の仇、そなたの真の敵でございましょう。あれほど確かめ合ったこと、よもや公暁殿はお忘れですか」

鋭い口調とは裏腹に緋紗の瞳《ひとみ》は潤《うる》んでいた。女自身それが何の涙なのかもわからなかった。義時を討たねば。それよりほかの思いは心中に結ぶことさえしなかったのである。このまま逃げることは緋紗にとっては決してあってはならない事態だった。女の目を覗き込み公暁も瞬時にそれを理解した。

「行先を変える」

彼は栄達らに言い放った。

「しかし――」

「否《いな》やはならん。俺は緋紗と義時を討つ」

果たしてこの時、僧侶らは緋紗と公暁とに一体何を見たのであろう。彼らの多くは家督《かとく》を継げずに出家を余儀なくされた武家の子弟である。公暁の蛮勇《ばんゆう》に自身が成し得なかった憤懣《ふんまん》の爆発を見て胸中ひそかな喝采《かっさい》を上げていたのかも知れない。

すでにものものしい気配は遠くながらあった。北条の屋敷へ向かうことは火中に栗を拾うよりさらに危うい所業である。

だが栄達以下の僧たちは互いに深く肯いて公暁に従った。目指すは小町《こまち》、執権義時の居館である。ただ一人あの三浦の駒若だけがそっと一軍を離れたのだが気づいた者もいなかった。

しかしながら僧侶らは徒歩《かち》、追っ手の方には馬があった。

捕まりかけるたび僧たちは懸命に応戦した。一人二人とその場に留《とど》まっては敵を食い止め緋紗と公暁とを先へ先へと進めようとした。自然小町に近づくにつれ一行の数は減っていった。

「ここで俺たちが止める、行け」

栄達がそうほかの味方とともに足を止めると後は緋紗と公暁の二人きりだった。

ふと公暁の胸にあの東海道が甦《よみがえ》った。

何も変わってはいなかった。俺はこの女と二人、義時という男を討つためだけに進んでいる。不思議な縁《えにし》に結ばれて、己れの意さえ定かでないまま誰かに手足を操られて。ここまで生きてきたこと、そのすべてはこの道行きだった。

「いたぞっ。謀反人《むほんにん》の坊主だっ」

背後で声が上がった。

「緋紗、来るぞ」

「いえ、公暁殿、今少し、今少しですっ」

気配に振り向き斬りかかった相手を払いのけた。その程度の腕で俺が斬れるか。吹き上がった血潮にほかの追っ手がわずかに怯《ひる》む。その隙《すき》に駆けると程なく目指す屋敷の門が見えた。

「行くぞ、緋紗」

「はい」

二人は最後の力を振り絞り足を速めた。門前にはすでに篝火《かがりび》が焚《た》かれ周囲を照らし出している。橙《だいだい》の光が青い夜に円を描き、それが刻一刻と大きくなる。

その時だった。灯《あか》りの中央に一人の男が姿を見せた。不遜《ふそん》にも見える様相は間違いなく北条義時その人のものだった。

「義時ぃっ」

叫び声を上げ飛び出したのは緋紗だった。身を屈め太刀を前に突き出している。まるで己れのすべてをその一撃に込めんとでもしているようだ。だが切っ先が相手に届く寸前、義時の背後から郎党らが繰り出して左右から女を突き刺した。

「緋紗ぁっ」

叫び声を上げ公暁は膝《ひざ》から滑るとくずおれた体の上に我が身を投げ出した。そして抱え上げ繰り返し女の名を呼んだ。郎党らの松明《たいまつ》に照らされて緋紗の目が薄《う》っすらと一度開いたが、再び閉じたそれがまた開くことはついになかった。

比企の娘の最期であった。比企の比は悲の音に通じた。公暁の胸にその思いがあふれた。すでに心はなかった。

追っ手の武者たちが追いついて北条の郎党らとともに二人を囲んだ。だが彼らは戸惑っていた。

　自分たちが謀反人を追っていることこそ知ってはいたけれど、それが八幡宮の別当、すなわち先代頼家の一子公暁であるとまではさすがに聞かされていなかったのである。下手人《げしゅにん》とはいえ将軍家の血筋である。果たして刃《やいば》を向けてよいものか。武者たちは逡巡《しゅんじゅん》し互いに顔を見合わせた。

「斬り捨てよ」

　一つ低く聞こえたのは義時の声であった。公暁の耳には緋紗の体に積もる雪ほどにも冷たく響いた。

　次の瞬間、胸に、背に、脇腹に、此の世のものとも思えぬ熱が走った。刃の貫いた痛みだとわかるまで今少しの間があった。

　血が流れていた。血は腕の中の緋紗の軀《むくろ》にこぼれ、女からあふれた血と相俟《あいま》って雪を汚した。同じ色をしている。真っ赤だ――。

　それが公暁の最期の思いであった。

　己れを突き刺した刃の中にあの三浦の手の者が混ざっていたことを彼が知らずに済んだのは、わずかながらも救いではあったに違いない。

　かくしてこの夜、頼朝の血を引くただ二人きり残された叔父と甥《おい》とが命を落とし源氏の血はまったきに潰《つい》えてしまうことになる。

平家を滅ぼし、のみならず朝日将軍義仲、九郎判官義経《ほうがんよしつね》らを次々と亡き者にした開祖頼朝は、それこそ文字通り末代まで祟《たた》られたのだといえるのかも知れない。

それでもなお鎌倉は健在だった。

義時はただちに次期将軍の人選に着手した。それなりの血統があれば誰でも構わなかったが空位が長引くことばかりは避けたかった。来《きた》るべき最後の戦いに備え御家人の結束が揺らぐような事態をみすみす招く訳にはいかなかったのである。彼はすでに起こるべき次の事件に思いを巡らせていた。

ひそかに放っていた間者《かんじゃ》からこの夜の一連の報告を受けると上皇は憮然《ぶぜん》として歯《は》嚙《が》みした。娘の死に声を失った側女《そばめ》の一人にいたわりの言葉をかけることなどもまるでしようとはしなかった。

やはり正面から戦を仕掛けるよりないか。

だが彼が迂闊にそれを声に出すことはない。公暁の一件にしても自身との関わりを示すような証拠は一切残してはいなかった。

この年、元号は承久《じょうきゅう》と改まる。その三年、上皇はついに自ら起《た》ち鎌倉に戦を挑むのだけれど、これもまた別の話である。

比企の乱の折、緋紗という娘が生き残り、公暁と行動をともにしていたことを明らかにする史料はない。また、あの雪の夜落命した僧衣の者の中に女人《にょにん》が一人紛れていたこともどこにも伝えられてはいない。

ただ女の血を吸った雪だけが束の間その緋色《ひいろ》に記憶を留《とど》めただけである。それも翌朝から降り注いだ陽射《ひざ》しに溶け出し、昼前には流れて消えていた。

引用・主要参考文献一覧

『全譯　吾妻鏡』全五巻・別巻一巻　貴志正造編　新人物往来社　一九七六〜一九七九年
『修禅寺物語』岡本綺堂　筑摩書房（ちくま日本文学「岡本綺堂」）二〇〇九年
『金槐和歌集』樋口芳麻呂校注　新潮社（新潮日本古典集成）一九八一年
『増補　吾妻鏡の方法』五味文彦　吉川弘文館　二〇〇〇年
『吾妻鏡必携』関幸彦　野口実編　吉川弘文館　二〇〇八年
『鎌倉武家事典』出雲隆編　青蛙房　一九七二年
『源頼朝のすべて』奥富敬之編　新人物往来社　一九九五年
『文覚上人一代記』相原精次　青蛙房　一九八五年
『真言立川流』藤巻一保　学習研究社　一九九九年
『大姫考―薄命のエロス』馬場あき子　大和選書　一九七二年
『太陽』一九七七年九月号「特集　源実朝」
『北条政子』関幸彦　ミネルヴァ書房　二〇〇四年
『北条政子　幕府を背負った尼御台』田端泰子　人文書院　二〇〇三年
『日本古典文学の諸相』桑原博史編　勉誠社　一九九七年
『吾妻鏡』上中下　竹宮恵子　マンガ日本の古典　中公文庫　二〇〇〇年

なお、右には割愛いたしましたが、基本的な中近世の理解については拙著『君の名残を』巻末に挙げた史料に多くを負っています。また以上のほか太宰治『右大臣実朝』、永井路子『炎環』をはじめとする各登場人物を描いた既存の複数のフィクション作品より、それぞれ少なくない示唆《しさ》を受けておりますことを謝意を込め付記いたします。

収録作品には各々意図的に史実なり原典なりを逸脱した内容が含まれております。いずれ小説ですのでそれぞれの内容について明記は不要かとも思われるのですけれど、一点のみ、本文からだけではやや見えにくいかと思われる改変について念のためこの場を借りて追記いたします。最後に収録した「悲鬼《ひき》の娘《むすめ》」において、公暁《くぎょう》の上洛と坂東《ばんどう》への帰還の時期をそれぞれ春と秋としておりますが、これはもっぱら作品の構成上の理由によるものであり、『吾妻鏡』によれば出立《しゅったつ》が初秋、鎌倉への帰参が晩夏のできごとであったと考えられます。

また、本書冒頭のエピグラフは源実朝『金槐和歌集《きんかいわかしゅう》』所収の一首ですが、作中のようにこの歌が他者による何らかの示唆によって詠《よ》まれたことを窺《うかが》わせるような史料はありません。

源氏略系図

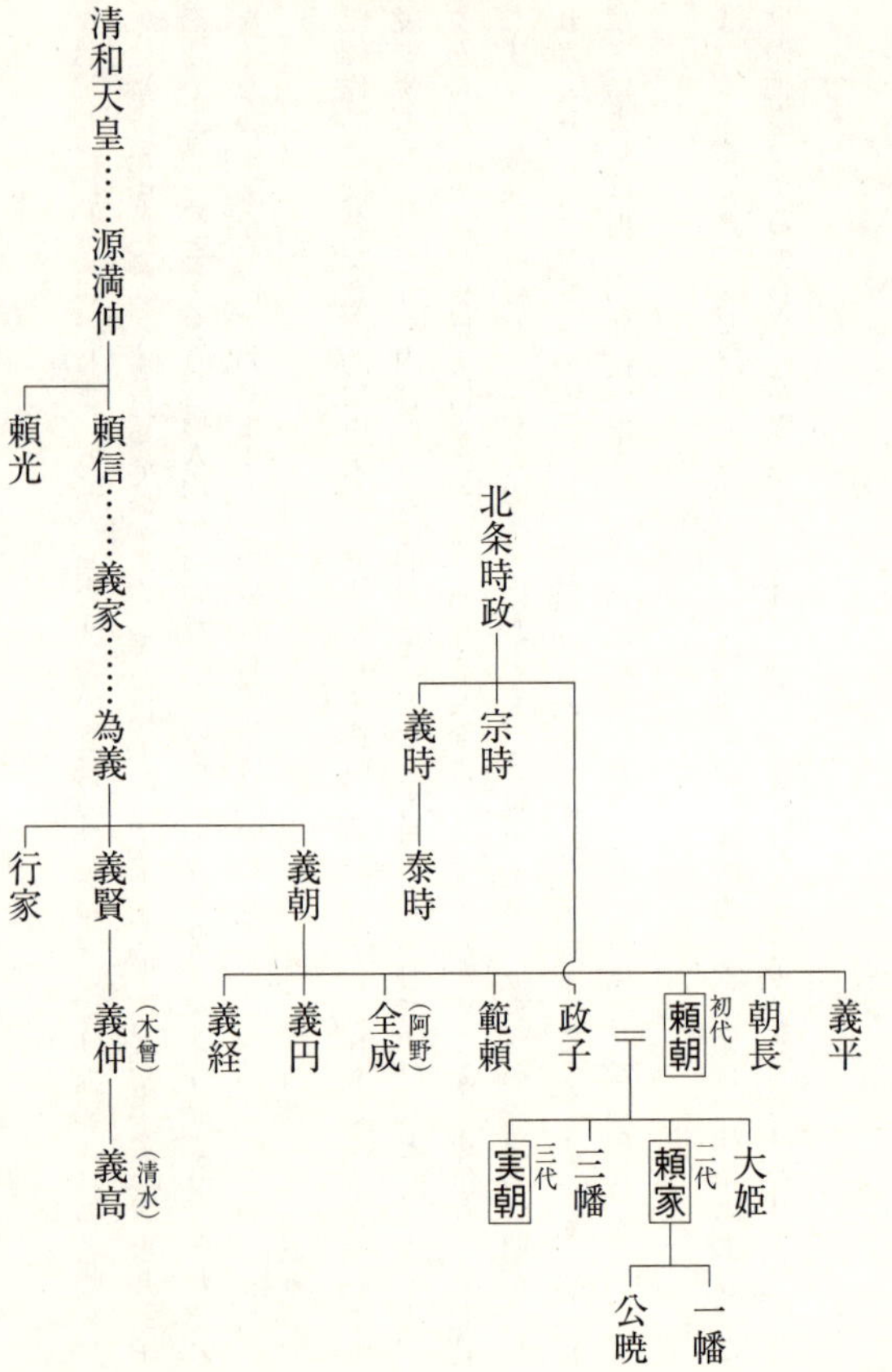
清和天皇
源満仲
頼光
頼信
義家
為義
行家
義賢
義朝
(木曾)義仲
(清水)義高
北条時政
義時
宗時
泰時
義経
義円
(阿野)全成
範頼
政子
初代 頼朝
朝長
義平
三代 実朝
三幡
二代 頼家
大姫
公暁
一幡

解説

末國善己《すえくによしみ》

日本の古典芸能「能」には、現在進行形で物語を進める「現在能」と、神仙《しんせん》や亡霊が現れ、生きている人間に昔話を語る「夢幻能《むげんのう》」がある。「夢幻能」は、超自然の存在が彼岸《ひがん》と此岸《しがん》の境界線を崩し、見る者に世の無常を突き付けていくだけに幻想性が高く、後世の幻想小説、伝奇小説にも多大な影響を与えている。

三人の高校生が平安末期にタイムスリップする『君の名残を』を書いた浅倉卓弥が初の本格的な時代小説に挑んだ本書『黄蝶舞う《きちょうま》』は、平家を滅ぼして鎌倉幕府を開いた源　頼朝《みなもとのよりとも》と、その子・頼家《よりいえ》、実朝《さねとも》の謎《なぞ》めいた死を幻想的に描く「夢幻能」を彷彿《ほうふつ》とさせる三編と、頼朝の娘・大姫《おおひめ》と実朝を暗殺した公暁《くぎょう》の儚《はかな》い生涯を追った「現在能」を思わせる作品を巻頭と巻末に置いており、怪奇幻想小説としても、斬新《ざんしん》な歴史解釈で源氏の隆盛から衰退までを描く歴史小説としても楽しめるようになっている。

「能」には、平敦盛《たいらのあつもり》を弔うために出家した熊谷直実《くまがいなおざね》が、平家都落ちの苦難を語る敦盛の霊と出会う「敦盛」、木曾《きそ》義仲《よしなか》とともに粟津《あわづ》の合戦で果てた今井《いまい》兼平《かねひら》が、弔《とむら》いに来た僧に、主君の最期《さいご》を語る「兼平」、源義経《よしつね》を慕う静御前《しずかごぜん》と別れ船出した義経一行を平知盛《とももり》らの怨霊《おんりょう》が襲い、弁慶《べんけい》が調伏《ちょうぶく》の祈禱《きとう》を行う「船弁慶」など、源平の争乱をモチーフにした作品も少なくない。その意味で本書は、日本の幻想文学の直系に属する作品といえるのである。

巻頭の「空蟬《うつせみ》」は、わずか二〇歳で早世《そうせい》した頼朝の娘・大姫を主人公にしている。大姫は、頼朝と木曾義仲が和解するため、鎌倉へ送られた義仲の嫡男《ちゃくなん》・義高《よしたか》と婚約させられた女性である。政略結婚にもかかわらず二人は真剣に愛し合うようになるが、義仲が義経に討たれたことで状況が一変。命の危険に直面した義高は、密《ひそ》かに鎌倉を脱出するが捕えられ、処刑されてしまう。物語は、恋人を殺されたショックで病に倒れた大姫が、過去を回想することで進んでいくが、せつない悲恋のなかに、義高の謀殺に手を染めた母・北条政子《まさこ》と、政争の犠牲になった大姫の複雑な母子関係が織り込まれ、大姫が感じた無常観が、蟬の脱殻を使って象徴的に描かれていくので深く印象に残る。

「されこうべ」は、坂東《ばんどう》で力を蓄えている頼朝から平家を呪術的《じゅじゅってき》に守るため、源氏に伝わる名刀「鬚切《ひげき》り」と共にどこかに隠された平清盛《きよもり》の首が物語を牽引《けんいん》していく。いってみれば、死した清盛と生ける頼朝の時空を超えた直接対決の物語といえるだろう。

『平家物語』巻五「伊豆院宣《いずのいんぜん》」には、文覚《もんがく》が蛭ケ小島《ひるがこじま》に流されていた頼朝を訪ねて「白布にて裹《つつ》んだる髑髏《どくろ》」を取り出し、「是《これ》こそ御辺《ごへん》の父、故左馬頭殿《さまのこうのとの》の頭《こうべ》よ」といって平家打倒をうながすエピソードが出てくる。頼朝が「院宣」がないと断ると、文覚は福原に上って後白河院《ごしらかわいん》に会い、見事に「院宣」を取ってくるのである。実は、この時、文覚が頼朝に見せた髑髏は偽物《にせもの》で、源平の争乱が終わった後、文覚は本物の義朝の髑髏を探し出し、頼朝に届けている（『平家物語』巻一二「紺掻之沙汰《こんかきのさた》」）。

なぜ文覚は、頼朝を説得するのに髑髏を持ち出したのか？　著者は、文覚が髑髏を本尊《ほんぞん》とする真言立川流の僧であったとの奇想を持ち込むことで、この謎に鮮やかな回答を与え、さらに史書も曖昧《あいまい》にしている頼朝の死の真相にも迫っている。

立川流は徹底的に弾圧されたため実態を伝える史料は少ないが、わずかに残る『受法用心集《じゅほうようじんしゅう》』（誓願房心定《せいがんぼうしんじょう》の作とされ、鎌倉時代に成立）によると、髑髏は高僧や大臣といった貴人、繋《つな》ぎ目のない頭骨、千人分の骨を粉末にして造形し直した「千《せん》頂《ちょう》」など珍しいものの方が、より尊い本尊になるとされている。行者は髑髏の前で女性と交わり、性器から出る「赤白二諦《にたい》」（経血と、愛液や精液）を集めて髑髏の表面に塗っていく。その作業を七年続けると、髑髏は生気をおび、人間の言葉を発するようになるというのだ。

文覚は尊い本尊を作るため清盛の髑髏を、頼朝は源氏の正統を示すため「鬚切り」を探すが、それは源平双方の武者の〝死〟と〝怨念《おんねん》〟の上に築かれた鎌倉幕府の欺瞞《ぎまん》を暴いてしまい、頼朝自身も因果応報《いんがおうほう》の渦《うず》に巻き込まれていくのである。

著者は、事実上、鎌倉幕府が編纂《へんさん》したオフィシャルな歴史書とされている『吾妻鏡《あづまかがみ》』が、〝武家政権の父〟ともいえる頼朝の死因を伝えていないことに着目。髑髏と「鬚切り」を用いて、その空白を虚構で埋めていく。それは妖《あや》しくもグロテスクな幻想譚《たん》だが、史実と完璧に整合性がとれているので、圧倒的なリアリティがあるのだ。

物語のラストには、「されこうべ」が伝える逸話《いつわ》こそが史実であり、それを不都合に感じたある人物が、頼朝の死の真相を葬《ほうむ》ったとするもう一つの奇想が出てくる。ここには、歴史書など時の権力者によって簡単に抹殺《まっさつ》されたり、書き換えられたりするのだから、どれほど正しく思えても頭から信じるのは危険だとのメッセージがある。

このテーマは、ほかの収録作とも共通しているので、本書の基調といえるだろう。著者の問題提起は、歴史をめぐる議論が活発になっている現在、歴史と聞くと熱くなってしまう人たちに、少し冷静になって判断することを促《うなが》しているように思えてならない。

明治を代表する狂言作者であり、捕物帳《とりものちょう》の嚆矢《こうし》となる『半七《はんしち》捕物帳』を書いた岡本綺堂《おかもときどう》の代表作に『修禅寺《しゅぜんじ》物語』（一九一一年初演、二世市川左団次《いちかわさだんじ》主演）がある。

修善寺に幽閉された頼家は、自分の顔を後世に伝えるため、面作りの名人・夜叉《やしゃ》王《おう》に、自分の顔の面を作るよう命じる。ところが、夜叉王が何度作っても面に死相がにじみ出るので、渡すことが出来ない。面の完成が遅れたことに怒った頼家は、夜叉王を斬《き》ろうとするが、そこに夜叉王の姉娘かつらが割って入り、死相の出ている面を渡した。見事な出来栄えに感激した頼家は、面を受け取り、かつらを御殿に引き取って側女《そばめ》とするが、その夜、北条の放った暗殺者に襲撃されてしまうのである。

第三話「双樹《そうじゅ》」は、後見を務める比企《ひき》家が執権の北条家に滅ぼされたことで、将軍位を追われた頼家が修禅寺に幽閉された時の物語であることや、「闇《やみ》の眷族《けんぞく》」を名乗る謎の姉妹の名が「かつら」と「かえで」であることなど、『修禅寺物語』の趣向を巧みに取り入れているので、両者を読み比べてみるのも一興である。クライマックスには、北条の刺客に襲撃された頼家を守るため、「かつら」と「かえで」

が繰り広げる活劇も用意されているので、静かな展開が多い本書のアクセントになっている。

表題作の「黄蝶舞う」は、小林秀雄『実朝』、太宰治《だざいおさむ》『右大臣実朝』、大佛次郎《おさらぎじろう》『源実朝』、吉本隆明『源実朝』、宇月原晴明《うつきばらはるあき》『安徳《あんとく》天皇漂海記』など、これまでも多くの作家、評論家が題材にしてきた実朝暗殺を描いている。特に、永井路子《ながいみちこ》の『炎環《えんかん》』は、実朝暗殺の黒幕が、それまでの定説だった北条家ではなく、三浦氏だったことを指摘して話題を集めた。その根拠として永井は、平安から鎌倉時代の上流階級に生まれた子供は、信頼できる家臣に養育（いわゆる「乳母《めのと》」制度）させるのが一般的で、成長した子供は生家ではなく、養家の権利を尊重するようになるためとしている。

頼家の乳母は比企家であり、そのため比企と北条の対立が起こったのだが、実朝の生母は北条政子、乳母は政子の実妹・阿波局《あわのつぼね》なので共に北条の一族。北条家が、自分たちの権威を裏付けてくれる養君の実朝を、排除する理由はないというのである。

この説は歴史学者からも評価され、現在では広く認知されるようになっており、著者も永井の歴史認識の影響を受けている。『炎環』は全四編からなる連作短編集だが、各編が密接にからみあい、タイトルの通り一つの「環」のようになっている。

本書も各編が完全に独立しているのではなく、「空蟬」が「黄蝶舞う」の伏線になっていたり、最終話「悲鬼《ひき》の娘《むすめ》」が「双樹」の後日談にして、「黄蝶舞う」の実朝暗殺事件を別角度から描いていたりと、全体が複雑に入り組んでいる。こうした構成は、『炎環』へのオマージュと考えて間違いあるまい。

「黄蝶舞う」は、実朝にしか見えない謎めいた少女が登場するが、それよりも、過去のしがらみや現在のパワーゲームに翻弄《ほんろう》されながらも、何とか理想の政治を実現したいと考える実朝の実像に迫っていくので、青春小説を思わせるものがある。だが、実朝の生涯を描く歴史小説と思っていると、足をすくわれることになるだろう。

当初は怪奇幻想色が抑えられているものの、次第に、実朝の周囲には、源氏が政権を樹立するために殺してきた敗者の怨念や、幕府打倒を目論《もくろ》む勢力の呪詛《じゅそ》の力が張りめぐらされていることが分かってくるのだ。それだけに、有名な実朝暗殺の真相が、まったく違う形に読み替えられていくし、上に立つ人間として、すべての〝闇〟を引き受けるべく死地へ向かう実朝の決意が、深く胸に迫ってくるのである。

作中には、凶事の前兆として黄蝶の乱舞が効果的に使われている。これは美しいイマジネーションだけに、著者の創作に思えるかもしれないが、『吾妻鏡《さんぬ》』に記述されている史実である。しかも、文治《ぶんじ》二（一一八六）年五月一日「去る比《ころ》より黄《き》蝶《ちょう》飛行《ひこう》す。殊《こと》に鶴岡宮《つるがおかぐう》に遍満《へんまん》す。これ恠異《かいい》なり。仍《よ》って今日御供《ごく》を奉《たてまつ》るの次いでを以《も》て、邦通《くにみち》の奉行《ぶぎょう》として臨時の神楽《かぐら》有り」、建暦《けんりゃく》三（一二一三）年八月二二日「鶴岡上宮の宝殿に黄蝶大小群集す。人これを怪しむ」、宝治《ほうじ》元（一二四七）年三月一七日「黄蝶群飛ぶ（幅《はば》仮令《かりよう》一許丈《いちばかりじょう》、列三段ばかり）。凡《およ》そ鎌倉中に充満す」、宝治二（一二四八）年九月七日「黄蝶飛行す。由比浦《ゆいのうら》より鶴岡宮寺並びに右大将軍家法華堂《ほけどう》に至るまで群れ亘《わた》ると」、同年九月一九日「未申《さるひつじ》両時《りょうとき》の間、黄蝶群飛す。三浦三崎の方より名越《なごえ》の辺に出来《しゅつらい》す。その群集の幅三段ばかりと」と、計五回も記録されているのだ。

『吾妻鏡』が蝶の乱舞を丁寧《ていねい》に記載したのは、古くから蝶が死者の魂を運ぶと考えられ、しかも平家の家紋《かもん》が蝶紋だったので、平家の怨霊を恐れたからだろう。著者は当時の常識や史実を踏まえながらも、史実の隙間《すきま》に虚構を埋め込むのではなく、虚構を補強するために史実を使う離《はな》れ業《わざ》を用い、〝実際に、作品と同じことが起こっていたのでは〟と思わせる物語を紡《つむ》いでいる。これも、歴史書に書かれていることはすべて真実である、という常識への異議申し立てになっているのである。

そして、北条との権力闘争に敗れた一族に属する二人の男女の、運命の流転を描く最終話「悲鬼の娘」は、本書のもう一つのテーマを浮かび上がらせていく。

源頼朝は坂東を平定し、各地の源氏をまとめて平家を滅ぼし、権力を手中に収めた。だが著者は、勝者の栄光ではなく、政敵を粛正《しゅくせい》して権力の頂点に立った者だけが感じることの出来る敗者の怨念と、〝負の想念〟に飲み込まれたかのような悲劇的な最期を、丹念に追っているのだ。

ここにあるのは、競争に勝ち抜くことが本当に幸せなのかという問い掛けである。

明治以降の日本は、敗者を斬り捨て、勝利したものだけが富と栄誉を摑《つか》むという社会システムで発展してきた。それでも経済が右肩上がりだった時代は、何とか富の再分配もできたが、現在は長引く不況でそれも難しくなっている。

この時代に著者が、敗者の怨念に苦しむ為政者と、制度に斬り捨てられた弱者を描いたのは、現代人が歴史から学ぶべきことは、かつてのような勝利するための戦略ではなく、敗者の声であると考えたからではないだろうか。

優れた怪奇幻想小説は、ただ恐ろしいだけでなく、不条理な現象を描くことで、読者の価値観を揺さぶるパワーを持っている。美しくも妖しい世界に読者をいざなう本書も、誰もが心のなかに秘めている〝闇〟や〝欲望〟を掘り起こし、それとどのように向き合うべきかを考える切っ掛けを与えてくれるのである。

（文芸評論家）

本書は、二〇一〇年一月にＰＨＰ研究所より刊行された作品を、加筆・修整したものである。

著者紹介

浅倉卓弥（あさくら　たくや）

1966年生まれ。東京大学文学部卒業。

第１回「このミステリーがすごい！」大賞（金賞）受賞、2003年『四日間の奇蹟』（宝島社）にてデビュー。

他の著書に、『君の名残を（上・下）』『オールド・フレンズ（上・下）』『追憶の雨の日々』（以上、宝島社）、『雪の夜話』（中央公論新社）、『北緯四十三度の神話』（文藝春秋）、『向日葵の迷路』（幻冬舎）、『ルーシー・イン・ザ・スカイ・ウィズ・ダイアモンズ』（ポプラ社）などがある。

ＰＨＰ文芸文庫　黄蝶舞う

2012年６月１日　第１版第１刷
2020年４月７日　第１版第２刷

著　者	浅　倉　卓　弥
発行者	後　藤　淳　一
発行所	株式会社ＰＨＰ研究所

東京本部　〒135-8137 江東区豊洲5-6-52
第三制作部文藝課　☎03-3520-9620(編集)
普及部　☎03-3520-9630(販売)
京都本部　〒601-8411 京都市南区西九条北ノ内町11

PHP INTERFACE	https://www.php.co.jp/
組　版	朝日メディアインターナショナル株式会社
印刷所	株式会社光邦
製本所	株式会社大進堂

ISBN978-4-569-67841-2